# 春困

平凹题

张五毛／著

人民文学出版社

图书在版编目（CIP）数据

春困/张五毛著. —北京：人民文学出版社，2017
ISBN 978-7-02-012795-5

Ⅰ. ①春… Ⅱ. ①张… Ⅲ. ①长篇小说—中国—当代 Ⅳ. ①I247.5

中国版本图书馆 CIP 数据核字(2017)第 101374 号

责任编辑　付如初
责任印制　苏文强

出版发行　人民文学出版社
社　　址　北京市朝内大街 166 号
邮政编码　100705
网　　址　http://www.rw-cn.com

印　　刷　三河市鑫金马印装有限公司
经　　销　全国新华书店等

字　　数　182 千字
开　　本　640 毫米×960 毫米　1/16
印　　张　17　插页 1
版　　次　2017 年 10 月北京第 1 版
印　　次　2017 年 10 月第 1 次印刷

书　　号　978-7-02-012795-5
定　　价　36.00 元

## 1.

二十年前的都城，像一座巨大的熔炉。一层厚厚的雾霾盖在城市上空，顺着风向上蔓延，随着人们的呼吸向下洇染。空气中二氧化硫的刺鼻气味、胭脂庸粉的俗香，还有厨房里的焦灼，混在一起，像重症病人吐出来的浊气一样，莫可名状。

护城河从城中心的湖里发源，顺着城墙流出一个正方形，最后注入城西另一座湖里。它从无数的窗前流过，眼看着一座座新楼拔地而起，一栋栋旧楼日渐斑驳。它真切地看着窗内的人，倾听他们的私语和呐喊。它是都城里最大的活物，也是都城里唯一的僧人。

酒吧街的一天从晚上六七点钟开始，闪烁的彩灯亮起，重金属音乐把护城河震得乱颤。成群结队的女人鱼贯而入。冬天，她们裹着厚厚的羽绒服，只露出精致的脸蛋，在灰暗的灯光下显得格外地白。夏天，她们浓妆薄裳，露出若隐若现的胸、或粗或细的腿。那些露出来的肉是酒吧街上移动的灯，让男人的眼睛泛起亮光。

灯亮了，女人进来，男人便跟着进来。卖花的小孩，摆摊的小贩也都进来了。护城河边变得水泄不通。周边的地铁站，小区门口，商场拐角也是水泄不通。非法运营的黑车像海绵一样吸食了仅存的一点空间，挡风玻璃中央挂一串忽闪忽闪的电子灯。司机们或躺在车里睡觉，或站在车边抽烟，嬉笑怒骂，悠然自得。眼睛却盯着人流，肆无忌惮地打量，轻车熟路地招呼，就好像脸没长在自己脑袋上一样。还有更小的空间，被一些小动物据为己有，它们是躺在草窝里叫春的野猫和默不作声的流浪狗。

城东有一个足球场，城西有一个篮球馆。有比赛的日子，几万人在场馆里喊完最粗俗的口号之后，迅速拥进酒吧街，把整罐的啤酒和大串的烤肉塞进胃里。半生不熟的人相互微笑着，暧昧着；烂熟的人则相互吹捧着，戏谑着。灯是彻夜不熄的，歌是歇斯底里的，人是成群结队的，酒要一醉方休的。人们把自己扔进对方的热闹里，再一起把夜晚扔进都城的繁华中。整个都城快乐得睡不着，活不下。

那样的夜晚，护城河像一位风骚女人的纯色发带——深陷在她刚刚烫过的卷发中。

她一个人走进国家大剧院。演出开始后，一直保持着这个姿势：双手交叉放在腿上，背靠着麻布靠垫，上身稍微前倾，以免高高的发髻顶着后座。这是一个既舒服又不显得慵懒的姿势。剧场里，除了演员的念白和交响乐，再没有其他声音，空气中弥漫着淡淡的香味。她从来没有在如此和谐的空间里待过，她甚至想，演出结束后应该与身边的人来一个深情的拥抱。

这是俄罗斯国家芭蕾舞团首次在都城演出《睡美人》，彼季帕创排的经典舞段和雍容华贵的服装，把佟心带入另一个世界。这里没有刁钻的客户、繁重的工作以及无聊的家务。当奥芙罗拉公主身着一袭粉色芭蕾舞裙轻快地走向舞台，佟心被她干净敏捷的舞姿吸引，更被她那稚嫩的表情感染，有那么一瞬间，她希望那舞台是一个时空隧道，她可以纵身一跃，进入那童话般的世界。

当音乐点燃剧场的时候，她想找个人聊天，分享一下此刻的心情，可是自从两年前罗炜去了美国，就再也没人陪她来看歌剧了。赵腾飞倒是陪她看过几次，每次都不欢而散——要么没完没了地玩手机，要么趁着剧场里的黑暗在她腿上摸来摸去。佟心曾没好气地问他：你是不是觉得不在剧场里干点偷偷摸摸的事情就对不起这张门票？这样的反问在赵腾飞那里却变成了她不解风情的证词。最后一次一起看歌剧，他竟然在剧场里睡着了。从那之后，佟心就明白了：看歌剧跟偷情一样，只能自己干。

演出快结束的时候，佟心收到赵腾飞的短信：我已落地。她这才想起来赵腾飞今天要回来，她竟忘了这回事。必须赶在他之前到家，因为下午出门时忘了洗碗，赵腾飞出差前叮嘱她该换的床单也还没换，最要命的是她竟然忘了打开热水器，总之，家里有些糟糕。结婚之前，赵腾飞对她提的唯一的要求就是把家收拾好，这些年，她也习惯了赵腾飞制定的居家标准：茶几一尘不染，厨房没有异味，浴室柜上没有水渍，床单被罩每周换洗一遍。只是每次赵腾飞出差，她都会放松自己，降低标准。

没等演员谢幕她就走出了剧院。在地铁上，她盘算着如果赵腾飞先到家，她该怎么说。一场舞剧带来的愉悦被这小小的焦虑淹没了。

赵腾飞对这个夜晚有着美好的想象：当他拖着行李推开家门，佟心已经把菜端上了桌，她来不及解下围裙就扑进他怀里说：亲爱的，你终于回来了。哦不，她不是那种热情洋溢的人，她应该把脸贴在他胸前说一句：想你了。然后，他们以最快的速度吃完饭。他躺在浴缸里泡澡的时候，她会打开一瓶红酒放在床头。也许，他们根本来不及喝下那一杯红酒，他从浴室一出来，就会把手伸进她的睡衣里，他们喘着粗气把被子踹到床下，把床单揉成一朵菊花……最后，她满足地躺在他胸前，乖巧地听他讲一个全新的创业计划。

他推开门，看到的却是另一番景象：几本杂志散落在地板上，茶几上放着几个蔫巴巴的橘子和一些面包残渣，厨房里散发着难闻的酸味，洗菜盆里还有一只没洗的碗……现实与想象的落差让赵腾飞有些愤怒，这股怒火在等待中越烧越旺。

在电梯里，她整理了一下头发，对着不锈钢轿厢上的模糊影像涂了一遍唇膏。她打算在他开门的一瞬间就扑进他怀里，无论是出于内疚，还是出于思念，她都应该这么做，一场歌剧带来的好心情绝不能被争吵撕碎。

敲门，等待，扭动门锁的声音。她推开门，赵腾飞背对着她走向沙发，在客厅中央转过身来，双手交叉在胸前。她已经没有机会给他一个拥抱了。

你没收到我的短信？还是忘了我今天回来？

公司临时通知，有一个设计稿要修改，去加班了。她下意识地撒了谎。

什么样的工作能让女人连洗只碗的时间都没有？

如果婚姻生活是一场官司，有法官来主持公道的话，她愿意承认做家务是女人应尽的义务，即便她是中央美术学院毕业的高才生，脑袋里没有一丁点男尊女卑的封建遗留；即便她的工资比赵腾飞高，工作一点也不比他轻松，她还是愿意接受这并不公平的安排。但是，当他板着脸，以质问的口气来讨论这件事的时候，她就没法心平气和地接受这个义务了。

谁规定的碗应该由我来洗？床单由我来换？

没有谁规定，是你承诺的。

你结婚前还承诺要带我游历世界，要在五年之内给我买别墅，让我过上面朝大海，春暖花开的生活，这些我也要当真？她毫不示弱。

你的意思是我没有兑现我的承诺，你就可以不承担你的义务？照你的意思，这家务活应该由我这个没钱的男人来承担？

佟心知道再吵下去就只剩下讽刺、挖苦和彼此伤害。每次吵架到最后，赵腾飞都会把问题归结为自己赚钱不够多。这种归责的潜台词是：你是一个庸俗的女人，你想要的生活只有那些有钱的男人才能给你。佟心不知道他的这种逻辑是出于自卑，还是他真的这么想。

佟心走进厨房，开始洗碗，收拾垃圾。她故意放慢节奏，希望给赵腾飞一点时间让他消消火。以往的经验是：只要她保持沉默，赵腾飞会在吸完一根烟之后，缓慢地走到她身后，用手臂锁住她的腰，嘴巴贴在她耳朵上哈气，那是她神经最灵敏的一处。等她全身泛起鸡皮疙瘩，他会咬住她的耳垂说：亲爱的，不吵了好吗？不管发生了什么，都是我错了。

五年的婚姻生活，让他们培养了这样的默契。结束战斗，就好比在网络上注册账号要签订协议一样，无论上面的一堆内容是什么，只需要有人在“已阅读”下面点击“我同意”，战斗就会立马结束,双方愉快地在婚姻的围城中继续合作。

这是什么？这一次,赵腾飞没有从身后抱住她,而是递过来一张演出门票。

你翻我的包?

是你刚才脱外套时从口袋里掉下来的。不过,这个应该不是重点！重点是你说你去公司加班了,咱家地板上却躺着一张今晚的演出门票！难不成你是在大剧院里加班的?

佟心已经记不起来自己把门票放在了包里还是外衣口袋里。像赵腾飞说的一样,这已经不重要了,重要的是忘了他要回来,并且撒了谎。她像个不会游泳被扔进泳池里的人,拼命寻找机会上岸。显然,继续撒谎已经不可取了,可是承认错误也不是什么好选择。如果她承认忘了他今天回来,事情会变得更糟,赵腾飞会把她带入另一个逻辑:你根本就不在乎我,你不爱我了,我们的生活已经没有爱情了。这样,她就得在以后的几个月里不断地讨好他,证明自己是爱他的。

沉默是最好的武器,没想好怎么说,就不要开口。佟心放下手里的活,回到客厅,坐在沙发上,双手交叉抱在胸前,等待赵腾飞更刻薄的指责,这是一个防御的姿态,她在等待反击的机会。

你不愿意说,那就让我来猜吧！《睡美人》,一部浪漫的童话剧！你该不会是一个人去看的吧?

赵腾飞,你想说什么?

他竟然怀疑自己和别人约会去了,这是结婚以后,她第一次感受到来自赵腾飞的不信任。

我不反对你去看歌剧,可我觉得,一个有艺术品位的女人首先得有点生活品位。你看看这个家,还是人住的地方吗？其实,和别的男人看一场演出也说明不了什么，我只是好奇那个人是谁？作为你的丈夫，我提出这个要求也不算过分吧？

你用不着阴阳怪气，我确实是去看演出了，但我是一个人去的。我不知道看一场演出是多大的罪过，需要你这样审判，你知道你现在的样子给我什么感觉吗？

什么感觉？

虚伪、狭隘、无聊。

从现在开始，她不再考虑自己的过错，她需要主动出击，扭转局势。这几个词像子弹一样从她的胸腔射出去，顿时觉得心里舒服多了。她把交叉的双手从胸前放下来，顺便走过去接一杯水，做好打持久战的准备。

佟心端着水从赵腾飞身边经过的时候，他抓住了她的胳膊，另一只手指着她的鼻子。他极力地控制着自己，但说话的声音已经变得有些颤抖：你他妈的给我听着，我是无聊，非常地无聊。我欣赏不了什么狗屁歌剧，我只会上班，出差，还赚不到什么大钱。但我是个正经男人，是个对家庭负责任的男人。我告诉你，生活本就是无聊的，但我们不能因为无聊而变得无耻。

赵腾飞说这席话的时候，一直紧紧地攥着佟心的胳膊，她像一只脚尖点地的猴子。赵腾飞已经记不住佟心前面说的话了，只记住了最后一个词。两个人都已失控，不再讲求策略，分析逻辑，剩下的只是斗狠。

当"无耻"这个词从赵腾飞嘴里飞出来的时候，一同飞出去的还有佟心手中的水杯。那一刻，她只有一个想法，立马从这个男人面前消失，从这让人窒息的客厅里消失。她来不及收拾东西，就冲向了门口，赵腾飞跑过来用双臂死死锁住她。

放开我，放开我。放心，我不会干出什么需要你承担责任的事，我只是想下楼走走。

我累了，你就别闹了，明天还要上班。赵腾飞不会同意她吵架之后离家出走的，他有过这样的教训。如果现在放她出去，这个夜晚就别想安宁。

佟心从赵腾飞怀里挣脱出来，转身进了卧室，反锁门的脆响结束了这场战争。

## —— 2.

当我侧身穿梭在拥挤的都城时，我悲观地以为，都城沦陷了。沦陷在人海里，沦陷在花开不败的喧嚣中。没有人能控制这颗生机勃勃的肿瘤，没有人知道它会变成什么样子。可是后来，就是十年前的某个时间，它突然安静了，几个月的光景就完全消停了。

危机来临的时候，都以为是危言耸听。人们只是拥向咖啡馆感叹生意难做，很快就没有心思感叹了，而是潮水一般散去。政府不断辟谣，尝试用各种办法来控制它，都是徒劳。它繁华的时候人们无法阻挡，安静下来的时候人们又猝不及防。经济学家开始探究这安静的成因，有人说是金融风险过高导致的，有人说是房地产泡沫破灭造成的，也有人说是生产过剩的结果。而我，却暗自庆幸终于盼来了这奢望已久的安宁。

在我退休的时候，都城呈现出我喜欢的姿态：人不多不少，车不急不缓。流行了大半个世纪的广场舞也消失了——跳广场舞的那代人都已离开了这个世界。酒吧街还在，只是店面少了一些；姑娘们还会露出白晃晃的肉，只是她们再也吸引不了我。我已经老了，成了一棵发不出芽来的枯树。

那个盛夏的夜晚，我躺在黏糊糊的凉席上，捧着一本《史记》读得正酣，太太用她长茧的老手拨弄着我的小弟弟。

你玩够了没有？我不耐烦地问。

它起不来了！真好，再也不用为这个狗东西担心了。

这句恶毒的话荡平了几十年的温存，我庆幸她没有在我熟睡时把我阉了。她一辈子都在想办法看住这个狗东西，现在它趴下了，她终于可以安稳地睡了。我在书房里看了两遍《肉蒲团》，发现它没有反应，这才确认它完蛋了。顿时，浑身冰凉。我成了一具没有生气的肉体，我老了，这是多么悲凉的事！我该寻点新的爱好来安度晚年，就想到了钓鱼。

从某种意义上说，钓鱼能让我沿袭一个男人狩猎的本能——搬一只折叠椅，坐在护城河边，把鱼钩抛到河里，安静地观察，等待，最后把鱼儿拉出水面，放进网中。这项我年轻时嗤之以鼻的活动，晚年时却给了我很多慰藉，当然，也只是慰藉而已。直到我在护城河边遇到了佟心，这种被动的慰藉才发生了一些微妙的变化。

我遇见佟心那天，护城河边的柳树上有几只麻雀在叽歪。暑热还未完全褪去，阳光不像盛夏时毒辣，空气也没有深秋时萧寒。天空苍蓝，梧桐树正处在黄绿斑驳间。几片树叶在河里游荡，绿中泛黄，熟而不枯。她坐在河对面画画，披一条大红的披肩，隔着护城河，我能看见她头上深绿色的发簪。我放下鱼竿，走过长满苔藓的石拱桥，去看她。

她灰白相间的头发扎着一根木质的发簪，干净利索地绾在脑后。脸盘圆润，皮肤紧致，只有眼角和脖子上的皱纹泄露了她的年龄，显然，她已不再年轻。但透过她依旧纤细的身材、温婉明净的眼神，一点也看不出衰老的迹象。像一幅留白充足的画，不饱满也不干瘪，让你坚信她可以留存很久，十年，二十年，或者更长……画画时，她的小指和无名指微微翘起，落笔前停顿数秒，然后再慢慢渲染，层层递进。每一个动作都像是从礼仪课上学来的一样，有节制地拿捏着，又因为年龄的缘故而游刃有余。

她坐在那里，护城河也有了些肃静的氛围。我的小弟弟还是耷拉着，但我能感觉到一丝紧张。我一直看着她，直到河对面有人喊：上钩啦！老张，你的鱼上钩啦！我看到一条又老又肥的大鲤鱼在河中翻腾。

我从没想过退休之后还会遇到一个让我紧张的女人。随后的一段时间，我们经常在护城河边见面，她打消了我的紧张，还给了我一些从未体验过的温存。她真诚地向我讲述了她的过去——像秋日的向日葵；卷曲的叶子里包裹着密密麻麻的果实，能嚼出淡淡的甜味。我剥开向日葵卷曲的叶子，咀嚼那白嫩的籽粒，看到她灿烂的黄花，粗壮的躯干，以及那躯干之下褐色的土地。

第二次见面的时候，她给我讲了一个叫莫小诗的画家。看得出来，她很乐意回忆他。谈起莫小诗，幸福会从她嘴角爬出来，把那些细微的皱纹都抹平，滋养出一个女人最滋润的微笑。

我们在护城河畔一家叫作“旧时光”的茶馆里见面。已是深秋，她穿一件宽松的棉麻外套，下摆半裹着臀，手上戴一只浅绿色的镯子。她的手腕很细，我一直担心那镯子会滑下来。她端坐在对面,我隐约觉得,她现在的温柔淡雅与那个叫莫小诗的男人有关。

这些年,一个人生活,不觉得孤单吗?我问她。

孤单肯定会有一些,但至少是自由的,不用讨好别人。莫小诗临走时对我说,人生唯一的意义就是你是否真诚地思考过人生。他劝我要学会讨好自己。其实,讨好自己不是件容易的事,你得挣脱世俗的评价体系,摆脱无止境的欲望,最重要的是不把自己扔进琐碎的生活里。他去世之后,我再也不愿别人走进我的生活。

你后来和莫老师在一起了?我对莫小诗很感兴趣。坦白地讲,我认为在我们那个年代,和一个画家不会有什么好结果,至少在我周围,并没有发现哪个同龄人可以靠画画活得滋润。

嗯,在一起了。

结婚啦?我问。

没有。我们没有结婚,只是在一起生活。后来他倒是跟我提过,要不要去领个证,我觉得没有那个必要了。佟心起身给我添了一些茶,突然问:你太太可好?

她挺好的,退休后迷上了中医。除了在家里鼓捣中草药,剩下的时间都在她老师的诊所里学习。和佟心喝茶的时候,我特别不愿谈起我太太。

你出来和我聊天,她不介意?她微笑着问我。

不介意,我们没了夫妻生活以后,她就不怎么管我了。年轻的时候,倒是盯得紧,像坐监狱一样,时刻得向她汇报行踪。

那是因为她爱你,所以才会看着你。

也许吧。可我们没有夫妻生活之后,她就再也不看着我了。

你说这是因为她不爱我了，还是因为别的？我故意把难题抛给她。事实上，我不认可她的说法。我不认为女人看着男人是因为爱他，更多的原因是占有欲。当她发现自己占有的东西不复存在的时候，欲望也就没有了。这样解释我和太太当下的处境，可能更合适一些。

是她没了欲望还是你？

她先没了欲望。两年前，我发现自己也没有需求了。我不介意让佟心知道我是个没有性能力的人。以我那点浅显的人生经验来判断：当一个女人知道男人对她没有那方面的企图，她就会放下戒备，与你无话不谈。

欲望是爱的一部分，当一个人爱上另一个人，自然就会有独占的欲望。不爱了也就没有了那种欲望。她说。

照这么说，我太太现在是不爱我了？我真有些好奇。其实到今天，我也不敢说我懂得女人，我总是希望走进女人的内心，了解她们的世界。

也未必，不同的人生阶段，爱会以不同的方式存在。

她起身去了趟洗手间，看着她纤细的腰身，我突生欢喜。到了我这个年纪，还能与异性谈论爱和性，是多么不可思议！比起年轻时做爱的激情，现在坐在这里谈论爱和性，更让人欢喜，更加地意味悠长。

你们年轻时吵架吗？她重新坐下。

吵呀，有那么两三年，吵架就是我们生活的主旋律，每周一小吵，每月一大吵。

都为什么吵？

记不大清了，只记得吵得很凶，会摔东西，两个人都摔，摔完了再买。有时候好几个星期都不说话。等两个人都受不了了，自然也就和解了。现在想想，真是吃饱了撑的！都是些鸡毛蒜皮、不值一提的事，却说吵就吵起来了。

人天生是独居动物，每个人都需要有自己的领地。婚姻却把两个人捆在一起，吵架就不可避免。我和赵腾飞十几年的婚姻生活，也是一直在吵架，吵到最后说不清对错，分不清爱恨。她放下茶杯，招呼服务员送个果盘上来。

你和莫老师的生活怎么样？你们有很多共同语言，应该很幸福。我很想了解她和莫小诗的生活。

其实也没什么特别之处，也是柴米油盐，寻常日子。只是我们从没吵过架，我跟他发脾气，他就傻呵呵地笑。每个人心里都藏着一些事，有时候想与人分享，害怕再不说出去就要带到坟墓里去。但又不敢轻易对人讲，怕一说出去，心里就空荡荡的。

显然，她不愿意过多地谈论她和莫小诗的生活。对她而言，和莫小诗的故事像一个香包，可以拿出来给你闻一闻，如果你想打开一探究竟，她还是心存警惕的。

和佟心聊天是件轻松的事，遇到意见相左的情况，她会淡淡一笑，然后开始另一个话题。那天，我没再问她感情问题，虽然我很想知道，但我明白和女人的相处之道。我们又聊了一些电影和文学方面的话题。从茶馆出来，顺着护城河走了一段，鹅卵石铺就的窄窄小道显得寂静、悠长，昏暗的灯光洒在灰墙灰瓦上，护城河也睡了。二十年前，没有人想到都城会是现在这个样子。其实，都城没变，护城河没变，路灯也没变，只是人少了。

我说，现在的都城真美。

是呀，九点多就见不着人了，这在二十年前是不可想象的。

那时候，很多人想着出国，逃离，但逃出去了又会有很多新问题。

不管怎么说，现在总算是正常了。我说。

是的，我们应该庆幸。

在护城河边握手道别。那一刻，我有一种奇怪的想法：我庆幸自己的小弟弟死了。因为它死了，让我和佟心的接触有种纯美的感觉。

## 3.

沉默持续了一个星期，这种彼此折磨的沉默让她想起了过去几年间的无数次争吵。直到现在，他还是经常会在小便时把马桶垫弄湿，吃饭时弄出很大的声响，上床前，还会把脚扳到鼻子下闻一闻，然后告诉她：我真的已经洗过了。佟心惊奇地发现，多年的夫妻斗争中，他们培养了仇恨，收获了倦怠，唯独没有看到的是改变，哪怕是一个很小的毛病，都不曾改变。即便如此，在这次吵架之前，她也从未想过要离开他。因为她清楚，婚姻的本质就是忍耐，换一个人可能会遇到更多的冲突。更何况以她现在的年龄，很难再找到一个比赵腾飞条件更好的男人。

当她梳理完婚姻生活的种种不适和赵腾飞的累累罪状，那个可怕的念头就成了能让她摆脱这些问题的诺亚方舟。可是，她却没有勇气把那个念头变成现实，只是想想而已。她开始从自身找原因，当初为什么要与他步入婚姻？她这样思考的时候，确实能找到一些积极的东西。

第一次见面是在黄小秋家。那是她们最后的学生时光，离毕业还有一个月，黄小秋通过了邑城市的公务员考试，即将成为邑城市教育局的一名干事。为了表示庆祝，佟心和罗炜一起去了邑城，正是这次旅行让她和赵腾飞走到了一起。

赵腾飞是不请自来的，来的时候提着两个西瓜，眉清目秀的，像个高中生。佟心光着脚，穿着黄小秋的睡衣卧在沙发上看电视。赵腾飞一进门，目光就直愣愣落在佟心身上。他的目光专注而清澈，时间很短，但她可以确定，那两三秒钟，他把脑子清空了，屏蔽了黄小秋，忽略了罗炜，所有注意力都集中在自己身上。那目光空白又羞涩，没有男女之间的欲望和邪念，甚至连一点纯情都没有，只是纯粹的关注。至于为什么关注，关注了些什么，赵腾飞在那两三秒钟根本来不及反应，其中的内容都是他后来依靠回忆填充进去的。佟心后来跟赵腾飞说，第一次见他时，像是见到一个光屁股的小男孩。

黄小秋说：你不好好在家准备毕业论文，跑我家来干吗？

我妈说你考上了公务员，以后就是家乡的父母官了，我送俩西瓜来提前贿赂一下。他和黄小秋说话的时候，佟心才意识到他是一个同龄人，并且是一个有点意思的同龄人。

谁稀罕你那破西瓜，咱小区门口一堆一堆的，我都懒得买。

不稀罕我就拿回去给我妈吃，我妈稀罕。

没看出来，上了四年大学，嘴皮子还练利索了。

黄小秋把赵腾飞拉到两位姑娘面前，介绍说：这是我没有血缘关系的弟弟，从小到大我一直罩着他。

你用你家被罩罩我的吧？

赵腾飞的话让佟心和罗炜笑出声来，这让他稍微放松了一些，但依旧没敢抬眼看她，只把目光落在她修长的腿上。用一个理科生的话来说，佟心那双白皙的大长腿就像两条相映成趣的抛物线，无论弧度有多大，都是圆滑的，看着就让人舒服。

以文艺女青年自居的佟心，对于呆板的理工男有着天然的不屑。但就是这样一个像光屁股小孩一样的理科男生，两天之后，在回都城的火车上紧紧地攥住了她的手。整个经过是赵腾飞精心设计的：火车在广袤的平原上驰骋的时候，赵腾飞把自己的双手放在两人中间的茶几下，然后突然叫起来：我的手被夹住了，快帮我把茶几抬起来。佟心下意识地把手伸到茶几下面，就被他抓住了。佟心抽了两下，没抽出来。她没有因为他莽撞的行为而生气，反倒觉得他有那么点可爱。

没看出来你还会耍流氓，不过，我得郑重地告诉你，我已经有男朋友了。

这不要紧，你结婚了也不要紧，人生那么长，我可以等。就像《霍乱时期的爱情》里面的弗洛伦蒂诺·阿里萨一样，我可以一直等下去。直到有一天你知道我不是心血来潮，直到我们都老了，我愿意用我的牙床来咬你的银发。

她差点笑出声来。他竟然能准确地说出外国文学作品里一长串的人名，还能说出什么牙床咬银发这样肉麻的话来。

你谈过恋爱吗？

暗恋算吗？

当然不算。

那就是没谈过。

小说真是“毁人不倦”呀。弗洛伦蒂诺·阿里萨那样一辈子忠贞不渝的人放在二十世纪，也只是小说里的人物，更何况现在是二十一世纪。

你用不着如此世故地看我，时间可以证明一切。

事实上，赵腾飞根本用不着像弗洛伦蒂诺·阿里萨那样用一生去证明，他只用了一年的时间就把佟心哄上床了。

罗炜警告她说：男人再清澈的眼神也流不出能喝的水，再清秀的脸也长不出能吃的米。佟心还是心甘情愿地把自己托付给他了，因为她被他那公螃蟹一样有力的双手给征服了。若干年后，赵腾飞在一次自以为表现不错的床战之后问她，你觉得我身上什么地方最SEXY？佟心不假思索地说，你的手最SEXY。这个答案就源自于他们第一次牵手，他那不容退缩的手，给了她足够的力量和笃定。

从吵架结束的第一分钟开始，赵腾飞就已经着手善后了。他不会像佟心一样去回忆、思考、分析，把几年的旧伤疤一层层揭起来看，男人的思维很简单，也很务实：既然没想过离婚，那么在最短的时间内恢复平静是最明智的选择。有几次，在客厅擦肩而过，他想把她揽入怀中，以猝不及防的速度用嘴巴堵住她的嘴巴，不给她反应时间，直到她身体不再僵硬，这场战争也就结束了。这一招在过去的几年里屡试不爽，但这一次似乎不同以往，赵腾飞不确定这招是否还能奏效。

接下来的一个星期，赵腾飞每天按时下班，做家务。他希望能以这种方式来缓和气氛，像一只咬烂了沙发的狗，低着头在主人身上不断地磨蹭，讨好，但他绝不会说出“我错了”。他宁愿以实际行动来表示歉意，也决不会说出“我错了”这三个字。在赵腾飞看来，那是男人字典里最恶心的三个字。

眼下的问题是，这场战争必须在周末之前结束，因为赵腾飞的叔叔赵治平要来都城开会，家庭不睦的情况绝不能呈现在叔叔面前。假装和睦也不行，没有什么假象可以逃过叔叔的眼睛，他在邑城市市长的位子上坐了七年，见惯了太多的虚妄和假象，所以，赵腾飞必须在叔叔到来之前结束这场家庭战争。

## ——4.

赵腾飞邀请同学陈飞扬参加周末聚会，陈飞扬问有啥事？赵腾飞说没事，你让你媳妇邀请一下佟心，就说聚会是你们组织的。陈飞扬立马明白了，这两口子肯定又吵架了。这是男人们心照不宣的秘密，他们宁愿把女人带到朋友们面前，迫使她伪装成和睦的一对，也不愿在家里向她道歉。

陈飞扬的媳妇刘雅儿给佟心打电话时，她已经猜出来这聚会是赵腾飞组织的，但还是装作不知情。其实，赵腾飞完全没必要弄得如此曲折，她早已放弃了对抗，只需要给她一个拥抱，他们就可以达成和解。

佟心乐意参加周末聚会，因为聚会之后，这场持续了一个多星期的战争就可以结束了。过去的一周，她已经消化了所有的委屈、愤怒和怨恨，开始有点同情婚姻中这两条相互折磨的可怜虫。

聚会的地点在西山脚下，植物园内的一家私人会所，地方是陈飞扬订的。这些年他赚了一些钱，已经不屑于在市区里那些俗常的馆子吃饭了。

孩子又长高了！

你是从家里滚过来的吗？怎么胖成球了？

路上堵得跟屎一样，我要是有辆坦克，一定会从他们头上压过去。

……

聚会从杂乱的抱怨和戏谑的问候开始，接下来男人们就要夸夸其谈了，从官员腐败到网络热点，从中国足球到南海危机，此起彼伏，从不间断。这种口无遮拦的同学聚会像沉闷生活中的一片绿洲，在乏味的工作和按部就班的生活间隙给了他们新鲜感和停顿感。

这种看似随意的聚会，实际上已经形成了一些固定的模式——秦昊坐在正对门的中间位置，陈飞扬和赵腾飞坐在两侧，佟心和刘雅儿分别坐在自己男人身边，秦昊的妻子隔着大圆桌坐在老公对面。不知道从什么时候开始，这种模式就已经形成，每个人一到饭店，就能准确地找到自己的位置。

不仅是座位，连他们的谈话也已经角色化了。以一场相声演出来做比喻的话，秦昊是主持人，负责开场、引导和总结陈词，话虽不多，却很有分量；陈飞扬是逗哏的，这个短小精干的男人，浑身充满能量，有着茂密的头发和丰富的肢体语言，他对每一个问题都有看法，无论你抛出什么样的话题，最后都会变成他的个人演讲；赵腾飞是那个捧哏的人，多数时候他都在倾听，在陈飞扬演讲的间隙，他适时地抖出包袱，让女人们开怀大笑。

秦昊的太太，佟心一直都记不住她的名字，叫什么萍或者是什么玲，反正是一个通俗得容易让人遗忘的名字。她很少说话，有着和她老公相似的沉稳内敛，聚餐时总在忙活孩子。几年前还一副小清新的样子，现在眼睁睁就迈进了中年妇女的阵营。

佟心一直看不透,她是真的没话可说,还是不屑于和他们聊天。总之,她是聚会上话最少的那个,她出现在聚会上唯一的意义是告诉大家:秦昊是个有太太的男人。

酒过三巡,陈飞扬开始了一个正式话题:你们知道约约吗?一款针对陌生人群的社交软件,就是上星期在纳斯达克上市的那家IT公司。他们的老板你们知道是谁吗?王天成,我的前同事,几年工夫,已经是上市公司的老板了。而我,却还坐在这小饭店里,和你们一起喝八块钱一瓶的廉价啤酒。

你觉得喝八块钱的啤酒丢人,咱可以换成十六块的。赵腾飞开玩笑说。

你知道我想说的是什么,不是啤酒的事,我说的是人生。王天成现在也喝八块钱的啤酒,但感觉和我们不一样。你们有没有觉得我们的人生出了问题?我们的人生锈住了,被眼前的光鲜锈住了,被我们的懦弱锈住了。这个话题来得有些突然,大家的笑容都有点不自然。

秦昊,你知道为什么我们都很敬重你吗?因为你在公安部工作。公安部呀!多好的单位!说出去能吓倒一片,可是有意思吗?你不还是一个小科员吗?不照样每天挤地铁上班吗?现在不还是租房子住吗?你觉得快乐吗?要我看,你一点也不快乐,你脸上的笑容都是被体制雕刻出来的,太虚伪,你觉得什么时候能熬出头?

酒桌上的气氛变得有些凝重,没人接他的话。赵腾飞觉得陈飞扬说得有点过头,正想着该怎么提醒他,战火已经烧到了自己头上。

还有你,赵腾飞,曾经的学生会主席,校草,那叫一个帅呀!

佟心你能想象一下吗？想象一下你老公当年帅到什么程度！我告诉你，他脸上出一颗青春痘，第二天全校的女生都知道。

陈飞扬，你不吹牛能死呀？赵腾飞早已习惯了陈飞扬先扬后抑的表达方式，他知道接下来肯定没什么好话。

可是帅有什么用呢？不还是坐在这里喝八块钱的啤酒？毕业六年了，你在干什么？所有人都知道你在国内最牛的互联网公司上班，至于你在这家公司干什么，好像没有几个人能说清楚，但是我知道，因为咱们干的活差不多。说好听点叫网络工程师，说通俗点就是一技术工人，拿着一万多的薪水，刨去七千块钱的房贷，每个月剩下来的钱跟一个厨师差不多。哦，对了，还有你那辆破车，说实在的，很 Low，真的很 Low。可是你却凭着这辆破车过上了所谓的有车有房的中产生活。腾飞，你有没有觉得这都是假象，生活的假象，这不是你想要的！

你心态有问题，不够淡定。每个人生下来就不一样，走的路也不一样，都城有几千万人，有几个王天成？我看网上说，王天成的岳父有一些背景，在资本运作方面帮了他不少。这一点，我们都不如人家。不要一看见飞机就想着长翅膀，成功没那么容易。秦昊故作镇定，其实他已经被陈飞扬的话激怒了。

你说得没错，人和人是不一样的。但我们和王天成的差距绝不是一个岳父的距离，你这样说，在座的三位太太会鄙视我们这些男人的。难道我们应该把今天的失败归罪在她们爸爸身上吗？我告诉你们，不要相信网络上流传的那些鬼话，在网络上发表言论的人多数都有心理疾病，都是现实生活的失败者，或是沽名钓誉的混混而已，看别人长得漂亮，就说人家整容了；看别人发达了就说人家有背景。在这些心理阴暗的人眼里，这个社会没有一个正经的成功者,正经人都应该像我们这样平庸。

从“我告诉你们”这句话开始,陈飞扬就再也坐不住了,他从座位上站了起来,进入了演讲的节奏。赵腾飞不敢再接他的话,他希望陈飞扬的演讲能尽快结束,酒桌上的氛围和大家的情绪完全失控了。他不知道接下来陈飞扬还会说出什么让人不舒服的话,但愿他别忘了今天聚会的主题。

我跟大家谈王天成,不是眼红,而是我觉得我们可以和他一样优秀,甚至比他更优秀。别忘了我们是重点大学毕业的,我们有优秀的基因。我告诉你们,王天成真的很普通,上的大学是一个地方二类本科,工作表现也很普通。我们做同事的时候,我在年度考核中拿过五个A,他一次也没拿过。可是为什么今天的差距这么大呢?我觉得就是因为我们太优秀了,我们的优秀都奉献给了别人的公司,以至于我们忘记了自己本该有一个优秀的人生。王天成最大的优势就是敢想,敢于付诸实施,而我们不敢,所以我们只能成为皇冠上一颗小小的钻石,而不会成为一个皇冠。

陈飞扬的慷慨激昂没有得到他期望的回应,听众们嘴角流露出来的微笑分明在说:陈飞扬还是那么不成熟。陈飞扬突然意识到:并不是每个人都会坚守理想,也不是每一个人都有理想,总有那么一些人是从来不思考人生的。但不等于他们没有人生观,他们的人生观就是平静,在平静中吃饭、工作、睡觉,在平静中结婚、生子、老去。

他不再期望得到所有人的回应,他从他们眼里看到了一些异样,这异样就像自己看他们一样。唯有赵腾飞不同,严肃的神情里,有某种东西在苏醒。

你的意思是我们都应该辞职创业？可是，互联网经济的热潮已经过去了，现在是资本的天下，我们已经没有什么机会了。秦昊说。

你确信真的没有机会了吗？每年都有上千个创业公司获得几百亿的风险投资，每年都有新的公司上市。是不是再次听到别人上市敲钟的时候，你来告诉我，又一个牛逼的岳父诞生了？

陈飞扬的反问让秦昊有点招架不住，幸亏刘雅儿出来救火。她看出来了，自己的男人有点喝多了，或者说他是故意的，总之，聚会的和谐氛围被他破坏了。

你们有没有听说，前几天，有位中国游客在埃及的卢克索神庙浮雕上刻下了自己的名字，这一次中国人的脸可算是丢尽了，这样的中国人应该被禁止出国旅游，你们怎么看？刘雅儿担心没人参与自己的话题，特意在后面加了一句"你们怎么看"。

喂，你能不能闭嘴，你听不出来我们男人在谈事吗？你说的这个破事已经是三天前的新闻了。陈飞扬讨厌刘雅儿岔开话题。

该闭嘴的是你，不是每个人都像你一样爱做白日梦，我看你是想钱想疯了。

眼看着又一场家庭战争即将拉开序幕，佟心赶紧站出来控制局面。她把大家的注意力转移到刘雅儿的话题上去。既能表示对她的支持，也能避免陈飞扬继续纠缠人生和创业的问题。

据说，在卢克索神庙浮雕上刻名字的只是个孩子，主要还是父母的教育出了问题。与孩子相比，大人们的素质更让人担心，我们小区的草坪上到处都是狗屎，我一直都觉得，只有那些养尊处优的有钱人才会有闲工夫养狗，可就是这些有钱人，从不把狗屎扔进垃圾桶里。佟心说。

好吧，既然你们乐意谈论中国人的素质问题，我就来和你们讨论一下这个问题。佟心说得没错，是我们的教育出了问题，我们的教育一直强调爱国，却很少有人告诉孩子要爱护文物。要求我们爱的东西总是遥远而空洞，那些具体的人和物却被忽视了。其实，国人的素质问题是有历史渊源的，依靠教育在短时间内并不能完全解决。比如随地吐痰的根源在于我们是一个农业大国，沿袭的是农耕文明，农村人在土地上吐痰吐惯了，现在进城了，突然不让随地吐痰了，适应不过来。再比如中国人在公共场合大声说话的问题，这是因为我们历来崇尚高门大嗓，嗓音洪亮总是与堂堂正正、英雄气概等褒义词联系在一起。窃窃私语则被认为是在做一些见不得人的龌龊事。只要是正义的事就应该大声说出来，让别人都听到。总之，我想说的是我们的不文明根植于我们的文化，流淌在我们的血液里，要想与现代文明接轨，只能依靠文明不断地驯化。这是一个漫长的过程，至少需要一百年。

你说了这么多，并没有给出一个解决问题的方法。佟心说。

让大家感到欣慰的是陈飞扬终于从刚才那个话题里走出来了。

是的，无解。如果你不想住在一个遍地狗屎的小区，不愿和不排队的人挤同一列地铁，不愿和那些高声说话的人待在一个咖啡馆里，只有一个办法，就是移民。赚够了钱，尽快离开这里。陈飞扬说完这段话，深吸了一口烟。

先生，这里禁止吸烟，请您把烟灭了。服务员端着烟灰缸站在陈飞扬面前。

我预订包间时，你们可没告诉我不可以吸烟！

先生，不好意思，现在所有的公共场所都禁烟了。

这里是公共场所吗？这是我们的包间，1000元的最低消费，这个房间现在就是我们的了，你明白吗？再说了，这里没有外人，都是我的朋友，我吸烟碍着谁了，你问问他们，他们谁敢说不允许我吸烟。

服务员不是陈飞扬的对手，不知道该怎么说服他，但也不愿放弃，就一直端着烟灰缸在他身后站着，这让陈飞扬有些尴尬。

你不走是不是？把你们经理叫来，我要跟他谈谈。

秦昊从陈飞扬手里把烟拿下来，放在烟灰缸里，然后冲服务员摆摆手，让她走开。

你能谈谈中国人在公共场所吸烟这个问题的历史渊源吗？赵腾飞觉得这个时候给陈飞扬反戈一击，再合适不过了。

去你大爷的，谈个毛！说完这句话，陈飞扬“扑通”一声趴在了桌子上，刘雅儿还没来得及扶他去洗手间，一堆秽物便从嘴里喷到了桌子下面。他呕吐的动作都显得那么有力。赵腾飞买了单，两个服务员满脸愤恨地把陈飞扬塞进车里，这次聚会才在三个女人的再见声中结束。

汽车很快驶入绕城高速，赵腾飞坐在副驾上，脑袋紧贴着车窗。这是个沉重的夜晚。酒桌上，他一直拒绝参与陈飞扬的话题，但是他的每句话他都听进去了，陈飞扬的话像针一样刺进了他心里。

六年前，赵腾飞从一所重点大学计算机系毕业，进入国内最大的互联网公司，拿着让人羡慕的高薪。六年过去了，有人创业，有人跳槽，他除了涨点工资，再没其他变化。他成了这家大公司的一颗螺丝钉，必不可少却又随时可换。工作内容看似重要，其实也就那么回事：修修电脑，开发一些简单的网站页面，帮地方站架设服务器，仅此而已。这样的工作，任何一个计算机专业毕业的大学生经过三个月培训就可以胜任，他却干了六年。与其说公司需要他，不如说他需要这份工作。这份工作能帮他承担每个月七千块钱的房贷，还能让周围的人发出这样的感叹：你在易迅工作呀？那真是一家前途无量的公司。

我还有理想吗？我工作的价值是什么？这个疲惫的夜晚，三十岁的赵腾飞第一次严肃地思考这些问题，从小到大，他一直在爸妈的要求下生活。好好学习考一个好大学，然后找一份体面的工作，娶一个漂亮的老婆，生一个聪明的孩子。父母不断地给他一些具体的人生指示，却从没告诉他这些指示背后的意义是什么。赵腾飞想不出自己有什么具体的理想。他唯一可以确定的是，现在的工作是无意义的，他应该干一些有价值的事。

你有没有觉得秦昊夫妇有些傲慢？车内的沉默让佟心觉得有点压抑，她想和赵腾飞交流一下这个并不愉快的夜晚。

你是指他们很少说话？

我说的不是这个，你没有发现吗？每次聚会他们都迟到，并且每次都坐在最中间的位置，点菜也多半是他们来点，却从没见他们买过单。最可气的是你们打牌的时候，他竟然支使我去给他买烟，把我当成他的秘书了！

你有点多心了，我从没觉得他在我面前有什么傲慢。他是把你当自己人，才会让你帮他买烟的。

我看他是在体制内染了一身臭毛病，你们这些同学也都宠着他，让他有点飘飘然。你们为什么要仰视着秦昊？就因为他是公务员吗？

我没有仰视他呀！只是，人家毕竟是国家干部，是有身份的人，多一些尊重也很正常。

天哪！有身份的人？公安部的小科员就是有身份的人？咱们这些在公司里打工的就是没身份的人？这都什么时代了，你脑子里还藏着那些封建等级观念！

能不能放松一点？你想想看，咱们远离家乡，在都城没什么人脉，有个什么事找谁商量？找谁帮助？不就是这几个同学吗？有一个在部委里工作的同学，你不觉得会踏实一点吗？

嗯，可真够踏实的，你是不是还指望他帮你解决孩子的上学问题，帮你解决都城户口，甚至给你个机会让你一夜暴富？

你这样说，就把同学关系庸俗化了。

本来就这么庸俗，只是你不愿意承认罢了。不过我告诉你，这是奴性和幻觉，我们没必要仰视他，他也帮不了你什么。你还记得去年我办护照的事吗？你找秦昊帮忙的时候他怎么说的？没问题，这事包在我身上了。结果呢？我的同事们都上飞机了，我的护照也没办下来。

他只是公安部里的一个小科员而已，虽然事情没办成，人家也尽力了。

有没有尽力鬼知道！还有那个陈飞扬，比秦昊更让人讨厌。

他今天确实有点不正常。

你发现没有，每次买单的时候他都喝醉，即便是没喝醉，也会装着喝醉了，躲到厕所里等你买完单再出来。这样虚伪的人，一整晚都在教育你如何成为一个优秀的人。他跟你同时毕业，现在出门连个车都没有，竟然还笑话我们的车是个破车，实在是可笑！以后这样的聚餐还是少去，如果要去，也先说好了谁请客，我可不想花着钱听他们给我讲课。

我连吃一顿饭的财务自由都没有吗？赵腾飞这么想着，却没说出来。他知道佟心的情绪已经发泄得差不多了，这个时候，如果他沉不住气，之前的忍耐就前功尽弃了。赵腾飞点了一根烟，看着窗外。

其实，你知道的，我在意的不是买单这件事，我在意的是他们没有尊重你。佟心说这句话的时候，车已经停在了小区里。熄了火，她把头靠在赵腾飞身上，赵腾飞适时地挪了挪屁股，让这个依靠更加紧密。

亲爱的，对不起。

如果佟心问他为什么对不起，赵腾飞是说不出个所以然来的。但在此时，他想说这句话，也只能说这句话。他们刚刚经历过一次激烈的争吵，原本寄希望于这次聚餐能让他们回归平静，却让两个同学给搞砸了。即便如此，佟心还是靠在了他怀里，她流露出的那一丝温柔，足以让他卸下全部尊严。

如果非要说吵架有什么正面意义的话，它就是这平淡生活中的节拍器。每次吵架之后，彼此都会更加珍惜平和的生活，相敬如宾，直到两个人在平淡中恢复原形，再次为一件琐事吵起来。该谁做饭？该谁洗碗？他为什么又回来晚了？她又把钱花在了不该花的地方，等等。当然，那应该是几个月后的问题了，眼前的事情是，他终于可以揽着她走进小区，洗一个热水澡，然后熟练地打开她胸罩上的三个挂钩。

## 5.

听说叔叔要来家里，两人又惊又喜，把家里打扫得一尘不染，备好了烟酒茶叶，还专门买了两双新拖鞋。对他们来说，这是一次重要的接待工作。

赵腾飞从小害怕叔叔，因为叔叔不苟言笑，总是一副很严肃的面孔。叔叔无儿无女，一直把他当亲儿子看，在他身上付出了不少心血。他们结婚的时候，正赶上房价疯涨，动辄几百万，小两口想都不敢想。赵腾飞的父母都是普通职工，节衣缩食攒了一辈子，也不过是十几万的积蓄，拿到都城连个厕所都买不到。是叔叔帮他们交了首付款，买下这套六十平米的小房子，这才在都城安稳下来。

赵治平来的时候，让司机拉了一车东西。大米、蔬菜、食用油，居家过日子用得着的东西都带来了。赵腾飞说，叔叔，您那么忙，就别惦记这些柴米油盐的事了，这些东西我们在都城买就行。

你们买？不需要花钱呀？

赵腾飞想说，你从家里带过来也是要花钱的，但话到嘴边又咽回去了。他知道这些东西都是别人送的，用不着花钱。赵治平在家里转了一圈，在沙发上坐下。

不来你家看看，还真不知道六十平米的房子是个啥样子，确实小了点。还得继续努力，换个大房子，将来有了孩子，这小房子就转腾不开了哦。

叔叔，这已经很不错了。我好多同事现在还租房子住呢，要不是您帮忙，我们连这小房子都住不上。佟心一脸殷勤的微笑。

我帮你们是我的责任，是理所应当的。但话说回来，一个人要在都城混出个样子，还得靠自己，叔叔能帮你们的很有限。赵治平点着烟，一副忧心忡忡的样子。

叔叔，你们聊着，我去做饭，今晚就在家里吃，尝尝我的手艺。

别做饭了，我晚上有个饭局，坐一会儿就走。你俩都坐着，我跟你们说会儿话。佟心又坐了下来，听赵治平讲话。

腾飞，你工作怎么样？

还行吧。

什么叫还行吧？行还是不行呢？一个月能赚多钱？赵治平问。

一万多。赵腾飞答道。

一万多在咱们邑城还行，但在都城也就是个温饱线。都城消费高，一吃一喝那点工资就没了，你们结婚已经五年了吧？该要孩子了。等有了孩子，开销就更大了，孩子的吃穿、教育都得花钱。我这次来是想跟你们商量件事，咱们市委组织部今年要面向社会招聘公务员，只有两个名额，好多人都盯着，你们有没有考虑过回邑城工作？

赵腾飞从没想过回邑城，他在那里出生，长大，大部分的人生记忆都留在邑城。但从他来都城上大学开始，就对邑城人的生活有了新的认识。在他看来，那是一种未经省察的生活，多数人都守着一份普通的工作干到老，没有人想过换个城市，换个活法。一辈子能出去旅游几次就是他们最大的愿望，也是他们唯一与外界发生联系的机会。

在赵腾飞眼里，邑城是个封闭的舞台，站在舞台中央的是公务员。邑城人关注的是谁能走向舞台中央，所有的父母都希望孩子进入体制，即便是爬不到舞台中央，能在舞台边上有个座他们也很满足。赵腾飞的父母也不例外，五年前他大学毕业，父母就要求他回去考公务员，被他拒绝了。现在，叔叔又一次把这个课题抛给了他。

叔叔，我是学计算机的，回邑城恐怕找不到合适的工作。再说，我和佟心已经习惯了都城的生活。赵腾飞说。

我知道，你们年轻人都愿意在大城市生活。大城市是好，可中国有句老话，宁做鸡头不做凤尾。我们辛辛苦苦一辈子图个啥？不就是想给你铺铺路吗？如果你现在在都城有一番事业，我们也就放心了。可是，凭你一个人在都城单打独斗，想干一番事业谈何容易？如果回邑城，叔叔还能帮帮你。再过几年，我一退休，也就有心无力了。赵治平一番语重心长的话让赵腾飞陷入了沉思，叔侄俩一时无语。

佟心，你什么意见？赵治平问。

谢谢叔叔替我们操心，腾飞是一家之主，我听他的。佟心心想，打死我也不去邑城，那个县级市连家电影院都没有。最让她讨厌的还不是城市，而是生活在那里的人。每次跟赵腾飞回家，都像是去蹲监狱。

邑城这些年变化挺大，今年新开了一家大型超市，肯德基、麦当劳都有了。未来三年，我们还要建一座大型体育馆，一家现代化的电影院和一家大型游乐场。最近，市里在争取高铁线过境，一旦高铁在咱邑城有站，离都城也就三四个小时的车程。赵治平像做政府工作报告一样列举着邑城的新变化。

现在这社会,在哪里生活都不缺吃不缺喝,最大的区别在于你生活得是否体面,是否可以成为人上人。该说的我已经跟你们说了,你们再好好想想吧。赵治平撂下一句意味深长的话,起身告辞了。

最大的区别在于你生活得是否体面,叔叔的这句话像一记重锤击打着赵腾飞。生活在六十平米的小屋里哪来的体面?赵治平送来的不仅仅是关爱,还送来了一道命令:混得好就混,混不好就回家。

赵腾飞坐在沙发上抽烟,佟心在厨房做饭。她知道他在想什么,他正在经历着内心的痛苦挣扎,她等待他说出想法,她已经准备好了。

晚饭后,赵腾飞挪了挪屁股,躺在沙发上看电视,腹部的赘肉很显眼,电视里一群明星带着孩子上蹿下跳。这是一个普通的夜晚,像过去几年里那些个无聊的周末一样,不同的是,这个夜晚,赵腾飞清晰地感到了厌倦。

佟心收拾完厨房,冲了个淋浴,穿上那件她最喜欢的黑色真丝睡衣,来到赵腾飞身边。

亲爱的,看看这是什么?1982 年的拉菲。有这样的好酒,才不会辜负这美好的夜晚。

哪来的红酒?

叔叔刚送来的,你没看见?就在你刚才提回来的那个木盒子里。

你打开了?

嗯,打开了。

你疯啦？你知道这酒多少钱吗？至少在万元以上，你快上网查查，到底是多少钱？叔叔肯定是拿错了，怎么会拿这么贵的酒给咱们？

要查你自己查，就算是十万一瓶我也打开了。我今晚就要喝了它。别告诉我我们不配喝这么贵的酒。佟心摇晃着高脚杯，放在鼻子下面闻了闻，然后轻轻抿了一口。

哦，真不错，不愧是红酒中的王后，丝滑柔顺，香味醇厚。这一口下去，五百块就没了，你再不喝我就自己全喝下去了哦。

赵腾飞接过酒杯，啜饮一口。

你不觉得我们喝这样的酒有些奢侈吗？我们这样的人，喝一瓶三万块钱的拉菲，是不是有点太疯狂了？

一点也不疯狂，有一天我们不仅能喝得起三万的拉菲，三十万的拉菲也喝得起，你知道为什么吗？因为我从没怀疑过你，你是出类拔萃的人。和你生活了这些年，我越来越确信，你是个可以做大事的男人，我是个可以跟着你天天喝拉菲的女人。

佟心的话让赵腾飞觉得有些不可思议，他从没听到过这样的夸奖。他听到最多的是你为什么还不涨工资？以及每次面临重大开销时她无奈的叹息。那份无聊的工作已经年复一年地告诉他：你是个平庸的男人，你不会有什么大的作为！

你是不是喝醉了？他问。

没有，我比任何时候都清醒。你知道你什么时候最迷人吗？是你跟别人谈论互联网，谈论网络技术的时候。虽然我一句也听不懂，但我喜欢你谈论这个话题时自信的样子，像教授一样儒雅、沉稳，没有你不懂的，没有什么问题可以难倒你。难道你没有发现？在我们所认识的人里，你是最具成功潜质的？你比陈飞扬要稳定、老练，比秦昊更务实、真诚。你想想看，还有谁比你更应该成功？

好吧，我就当你说的都是真的。那么，如果我辞职创业的话，你会支持吗？

我当然会支持你，我一直在等你自己说出来。我不想让你觉得创业是我对你的要求，是我对生活不满。当然，我确实对现在的生活有不满，但这不满不是针对你的，也不是你造成的，很大程度上是因为我，因为我没有成为“成功男人”背后的那个女人。佟心停下来，举起酒杯和他轻轻碰了一下，目光坚定地看着赵腾飞。

赵腾飞有些目瞪口呆。他向前挪了挪身子，把手放在她大腿上，拨弄着她的蕾丝裙边。她大腿内侧的皮肤白得透亮，在白炽灯的照射下，能泛起迷人的黄光，他有种想要亲吻它们的冲动。

佟心把他的手拿上来放在自己小腹上，接着说：我是认真的，从叔叔走到现在，我知道你在想什么，我也在想，做饭的时候、切水果的时候、洗澡的时候，我一直都在想，我得出了一个结论：我们现在这种在家人看来不体面的生活，是我造成的。不是你自己埋没了自己，也不是你的公司埋没了你，而是我。这些年，我一直在问你什么时候涨工资，什么时候能当总监，什么时候可以给我买一辆车，等等。这些问题像一根根绳子不断地往你身上缠，最后把你缠绕成一个胆小慎微、平庸无为的男人。毕业这么多年，我们之所以像多数上班族一样平庸，就是因为我们活得琐碎。用陈飞扬的话说，是我们的生活锈住了，被眼前那一点点无足轻重的利益和虚荣锈住了。我觉得陈飞扬这句话说得特别好。

不管怎么说，能听到这些话我很感动。可是，创业是一个艰难的过程，有很大的风险。现在互联网创业已经是一片红海，成功率不足百分之十，人们看到的是那些成功者的故事，很少有人知道失败者的辛酸。真实情况是多数人都倒在了创业的路上，经济破产，夫妻离婚。赵腾飞没有被冲昏头脑，他在等待她更坚定的支持。

如果十个创业者有一个可以成功的话，我相信那一个一定是你，我对此深信不疑。

你有没有想过，我辞职创业的话，我们的生活会发生多大的变化？至少在一两年内我会赚不到钱，如果不顺利的话有可能是两年或者三年，这段时间，我们的房贷谁来还？咱们卡上的那点钱顶多也就能撑一年。

这个你不用担心，我都想好了，如果你去创业，我可以养家。我现在每个月的工资正好够交房贷，我再利用闲暇时间接一点私活，每个月可以增加四五千块的收入，这些钱足够我们吃喝了。你要相信我，我是中央美术学院毕业的，我为十多个500强企业做过设计，在外面接点活并不难。即使你创业失败了，也没关系，以你的学历和履历再找份工作并不难。我们现在已经有车有房了，即便创业失败，照样可以过得和现在一样，并没有什么无法承担的后果。

你来养家，支持我创业？你确信这是经过深思熟虑的？

是的，是深思熟虑的，我以这瓶拉菲宣誓。她坚定地说。

你对我太好了。赵腾飞紧皱的眉头已经舒展，眼神深沉而悠远，像是在注视着一个非常遥远的东西。

我没觉得自己做出了什么牺牲，我只是把一头狮子从笼子里放出来而已。你应该去干一个男人该干的事情，我之所以如此支持你，是因为我也想改变现在的生活，我不希望看你每天毫无生气地上班，垂头丧气地下班。我不希望你年复一年地干一份自己不喜欢的工作，我不希望我们被这套六十平米的房子套牢。

亲爱的，这个话题可以结束了吗？

不耐烦了？

不不不，我是觉得关于这个话题我们已经说得够多了，我已经做出了决定。现在，有一件事比创业更紧迫一些。

什么？

做爱。

佟心来不及放下手中的酒杯，他就扑了过来，结结实实地压在她身上，嘴巴在她耳后疯狂地亲吻。隔着轻薄如纱的睡衣，他能感受到来自她胸前的热浪，她的乳头已经硬了，接下来的问题是这该死的睡衣，到底应该从下面掀起来，还是从上面拉下来。这件事他已经干过无数遍，每次火急火燎的时候，还是会遇到选择障碍。

我们要不要回卧室去？

不，就在这里，这里比床上宽敞。

她伸长了胳膊，把酒杯放在茶几上，赵腾飞用脚把茶几推出去，他知道茶几和沙发中间有一块刚换上的地垫，那里是打滚的最佳位置。她双手勾住他的脖子，把舌头送进他嘴里，她希望他抱得再紧一些，把全身的重量都压过来。她身体扭动的时候，睡裙一侧的肩带从肩上滑落下来，再没有比这更默契的爱了。他轻轻一拨，另一侧肩带也滑了下来，随着她身体的起伏，烦人的睡衣褪到了脚踝处。她的手臂柔软而有力，指甲恨不得插进他骨头里，她的娇喘似春燕呢喃般欢快。可是，比起她的娇喘，今天晚上她说的那些话，更能让他恢复男人的雄性气概。

去拿个套套。她说。

赵腾飞一秒钟也不想离开，如果现在返回卧室去找那该死的安全套，再回来的时候，身体会变凉，他该从哪里重新开始呢？

求求你，别让我离开，别让我戴那破玩意儿。

我会怀孕的，我们现在还不能要孩子。

过一会儿再谈这个问题，如果怀上了我们就要，相信我，要个孩子没有问题。

啊！你真是疯了！他已经褪掉了所有的衣服，他们从沙发上滚到了地垫上。

## 6.

赵腾飞从公司离开的时候是中午，之前已经完成了交接工作，今天还要再走一些流程。邮箱里保存的几千封工作邮件全部清空，布满桌面的几百个文件一一删除。他原本打算写一封告别邮件，但写了几次，发现实在没有什么可说的，只是一些唏嘘和嗟叹，索性作罢。反正这样的邮件每天都有人发，也没几个人会认真看。所有东西都移交给了公司行政人员，他只留下了一张磨得发白的工牌。这张小卡片在他脖子上挂了六年，他决定保存起来。

走出办公大楼，他抬头看了一眼天空。天出奇地蓝，阳光从枯黄的树叶间洒下来，像破碎的玻璃扎得他浑身疼，他第一次认真地观察周围的环境。蓝天、树木和脚下的大理石。这些年，他像一个挖煤工人，每天都钻进这栋阴森森的写字楼。之所以能坚持下来，完全是因为他每个月能从这里领到一万多块钱的薪水，这点钱可以用来缴纳房贷和各种税费。现在他终于有勇气从这黑洞里走出来，重新规划自己的人生。无论将来面临多少困难，他都无怨无悔，因为他思考过人生，并为之奋斗过。

他在公司对面的咖啡馆里坐下，要了一杯咖啡。透过宽敞的玻璃窗，看着大街上熙熙攘攘的人群——全是毕业没几年的年轻人，步履匆匆，表情僵硬。这是午餐时间，所有的餐厅都挤满了人。他们吃完饭回来的时候，会三五成群，有说有笑，这是难得的休闲时光。

赵腾飞放下咖啡，开始认真地观察楼下的人群：因为长期坐在电脑前的缘故，男人们都有一点小肚腩，走路时颈椎会不由自主地向下弯曲；女人们穿着黑色的职业套装，也有人穿色彩鲜艳的长裙。那些叽叽喳喳的大多是实习生或者刚入职的员工；边走边打电话的女人，大都是三十出头的女强人。对这些女强人来说，午餐时光并不轻松，她们要么还在沟通上午没有完成的工作，要么抽空给家里的老人打个电话，询问一下孩子的情况。

坐在咖啡馆里的赵腾飞，像一头从非洲大迁徙队伍中脱离出来的角马，站在制高点上观察着自己的同类：他们多数人会在这条街道上一直走下去，直到累倒、老去。他们的笑容是那样苍白，身影是何等渺小！也许，几年后自己会在纳斯达克敲钟，而他们则永远没有这种可能。他们是机器上的一颗颗螺丝钉，磨坏了就被换掉。他甚至想象了一下，他们听到他创业成功之后的反应——他们会发来这样的短信：发达了，别忘了兄弟呀！也或者是这样的：兄弟，我去给你打工吧？

午餐过后，楼下的街道清静了许多，赵腾飞想起了很多人。两年前和他一起竞争总监职位的老吴，比他晚进公司，业务能力也不比他强，却成了他的上司。有那么一段时间，赵腾飞处处与他为敌。昨天的饭桌上，老吴竟抱着他痛哭流涕。那一刻，他相信老吴的眼泪是真诚的，那眼泪包含着太多的东西，内疚、不舍，最重要的还是释怀。一年前分配给他的那个实习生，皮肤白皙、声音甜美，每天都会给他买早餐。要不是她纯真地喊他老师，他甚至会喜欢上她。还有六年前面试他的那个 HR，曾一脸严肃地问他：你觉得第三次世界大战会因为什么原因爆发？他被这从未思考过的问题吓傻了。一开始他还在认真地思考 HR 的问题，是中东问题？中日矛盾？抑或是俄罗斯与美国的对抗？到后来，他完全不相信自己可以回答好这个问题，手心全是汗，身体微微发抖。

对不起，我现在回答不了这个问题。当这句话从他嘴里说出来的时候，他像个青涩的中学生，恨不得立马从会议室里飞出去。

恭喜你！你已经顺利通过了我的考核，你的答案我很满意。你应聘的是网络技术支持岗位，这个岗位不需要与人打交道的技巧，需要的是严肃认真的工作态度。

这个曾把他吓得发抖的 HR 现在还在对面的大楼里。上午办离职手续时，赵腾飞听到他还在用这个无厘头的问题吓唬刚毕业的学生。本打算去跟他打个招呼，后来想想，实在没有这个必要，估计他已经记不起当初给他面试的情景了。

这是一个让人飘飘然的下午，他一连喝了三杯咖啡，才从这种美妙的感觉中走出来。

傍晚时分，陈飞扬请他吃了一顿大餐。这一次，陈飞扬没有喝醉，也没有演讲，而是一本正经地跟他谈论了他们即将启动的创业项目。

我们要做的是一个O2O项目，这个领域已经是一片红海。打车、餐饮、娱乐这些领域都已经有人做了，但还有一些空白市场没有开发。

快说，哪些市场没有开发？赵腾飞迫不及待地问。

果蔬。所有家庭每天都要买菜，这是一个非常庞大的市场，保守估计也在千亿以上。

你是说蔬菜配送？

是的，但不应该这么称呼，应该叫健康饮食管理平台。我们不仅提供蔬菜和水果，还可以通过大数据来计算出每个家庭的饮食习惯，帮他们解决营养搭配的问题。

这个想法有点意思。赵腾飞第一次觉得陈飞扬的小聪明用在了正确的地方。

可是，这么大的市场，为什么别人没有做？赵腾飞问。

如果爱迪生发明电灯之前也提出你这个问题，那么我们今天就还生活在黑暗中。我不管别人为什么没做，我只考虑咱们可不可以做。陈飞扬信心满满地说。

我不是不赞同你的创意，我的意思是我们做决定之前应该做充分的调研。我觉得之所以别人不做这个市场，有一个重要的原因，不知道你考虑过没有。

什么原因？

因为大多数家庭买菜的是老年人或者保姆。这个群体智能手机使用率低，对互联网产品接受度也低。也就是说，这些老头老太太习惯了每天早上逛菜市场，现在你让他们拿着手机在屏幕上买菜，他们未必能接受；即便可以接受，也没有年轻人接受得快。

你的问题有一些道理，但这不是核心。你知道O2O的精髓是什么吗？它的精髓就在于颠覆。颠覆我们的生活方式和习惯，你想想看，两年前，我们是怎么打车的？站在路边招手。现在呢？在手机上发出用车信息，车就会在楼下等你。年轻人的生活被颠覆了，老年人的生活同样可以被颠覆。

没那么容易吧？赵腾飞觉得老年人这个群体是最难改变的。

你只看到了老年人迟钝的一面，却没看到他们还有轻信的一面。全国90%以上的电信诈骗案件，受害人都是老年人，这说明什么？说明老年人容易轻信和盲从。你有没有发现，商场搞促销活动时，排队领礼品的都是老年人。这说明老年人会过日子，对一袋洗衣粉、一小瓶橄榄油这样的小礼品感兴趣。等我们的O2O平台上线，我会招一批业务员在小区门口进行宣传，下载我们的APP就送一块香皂，我相信老太太们一定会趋之若鹜。

你说得有些道理，可我们需要一笔不小的启动资金。

你来负责产品开发，融资、营销的事我来负责。你只要能在六到九个月开发出产品，我就能想办法搞到投资。到那时候，咱们就可以租个正规的写字楼，大干一场。

我需要两个助手，一个负责前端设计，一个负责数据库搭建，产品我来开发。顺利的话，要不了六个月。我刚才在想，我们的产品需要运用 LBS 技术，这一点很重要。这项技术可以协助我们优化线下服务体系，节约成本。还有一点，既然我们认定用户是中老年家庭主妇，就应该提供一些养生内容来提高用户黏性。还有，呃，突然又忘了。赵腾飞打开一瓶啤酒，继续说道：兄弟，你知道吗？现在，我的脑子就像这啤酒瓶，滋滋地冒泡。

冒出来的不是泡沫，是才华。你是产品开发高手，你应该干这样的事情，这才是你的价值所在。陈飞扬端起酒杯和赵腾飞碰了一下。

我们要不要拉上秦昊一起干？

为什么要拉上他？

多个人多一份力量嘛。

不不不，创业不是请客吃饭。创业团队讲究的是资源互补和志同道合，难道你没发现，秦昊跟我们不是一路人。他已经不是那个天天和我们泡在一起打游戏的秦昊了。

什么意思？赵腾飞说。

我们和他想要的东西不同，我们希望做有点意义的事情，继而实现自身价值。他想要的是一个位子，一个虚幻的位子。

这是个复杂的问题，但是不管怎么说，我们还是兄弟。

是的，我们还是兄弟。来，为兄弟干杯！

多年以后，每当回想起这个夜晚，赵腾飞都会陶醉其中。这是个做梦的夜晚，卸下枷锁的轻松和畅想未来的激情交织在一起。在酒精的作用下，他感到头脑轻飘，力量无穷。

## 7.

接下来的几个月是一段美好时光，佟心发现工作不再乏味，客户也不再难缠，她从未像现在这样热爱自己的工作。事实上，她热爱的不是工作，而是工作赚来的钱。这些钱可以支撑家里的日常开支，给赵腾飞赢取创业时间。

为了节省开支，他们在远郊租了一套三居室作办公室。赵腾飞每天六点钟起床，倒三次地铁去上班，晚上十点，再坐最后一班地铁回家。每次从地铁站出来，他都会在天桥上停留一会儿。夜幕之下，车流之上，一个男人的豪情油然而生，梦想可以帮他卸下所有疲惫。

家庭生活也发生了巨大变化。佟心不再关注各大剧院的演出公告，赵腾飞也不再沉溺于没完没了的体育比赛。他们谈论的是产品开发进度，是未来。这种和谐的生活持续了好几个月，直到一个小生命的到来，这种节奏才被打乱。

那天中午，同事问佟心借卫生巾，她才意识到有两个月都不用那玩意儿了。该不会是怀孕了吧？她想起来了，应该是叔叔来做客的那个晚上。他们喝了一点红酒，赵腾飞抱着她从沙发上滚到了地板上。

下班后，佟心买了张试纸测了一下，她确实怀孕了！看着试纸上的小方框一点点变红，她开始变得烦躁，真是倒霉！怎么会在这个时候怀孕？他们还没有生孩子的计划，至少近一两年没有这样的打算。如果不生下这个孩子，就得流产，可是，她已经做过一次那样的手术了。那是六年前的事，是莫小诗的孩子。他求她把孩子生下来，又不肯答应和她结婚，一气之下，她自己去医院把孩子拿掉了。她还记得医生跟她说的话：不要再流产了，子宫就像小房子，做一次刮一层，做的次数多了，将来就没法当妈妈了！

当佟心把怀孕的消息告诉赵腾飞的时候，他完全体会不到初为人父的喜悦。他们的反应是一致的：这个孩子来得太不是时候了。

不用太担心，这不是复杂的手术。我听陈飞扬说过，怀孕三个月内做人流，当天就可以出院。赵腾飞的话没能带给她任何安慰，反倒是一种伤害。他把她抱在怀里，抚摸着她的后背，换一种语气来继续安慰：亲爱的，如果你想生，咱们就生，只是……我只是觉得现在有点不是时候。

你以为这是长在我身上的一颗瘤子吗？说扔掉就扔掉？这是我们的孩子。佟心从他怀里挣脱出来，坐到沙发的另一端。在等待赵腾飞回家的这段时间，她已经做了决定：把这个孩子生下来，无论多艰难都要生下来。

我知道是我们的孩子，可我们并没有做好准备，不是吗？我现在正在创业，没有收入，每个月还有七千多房贷，家里的开支都指着那点积蓄和你的工资。这个时候如果再生个孩子，是什么结果？还有个问题，那天晚上咱俩都喝酒了，我不确定会不会影响孩子的健康。

我们很失败，在都城打拼了六年，连生个孩子的权利都没有。佟心说出这句话，眼泪夺眶而出。她想走过去关上灯，让自己大哭一场。她害怕赵腾飞过来抱她，那拥抱不会带给她温暖，只会让两个人显得更加可怜。

赵腾飞站在阳台上抽烟，窗外灯火通明，都城的繁华和热闹显得那么陌生。除了这六十平米的小房子，窗外的一切都与他无关。内疚与自责在心中蔓延，他弯下腰，胳膊撑在围栏上，他觉得这个姿势会让身后的佟心更舒服一些。他没有理由再挺直腰板，双手交叉置于胸前，摆出一副不可一世的样子，毕竟生不起孩子的责任应该由他来承担，而不是身后那个哭泣的女人。

这确实是个两难的选择，如果把孩子生下来，他就不得不放弃创业，重新找一份稳定的工作来养家糊口。可是，一旦放弃创业，他不确定自己是否还有机会再来一次。

这个夜晚，佟心想起了莫小诗——那个在她的世界里消失了六年的男人，竟然因为要做人流而再次浮现。她清晰记得他们一起去医院的情景——

我求你了，把孩子生下来吧，有一个孩子我们就圆满了。你不用担心劳累，孩子生下来，喂奶之外的事都由我负责。莫小诗说。

你愿意结婚吗？

不愿意，我不想结婚。不是不想和你结婚，而是不愿意和任何人结婚，你知道我爱你就够了，为什么非要领个证把自己拴起来？

你根本就不爱我。

婚姻是丑陋的，大多数人在婚礼上的山盟海誓都是不知深浅的假话。当他们真正进入婚姻，就会发现那是一种虚假的生活，各自扮演着自己的角色日复一日地表演，不堪忍受的人选择离婚，还有一部分人会把这种表演带到坟墓里。

不用再讲你那些歪理邪说，说到底，是你不敢承担责任而已。她早已经看透了莫小诗的言语游戏。

真正有意义的承诺是我对你的爱，而不是婚姻。我以为你是脱俗的女人，应该有自信接受不婚生活。莫小诗还在尽力说服她。

别跟我讲理论，就好像你经历过婚姻似的。

我没经历过，但我见证过父母的婚姻，也观察过周围人的婚姻，真正幸福的并不多。

他们站在医院拐角处的大杨树下足足吵了一个多小时，她觉得他所有的话都是在耍赖，都在试图掩饰他对爱情的不确定。她最后一次问他愿不愿意结婚，他站在那里，保持沉默。佟心径直走进医院。当冰冷的器械伸进她身体的那一刻，她在心里咒骂：莫小诗，你这个大骗子！不愿意承担责任的懦夫！我永远都不会原谅你。

人生真是太值得玩味了。拒绝了一个愿意和她生孩子但不愿结婚的男人，又遇到一个结了婚却不愿生孩子的男人。在这个纠结的夜晚，佟心对莫小诗多年的怨恨消释了，她甚至有些感激，毕竟，他陪伴她度过的四年，是最轻松快乐的四年。他们一起画画，一起穿梭于各大剧场，一起在深夜里为一部新上映的电影争论不休……黑夜像一根堵塞的血管，身体的某个部位感到冰冷，另一个部位就会感到温暖。

## —— 8.

有人说男人无论多大岁数,都只喜欢年轻的女人。很长一段时间,我对这句话深信不疑。因为年轻的女人皮肤光滑、身材有致,她们能把男人的细胞唤醒。到了现在这个年纪,我发现其实不然——男人只能喜欢与他同龄的女人,因为只有同龄的女人才能唤醒他们共通的生命记忆。和佟心的交往,让我得到了某种跨越时空的精神愉悦。

整个冬天,她没再来护城河边画画,我也不再去钓鱼了。其间,给她发过两条短信,一次她说在南方写生,另一次她说在国外度假。每次回答完我的问题,她都会礼貌性地问问我在忙什么?身体可好?她从没主动联系过我,但我每次联系她,她又回复得热情而温暖,不遥远也不亲近。于我而言,她像一株梅花,疏影清雅,幽香宜人。

元旦前后,她打电话说约我喝茶,我这才知道她已经搬到西边去住了。她的新居在西山脚下,周围是一片红砖红墙的民居,很多院子大门紧锁,锈迹斑斑,一片萧条落败的样子。车停在村口,穿过一条窄窄的胡同,很容易就找到了99号院。这是村子里唯一的一栋用青砖灰瓦修砌的院落,只有一处厢房,是由一处普通的民居修缮而成的。

麻烦你跑这么远,真是不好意思。我们在厢房坐下来喝茶。

在家也是闲着,不堵车,过来很快。要是二十年前,来这里一趟还真不容易。我说。

是呀,那时候真是绝望,要么宅在家里,要么堵在路上,约朋友喝个茶都是奢侈。

堵车倒还罢了,最要命的是雾霾,整个冬天都喘不过气。所有人都在谴责、自嘲,却没什么办法。有人说解决雾霾至少需要三十年,一个人能有几个三十年呢!我们学校有不少人得了肺癌,政府不愿承认,但医生说了实话,他们说是雾霾增加了人们患肺癌的概率。

莫小诗就是得肺癌去世的。她起身帮我添了茶,再次坐定时,她的脸上拂过一丝从容的悲伤。看不出她有多么痛苦,但我能感受到她真切的悲伤。

抱歉,让你伤心了。我说。

没事,我不介意谈论那些事。藏在心里像快要结痂的伤疤,不碰它会痒,碰了又会疼。无论你愿不愿意碰,都忘不掉,它会从梦里出来,在某个特定的场景里出来,还不如大大方方地揭开它。我和他在一起时间不长,但他给过我真正的快乐和安宁。在那个焦躁的年代,他一直固守着自己,也固守着我。

这是她第一次主动跟我谈起莫小诗,我并不热衷于窥探他人的秘密,但是想让一个女人接纳你,就必须让她先敞开心扉,把最隐秘的内心展露给你。

莫老师是位值得尊重的艺术家,是我们那个时代了不起的人物。为了让她继续这个话题,我不得不这样说。事实上,除了她,我没从任何人口中听说过这位画家。

你过奖了,二十年前,哪里还有什么画家!大家都忙疯了,忙着赚钱、买房、移民、创业,同学们都争先恐后地扔掉专业。只有他一直在坚持,一辈子只做一件事,就是画画。其实,到现在我也说不清画画有什么意义，但我一直敬重他，敬重他的艺术成就和精神世界，那是我不曾到达的境界。我也为他不值，他没得到该有的尊重，那个浮躁的时代辜负了他。

我们这一代人的疯癫和父辈们在“文革”时的疯癫是一样的，父辈们在个人崇拜和政治驯化中失去了思想。而我们，则在物质诱惑中失去了自我，莫老师这样的人很难得。我说。

可惜没人在意他，直到去世，他的画也没卖出去几幅。办过几次画展，自己花钱找场地，做搭建，来参观的人寥寥无几，还都是些外行。

那个年代，艺术市场一片荒芜，别说绘画了，连电影这种大众艺术都是一塌糊涂。想想看，二十年前的电影，还有几部能让人记得住？恐怕连名字都想不起来了。现在想想，也不奇怪，中国人穷怕了，因为怕落后，就急匆匆地往前赶，所有人都被经济洪流裹挟着往前跑，赚钱成了唯一的主题，生活本身却成了一种附属。人们放弃了环境，放弃了自然，放弃了阅读，放弃了一切形而上的东西，只追求那些看得见摸得着的东西。

那几十年太快了，一眨眼的工夫就过去了。我现在住在这小院里，觉得生活慢下来了，在院子里晒太阳，看几十页书，太阳还在那儿停着。现在这日子才叫日子，可惜他走了。

你这个小院真不错。我感叹道。

是不错！年纪大了，就喜欢能接地气的地方。

是莫先生留下来的？我问。

我闺女买的。他只留下一屋子的画。她还在为莫小诗感到悲伤。

你闺女还好吧？我问。

她很好！学的是服装设计，现在创业做自己的服装品牌，已经小有成就。我这辈子做的最正确的决定就是生下了她。当年怀上她的时候，我和赵腾飞都觉得这个闺女来得不是时候。现在想想，真是糊涂，什么创业，什么赚钱，都不过是过眼云烟，哪有一个闺女来得实在！谈起闺女，她脸上浮现出难以掩饰的骄傲。

你是不是已经有孙子了？她问我。

没有，我儿子是丁克，我是抱不到孙子了。

你会责怪儿子吗？

那倒没有，这是他的权利。咱们年轻的时候，也有很多人选择不要孩子，我也有过这样的想法，我觉得人生本质上是苦的，不愿再带一个孩子来受苦。结婚五年都没要孩子，后来周围的人都说再不生就没机会了，我有些害怕，就生了。我儿子倒好，不仅不要孩子，干脆连婚都不结了，真是让人头疼。我说。

由他去吧，也不是什么错。作为过来人，我们都知道：婚姻未必是个好东西。咱们的中学课本里说，到了共产主义，物质高度发达，按需分配，国家就消亡了。原来觉得这是不可思议的事，现在看，还真有可能实现。

为什么？

现在已经看到了家庭消亡的迹象。家庭可以消亡，国家也有可能消亡。

整个下午我们都在回忆年轻时的都城生活，夜幕降临的时候起身告别，约好了来年春天再去护城河边看她画画。从佟心家出来，天空飘起了雪花，远处的高楼亮起了稀疏的灯，一束烟花从高楼间窜向空中，伴随着巨大的声响，烟花在漆黑的天空中舒展成一朵绚烂的花，只定格了一瞬，又变成细细的流星坠落下来，走在雪地里，脚下发出咯吱咯吱的声响，想起二十年前的生活，恍如隔世，又似昨日。

## 9.

随后的一个月，两人都不再谈论孩子的事。消极回避的背后是激烈的对抗。在佟心看来，赵腾飞虽然不愿意要这个孩子，但也不至于逼着她去流产。只要他不逼她，孩子就会一天天长大，到了没法流产的时候，他也就缴械投降了。而赵腾飞心里打的是另一副算盘：女人不会生下一个不受男人欢迎的孩子。只要他不答应，她就不得不在煎熬中放弃。最后，两个人谁也没有妥协，事情却圆满解决了，是陈飞扬拯救了他们。

陈飞扬拿到了一笔天使资金，一千万人民币。陈飞扬和投资人签完合同的那个下午，办公室像一个膨胀得快要爆炸的气球。赵腾飞和陈飞扬成了有身价的人，他们很快就可以搬进明亮的写字楼，人们的生活也会随着他们平台的上线而发生巨大变化：再也没有人提着菜篮子去菜市场讨价还价了，只需点几下鼠标，配好的蔬菜就能送到门口。

赵腾飞给了陈飞扬一个深深的拥抱，差点哭出来。他和佟心的家庭战争可以结束了，这一千万的融资让他看到了希望，让他有信心去迎接自己的孩子。

赵腾飞到家的时候，佟心正在厨房做饭，这个可怜的女人为了生下孩子，已经沉默了一个月，但她依旧恪守妇道，每天按时下班，给他做一口热乎的饭菜。

明天去医院吧？赵腾飞走进厨房说。

不去会怎么样？你会把我绑到医院去？赵腾飞，你让我失望透顶。你不仅懦弱，而且冷血，逼着老婆去做掉自己的孩子，你真行！她关了煤气灶，转过身愤怒地盯着他，手里拎着的铁勺随时可能扔过来。

嗨，嗨，嗨，别激动好吗？赵腾飞走过去抱住她。她身体僵硬，想要挣脱，但很快就柔软下来了。

明天是去产检，不是去流产。你用得着这么激动吗？

你改变主意了？

嗯，我改变主意了，我为之前的态度向你和孩子道歉。

为什么？

因为爱，没有别的。男人应该保护自己的女人和孩子，这是一种职责和本能。

本能？一个月前你的表现才是一种本能吧？

她需要发泄积蓄了一个月的愤怒。她放下手中的勺子，从水果沙拉盘里插起一块香蕉放进嘴里，然后双手撑在灶台上，面带微笑地审问着赵腾飞。只要她面带微笑，这质问的语气就不会让他讨厌。显然，她是开心的，甚至是充满感激的。

我想明白了，男人来到这个世界上就是为了解决问题的。无论生存压力有多大，也无论创业是否能成功，我们都有能力养一个孩子。再说了，我们也确实到了该要孩子的年龄了。就这些，没有别的原因。

好吧，我替孩子原谅你。她又回到了他的怀抱。

饭后，两个人一起看电视，她主动把电视调到了体育频道，算是对他的感谢。这是一个和谐的夜晚，她不用再把自己关在卧室里看书了。

告诉我，是什么让你改变了主意？睡觉前，她忍不住又问起了这个问题。

我刚才已经说过了，是自我反思，良心发现。

别骗我了，还是老实交代吧。多年夫妻生活形成的默契让她确信，他在撒谎。

陈飞扬融到了一千万投资，公司被投资人估值一个亿。

一个亿？这么说你已经是身价过千万的人了？天呀，一颗创业新星正在我身边冉冉升起。还记得我说的话吗？我说什么来着？我说你是创业天才，只要给你一片草原，你就能成为脱缰野马。

冷静，冷静，这才哪到哪呀？万里长征才迈出那么一小步。还有A轮B轮IPO，等上了市，那身价才是真身价。那时候，钱对咱们只是个数字。眼下最重要的是平台推广，能挺过这个阶段，我们就离成功不远了。你想没想过，如果有一天，钱不是问题了，你想过什么样的日子。

想过有尊严的日子。

什么是有尊严的日子？

就是不用每个月还房贷，不用每天挤地铁，不用在公司里被客户呼来唤去。当然，最重要的是能有时间干我想干的事情。

你想干什么？

你还不知道我想干什么？

不就是想画画嘛！等公司上市了，我给你租一间大大的画室，不对，是买一间画室，让你天天趴在里面画。再给你办全国巡回展览,哪里高端就去哪里展览,不求最好,只求最贵。

我才不要你帮我办画展呢,我要凭自己的实力去争取机会。我相信自己的天赋,就像相信你可以创业成功一样。毕业的时候,导师叮嘱我说:佟心呀,无论什么时候,你都不能丢了画画,你是可以在自己的专业领域有所作为的人,如果你放弃了,就是埋没了自己,亏欠了老师。

佟心说着的时候,赵腾飞想到的却是爸爸赵修齐——那个唯唯诺诺的小公务员。他努力了一辈子,只是一个副科级干部,还是靠着叔叔的一路提携才捞到的。在赵腾飞眼里,爸爸是个两面人。在外人面前文质彬彬,亲和恭谦。回到家里就变了一副面孔,说一不二,严厉霸道。在父亲的高压下长大,赵腾飞习惯了言听计从。但在内心里,他并不欣赏爸爸。他认为爸爸是那种在别人腋窝下讨生活的男人,他不愿成为爸爸那样的人。

大学毕业时,爸爸想让他回邑城做公务员。在赵修齐看来,凭借他和弟弟在邑城经营的人脉,赵腾飞一定可以在仕途上有一番作为。他的好意却被儿子断然拒绝了。因为这个,父子俩大半年没说话,后来终归是和好了,但一场漫长的斗争就此拉开帷幕。父子俩都想证明自己的决定是对的,评判的标准就是赵腾飞在都城生活得是否幸福。赵修齐每次来都城都不忘数落儿子:看看你这小房子,跟个鸟笼子似的。

他一直在寻找机会向爸爸证明自己。他要告诉爸爸,人生还有另一种活法。这天夜里,他隐约看到了战胜爸爸的希望。如果有一天自己的公司能上市,他会邀请爸爸与他一起去敲钟。在那欢庆的舞台,爸爸会是怎样的表情?他也许会有些尴尬,但终归是欣慰的。爸爸会给他一个拥抱,然后拍着他的肩膀说:儿子，你的选择是正确的。

## 10.

都城的冬天，漫长而困顿。雾霾像一条发霉的棉被盖在城市上空，西伯利亚寒流袭来的时候，人们才能见到久未谋面的蓝天，风却在大街小巷里乱窜，抽得人们探不出头来。

佟心的肚子一天天变大，她裹着厚厚的羽绒服在地铁里挪动，像笨拙的企鹅。她盼着能有人给她让个座，但多数时候都很难如愿。水泄不通的车厢里，座位上的人都在低头看手机。除了日渐笨拙的身体，让佟心觉得困顿的还有眼下的日子。融资成功并没有改善他们紧巴的生活。佟心开始怀疑自己的决定，也许赵腾飞是对的，他们确实没有做好当爸妈的准备。

周末，佟心去超市给孩子买奶粉，最好的进口奶粉要八百多一罐，便宜的也得五六百。国产奶粉倒是便宜，但一想到前段时间媒体报道的“毒奶粉”事件，她就果断放弃了。在货架前犹豫再三，还是买了四罐便宜的进口奶粉。排队结账的时候，肚子突然动了一下，那个小生命已经可以和她互动了。这胎动让她心里一酸，转身回去换了四罐最贵的进口奶粉。

临产的日子越来越近，要置办的东西也越来越多。尿不湿、奶瓶、爽身粉、被褥等等，所有孩子用的东西都得买最贵的，亏谁也不能亏了孩子。忙了两个月，孩子还没出生，银行卡里的存款已经所剩无几了。一想到银行卡上的数字，佟心心里就发虚。赵腾飞创业的这一年，没往家拿回过一分钱，全靠她的薪水和前些年的一点积蓄撑着。现在积蓄快花完了，她也要休产假了，经济上只会越来越紧张。

公司什么时候可以盈利？这天夜里，佟心忍不住想和赵腾飞聊聊。

早得很呢，现在能撑着活下去就不错了。

卡里总共不到五万块钱了，这样下去可不是个事儿。她说。

实话跟你说吧，公司到了生死存亡的时候，陈飞扬拿回来的一千万顶多还能再撑半年。他在外面四处化缘，我在全身心做产品推广。只有用户量上来了，才有可能拿到下一轮融资，公司才可以继续往下走。一旦没了钱，不出俩月，公司就得解散。

那什么时候能拿到下一轮融资？

说不准，取决于平台的用户数和活跃度。我们对产品推广过于乐观，实际情况比想象的要复杂。不管怎么说，既然选择了创业，就得有心理准备。只有扛过这个阶段，才有可能继续活下去。

照你这么说是遥遥无期了呗？再过几个月，一休产假我就只能领 80% 的工资，房贷怎么办？

你什么意思？赵腾飞一直在用平和的口气向她解释，但佟心突然提升的语调让他窜起一股无名火。

没什么意思，我只是有些担心。

我不明白你为什么会有那么多的担心。当初选择创业是你支持的，既然支持就得有吃苦受累的准备。开弓没有回头箭，现在必须得往下扛，扛不住也得扛。

什么叫扛不住也得扛？我跟着你扛没有问题，可孩子怎么扛？他一出生就得要吃要喝。

孩子有口奶吃就能活，我小时候没用过尿不湿，没喝过进口奶粉，不照样长大了吗？有钱就富养，没钱就穷养。你看看那些进城务工人员，他们的经济状况比咱们差多了，人家不照样养孩子吗？

亏你说得出来，你打算把咱们的孩子当留守儿童养？孩子没怀在你身上你不知道疼，他在我肚子里一动弹，我心都化了。我不管别人的孩子怎么养，反正我的孩子不能受苦。

真不知道你们女人到底在想什么！我踏踏实实上班，你说我没上进心，发展太慢，挣钱太少；我创业了，你又耐不住贫穷，觉得没安全感。你想让我怎样？我不是富二代，要想实现财务自由，就只有创业这一条路。你想想一年前你是怎么说的？你说男人就应该去干大事，不能再把才华浪费在没前途的工作上，不能被房子套牢了；你还说让我放心去创业，你来养家。这可都是你说的吧？

有那么一瞬间，她想跳起来，用尽浑身力气把眼前的茶几掀翻，或者把手中的水杯狠狠地砸向电视机。但仅存的一点理智告诉她不能那么做，她现在要顾及的不仅仅是眼前的男人，明天的日子，还有肚子里的孩子。

你知道这大半年我是怎么过来的吗？每天六点钟起床，每天挺着大肚子挤地铁。上车以后就盯着座位上的人挨个看，盼着人家能给让个座。没座的时候只能站着，一只手抓把手，一只手护孩子，每次下地铁都是一身汗。到了公司先抓紧时间干完公司的活，然后就忙着给老客户打电话，发邮件，看能不能接点私活。晚上需要加班就在公司楼下对付一口，不加班还得早早回来给你做饭。你出去问问，有几个孕妇像我这样？哪个女人不是一怀孕就在家养着？这大半年了，你给我做过一顿饭吗？你觉得我不支持你，你说说看，我怎么做才算支持？佟心的一席话让他泄了气。

都会过去的，让我妈过来伺候你吧。他把手搭在她后背上，想给她一点安慰。

算了吧，你妈本来就不待见我，来了只会更乱。

那就让你妈妈来伺候？

我爸身体不好，常年需要人照顾，你又不是不知道！

那你说怎么办？要不就雇个保姆。

好呀，只要有钱，雇两个都行。

佟心的话让他感到厌恶。赵腾飞点着一支烟，来到阳台上，试图理清这次吵架。但他很快就意识到，这是徒劳的，理清楚了又能怎样？还是要向她示弱，还是要去哄她。他受够了这种说不清道不明的争吵。

他们形成了某种默契：吵架，冷战，然后做爱，和解。做爱成了生活的润滑剂，像一根稻草拴着他们走下去。仔细想想，他们已经很久没有在愉快的氛围里做爱了，都是在争吵之后，一方以某种暗示表达自己的妥协，另一方顺势接受。真是可悲！性爱竟然成了维系婚姻的工具。更可悲的是，眼下连这工具都没了——她怀孕了。

这天晚上，佟心失眠了。她坐在沙发上把电话簿翻了一遍，看着莫小诗的手机号，斟酌了好一阵子。最后，她拨通了罗炜的电话，跟她一通诉苦。

亲爱的，你听我说，生活就像一头猪。你可以任由它到处乱拱，把情绪整得一团糟。也可以把它收拾成一只小宠物，听它哼哼唧唧。它是什么样子，取决于你怎么看它，怎么打理它。情况不像你想的那么糟，你说了那么多，其实并没有什么值得伤悲的事，只是有了个 baby，让你有些累而已。我和艾伦也经常吵架，但很快就会好起来。你懂的，床是搅拌机，它会把生活摩擦出来的东西搅进去，再吐出来。你们应该出去旅行一趟，回来就好了。

这一年我连电影院都没进过，哪还有机会旅行！罗炜的话没能让她感到慰藉，反而让她因为罗炜的轻描淡写而更加焦灼。是的！一个在美国住着大别墅的自由职业者，怎么能理解一个都城孕妇的苦衷？

真有那么忙吗？你辞职休息一段，天不会塌下来的。罗炜说。

佟心不知道该怎么接罗炜的话，她开始后悔打电话给她，但又不好立马挂了。

说说你吧，你还好吗？佟心开始转移话题。

我还好，他忙他的，我忙我的，偶尔出去转转。其实美国也没啥好玩的，没出国的时候，一看到美国小镇的照片，就觉得跟天堂似的，见多了也就那么回事。我挺想念都城的，到处都是熙熙攘攘的人群，凌晨两点还能找到吃的，一年 365 天都有演出，花几十块钱就能从黄牛手上搞到一张歌剧票，这种生活在美国想都别想。对了，你后来有没有回学校吃烤翅？一想到学校门口的烤翅我就要流口水。

经常路过，但没再去吃过。

那你下次经过一定要去替我吃一顿，拍照片发给我。

吃货！说点正经的，你现在做什么工作？

我呀！无业游民！前段时间在一家早教机构教孩子们画画，后来觉得误人子弟，就在家待着了，最近想写本小说。

在美国写小说能赚钱吗？佟心问。

不知道，反正自费出版也花不了多少钱，就当写着玩儿呗。

在佟心看来，罗炜的生活像小孩子过家家，想起一出是一出。她想问问艾伦是不是收入很高，但又觉得那样不好，既然人家活得这么自由，钱肯定不是问题。

你们真不打算要孩子了？

不要，我们从一开始就很统一。你快点生吧，我要做你孩子的干妈，体验一下做母亲的感受。

当干妈是要给红包的。

你就惦记着钱。说正经的，经济上有困难吗？有困难你说话。

还好，有困难会跟你说的。

挂了电话，佟心非常后悔。真是犯神经，大半夜的打什么电话！为什么想窥探别人的生活？知道了又能怎样？和自己有多大关系？

八年前，她和罗炜像两朵移动的花儿漫步在校园里，男生们期羡的目光就像移动的喷泉，她们走到哪里，水就洒到哪里。当然，她们身边也少不了一片绿叶——黄小秋。那个长相平平、年年拿奖学金的姑娘，一毕业就回邑城做公务员了，现在已经是两个孩子的妈妈。想到黄小秋，她感到一丝慰藉。上学时，她像保姆一样照顾着大家的饮食起居，每天打水拖地，任劳任怨。毕业后，也经常打个电话嘘寒问暖。最重要的是她依旧保持着绿叶姿态——面朝太阳，仰望鲜花。佟心每次向她抱怨工资太低，生活太累，她就会用一轮更强烈的抱怨来安慰你——

你一万多的月薪还哭穷，我月薪四千不照样屁颠屁颠地加班？

刚怀孕就觉得累呀！这才哪到哪呀，我下班都是跑着回家的，哄完了老大哄老二。

比起罗炜那苍白的安抚，还是黄小秋的抱怨更能让她感到安慰。

## 11.

陈飞扬坐在办公室里，双脚搭在桌上，背部后仰，像一艘架在船坞里等待下水的船。他谁也不想见，就想一个人休息一会儿。他起身走到门口，想把门反锁起来，才发现这扇门根本就没装锁。一年前，装修办公室的时候，行政总监问他是否需要安装门锁，他说不装，互联网是开放的，我的办公室也是开放的，随时欢迎员工进来和我聊天。那时候，他可没想到会有今天。

过去的三个月，他每天都提着电脑去见形形色色的投资人，一无所获。半年前，很多投资人找上门来要给他投钱，他一一拒绝。现在眼看公司要断粮了，却没人愿意伸出援手。资本市场瞬息万变，他开始后悔自己当初的贪婪和固执，如果去年多出让一些股份，多融一些资金的话，现在就不至于这么狼狈。

有什么消息吗？赵腾飞推门进来。

不是很顺利。

公司账上的钱只够发这个月的工资。

我正在想办法，融资遇到了一点困难。资本市场不像去年那么活跃了，钱都进了房地产，投资人不愿意把钱投给互联网创业公司。如果这一两天还融不到钱，我们就得自己想办法了。

自己想办法？又不是小数目，几十个人要发工资，自己能想出啥办法？

要不先从银行贷点？陈飞扬说。

银行贷款需要抵押。

咱们不都有房子吗？

你疯啦？把房子抵押出去？万一失败了，连个住的地方都没了。赵腾飞从没想过贷款创业。

我们没有回头路，必须坚持到底。房子只是抵押出去，又不是卖了。

我家的房子肯定不能抵押出去。孩子快出生了，我不能让孩子一出生就居无定所。

其实，再坚持三个月，情况就会好转。现在的用户数不是每天都在增长吗？只要用户数再翻一倍，我们的成本就会大幅减少，平台就可以扭亏为盈。到那时，即便没有人给我们投钱，我们自己也可以活下去。

翻一倍？没那么容易！没有大额的市场投入，用户数很难翻倍。

两人都沉默着，过了几分钟，陈飞扬打起精神继续说话。他怕再沉默下去，赵腾飞会跟他说：算了吧！

情况也没那么糟糕，我们不是已经拿到了一千万风投吗？说明有人认可我们的项目。只是目前的用户增长太慢，如果有足够的用户，融资也不会这么艰难。

你的意思是我的工作做得不好？赵腾飞反问道。

我没有责怪你的意思，我只是说平台数据没有想象的那么乐观。

当初咱们说得很清楚，我负责平台运营，你负责融资。现在的问题是没钱，如果有足够的钱做推广，用户数肯定不会是现在这个状况。

讨论谁对谁错有意义吗？现在必须一起想办法，挺过这一关。陈飞扬站起来拍了拍赵腾飞的肩膀，然后转过身去望着窗外，又是长长的沉默。

腾飞，我们不能放弃，创业真的不易，哪个成功者不是九死一生？没有破釜沉舟的勇气，永远都没法扬帆远航。我想好了，把房子抵押出去，贷款继续坚持，你要不要继续投入你自己决定。

几个月前的那个夜晚，佟心在喝完一杯拉菲之后，把这个"怀才不遇"的男人点燃，鼓励他去创业。哪想到只过了几个月，勇气与耐力就耗尽了。之前的工作虽然无聊，却有一份俗常的安稳，现在连这安稳都没了，生活将他带到了进退维谷的境地。

赵腾飞站在过街天桥上思考人生——非要找出一点错误的话，应该归责于那所谓的爱情。如果当初他没有被爱情冲晕头脑，就不会轻易结婚；如果没结婚，他就不会有这么多的顾虑。是她鼓动他辞职创业，也是她逼着他生孩子，这些重大的决定都是她做出来的，他甚至都没来得及认真思考，就被她带到了如此繁杂的困境之中。

赵腾飞这么想的时候，心中荡起一丝怨恨，这怨恨还没发泄出来，闺女就出生了。

## 12.

二十年前，政府开始拆除围墙，城市划分成街区，街区中间是大片的草坪和星罗棋布的马路。初春时分，嫩绿的草坪洋溢着复苏的气息，阳光穿过细密的水幕，泛起若隐若现的彩虹。春天来了，这是一年中最好的时光。

我们已经习惯了在护城河边聊天，我庆幸没有在年轻时遇见她。那时候我是个穷光蛋，倘若遇见她，我会在荷尔蒙的蛊惑下一门心思想着和她上床，又没有足够的钱，结果可想而知。我不是说她年轻时是个爱财的女人，只是那个时候的她一心想过体面的生活，而体面的生活需要宽敞的房子，漂亮的车子，这些我都没有。

在这个年纪相遇，再合适不过了。她年轻时飘忽不定的心性，经过生活的碾压，变得丰富而宽厚；身体的线条在岁月的打磨下变得平滑、模糊。那些爬上她眼角的皱纹，像一个深色的真皮画框，把她年轻时的样子和焦灼的生活都框起来，使她的人生成了一幅耐人寻味、色彩斑斓的油画。

佟心已经放下戒备，完全接纳了我。那个春风荡漾的午后，我们坐在护城河边喝茶，她跟我谈起了兰君。

她说，我后来认识了一个有趣的人，叫兰君。我们一起谈论艺术和社会，一起看演出，一起对周围人的生活指手画脚。用当年的话说，我们算是闺密。其实，她远超过一个闺密，她应该算是我的精神导师。我羡慕她的生活方式，她总是理性又从容。很长一段时间，她成了我唯一可以倾诉的人。

你的精神导师不应该是莫老师吗？

莫小诗只是我艺术世界里的偶像，我对他的爱是从崇拜开始的。他生活在自己的艺术世界里，对现实生活一无所知，无法给女人提供任何庇护。年轻的时候，我没有勇气和他一起生活。

兰君是搞艺术的？我问。

不是，充其量只能算是个文艺青年，但她有品位，懂生活。

她做什么工作？

卖衣服的。

卖衣服的？我感到好奇。

嗯，她确实是个卖衣服的，不过，她不是普通的小老板。她是我见过的最有个性的老板。为什么要选风衣呢？你穿这件风衣白瞎了你这沙漏体型；你应该穿低领、紧腰的窄裙，如果你没把别人的目光聚焦到你腰上，所有人都会知道你是个不会穿衣服的女人；哦，亲爱的，拜托你不要试这件丝质上衣，这件衣服只会让别人知道你胸小，横条纹、蕾丝褶皱、大荷叶边都适合你，为什么偏要选这件丝质上衣呢？她就是这样和顾客沟通的，几乎每个顾客都被她批评过。

她不担心顾客会生气吗？

她从不担心，我亲眼看见她把一个顾客训斥得面红耳赤。

真是个有趣的人。我附和着。

她店里的衣服都没有牌子，她把品牌标签都剪了。她说标牌是衣服上最肤浅的东西，是为了告诉别人衣服的价格。

她的生意好吗？

还不错，去她店里买衣服需要预约。她更像是一位造型设计师，卖的不是衣服，而是她的眼光和品位。

能成为知己的人，在精神上都有一些相通的地方，你们都有很好的审美。

她是个与众不同的人。她能把自己的家庭打理得井井有条。她不允许公婆住她家，来看孩子也不能超过一周；她每个星期要上两节瑜伽课；每年冬天要去南方度假。总之，她是个干练的、有主见的女人。她能自行其是，保卫自己的生活。

你们什么时候认识的？

刚生完孩子的时候。那时候我的家庭生活一团糟，我不知道该怎么带孩子，不知道该怎么处理复杂的家庭矛盾，她给了我很多指导。我羡慕兰君的生活，对她的做法顶礼膜拜。可惜，我是个蹩脚的学生。

每个人的情况都不一样，她的自由生活是有前提的。首先，她老公肯定很爱她，支持她的做法。其次，他们家的经济状况应该也不错。我试着帮她做一些分析。

你说得对，自由幸福的生活需要爱和钱，但爱和钱还不是全部，还需要相同的价值观和生活理念。兰君的丈夫支持她那些做法，不仅仅是因为爱，更重要的是他也是那么认为的。我家的情况则完全相反：赵腾飞创业失败后，又找了一份收入不错的工作。我说雇个保姆照看孩子，他却坚决不同意。理由不是没钱，而是他老家都是奶奶带孩子，如果不让他妈妈来带孩子，老家的人就会认为我们家婆媳不和。结果他妈妈来了以后，我们家就变得鸡犬不宁。

那天下午，我们一直坐在护城河边的茶馆里聊天。她面色红润，表情淡然。那些曾经的焦灼和浮躁都俯下身来，像对面河堤上墨绿色的苔藓，透着一丝穿越时光的美感。

我向她感叹道：很多人一生都在把别人当镜子，通过“别人”来审视自己，兰君当初就是你的镜子，你在镜子里看到了自己想要的生活，却在镜子后面找不到任何东西。

是的，我在她那里看到了自己想要的生活，却只能看看而已。

我没再插话，听她继续讲述兰君的故事：兰君每次旅游回来都会带一些小礼物给我，有时候是一条围巾，有时候是一袋干果。都是些不值钱的东西，但她会跟你细致地介绍礼物的来历。你不觉得她是在炫耀自己的旅行，而是在与你分享生活的乐趣。他们是我遇见的最好的邻居，友好而真诚。我也经常回赠她一些礼物，大都是从商场里买回来的俗常东西，价格不见得便宜，来历却乏善可陈。兰君的生活像一条波澜不惊的河，从深山里出发，经过河滩，穿过草原，最后汇入大海。同样是悄无声息的归宿，不同的是她看到了沿途的风景。而我和赵腾飞的生活，却像一座没有出口的湖，无序激荡，原地打转。

后来你们在邑城过得怎样？

简直是一场灾难！她说。

## 13.

哆哆一出生，姥姥姥爷就拎着大包小包来了。爸妈来了，佟心自然开心，但一家人怎么睡觉的问题却让她犯了愁——家里只有一个卧室。佟心和孩子得睡卧室,爸妈就只能在客厅打地铺。或者自己和妈妈睡卧室,爸爸在客厅睡沙发,赵腾飞出去找地方住。

妈,腾飞晚上去他同学家住,咱俩睡里屋,让我爸在沙发上将就一下,你看成吗?

不用,妈知道家里睡不下,和你爸已经找好了旅馆,就在楼下,有空调,一晚上才八十多块。妈妈话音刚落,佟心眼泪就下来了。

妈,让你们受委屈了。

傻丫头,这是哪里?这是都城呀!寸土寸金的地方,有多少年轻人混了十几年还租房子住呢!你们有自己的房子应该知足。我们能来几次?只要你们一家三口有地方住就行。

晚饭过后,佟心送爸妈去旅馆。到了地方才发现爸妈说的旅馆是小区的地下室。没有门头,没有大堂,只在门口立了一个小灯箱,上面写着“旅馆”二字。沿着窄窄的楼梯往下走,一股怪怪的臭味迎面而来,过道两侧堆满了杂物,头顶上还挂着五颜六色的衣服。

咱们走!佟心拉着爸妈往回走。

嗨,条件是差了点,这不是离家近吗?再说钱都交了,就先将就一晚吧。

你们住这种地方,我心里能安生吗?容不得妈妈解释,佟心就拉着爸妈出了地下室。在小区门口拦了辆出租车,直奔一家四星级酒店。佟心从酒店回来的时候,赵腾飞正躺在沙发上看球赛,直到听到佟心的啜泣声,他才把目光从电视上移开。

怎么了?身体不舒服吗?赵腾飞问。

等孩子断了奶，我不想再回去上班了。

你想做什么？

开一个设计工作室，自己当老板。好几个同事都自己出去干了，混得还不错。

好呀，我支持你！赵腾飞随口应付了一句。他对佟心的创业计划不感兴趣，她不过是换一种方式向他表达不满。

再过两三年，孩子就要上幼儿园。咱们没有本地户口，孩子想进公立的幼儿园就得花钱托人，少说也得大几万。我听兰君说，她家孩子上的私立幼儿园，一年光学费就得十几万，还不算营养费，各种培训费用。

赵腾飞看球赛的心情被破坏了。他关了电视，盯着天花板，听佟心继续展望糟糕的未来。

孩子上学倒还罢了，毕竟还得几年，还有喘息的机会。我最担心的是父母的身体，四个老人，但凡有一个人身体出点问题，咱都扛不住。你还记得芳芳吧？就是我经常跟你说的那个同事，我们办公室里的开心果。前些天见她，都快认不出来了，跟换了个人似的。

她怎么了？离婚了？

她妈妈得病了，胃癌晚期。两口子打拼了七八年，攒了小百万，本来计划买房的，结果妈妈一生病，这点钱全搭进去了，钱没了，人也没了。

她也真是的，得了这种治不好的病，干吗非要治？赵腾飞说。

你说得轻巧，谁家里人得了病不得拼命治？刚查出来的时候，医生说做手术可以活五年，芳芳觉得多活一年也得做呀！结果做完胃切除手术不到半年，癌细胞就转移到肝上去了。医生劝她放弃，她不甘心，又做肝切除手术。谁承想做完手术没过一个月，人就没了。芳芳说钱虽然没了，但她心里踏实，没留遗憾。我现在特害怕咱爸妈得病，如果像芳芳妈妈那样，你说咱能做到不留遗憾吗？

别瞎说，咱爸妈每年都体检，不会得那种病。

赵腾飞对佟心的唠叨失去了耐心。他发现有了孩子之后，佟心开始变得有些婆婆妈妈。每天都在小区里和那些抱着孩子的女人讨论孩子该吃什么奶粉，穿什么衣服，上什么学校。在赵腾飞看来，女人们的交流，多数都是为了攀比。

几年前，刚住进来的时候，他们讨厌周围的邻居。在他们眼里，那些在小区亭子里打麻将的拆迁户是一群不求上进的人，一群依靠国家政策过日子的寄生虫；那些热衷于社交的年轻妈妈都是些没什么精神追求的俗人。她们日复一日地痛斥婆婆和保姆，谈话内容永远都是家庭矛盾、购物和孩子。用佟心的话说：这是些虚伪而琐碎的女人。

虽然他们的房子是这个小区里最小的户型，但他们认为自己是这个小区里不一样的人。那时候的佟心会花心思收拾家，今天带回来一盆绿植，明天淘一幅水彩画，直到这套小房子再也放不下任何东西为止；他们有大把的时间去看演出，各大剧院里最叫座的演出，他们几乎一场不落。虽然有时候会发生一点小争执，但在赵腾飞看来，这种争执都是高雅而健康的。这些争执说明她是个思想独立，有精神追求的女人。然而，这些曾经引以为傲的生活方式正在渐行渐远，甚至连她那迷人的身材也已经在不知不觉中消失了。

佟心还在继续陈述她对未来生活的种种忧虑，赵腾飞打了个呵欠，挪了挪屁股，以一个更舒服的姿势深陷在沙发里。他渐渐闭上眼睛，脑海里掠过那些“虚伪而琐碎”的女人。赵腾飞有种塌陷的感觉，他意识到那个超凡脱俗的佟心已经塌陷了，她已经成为这个城市里无数个普通女人中的一员。接下来，轮到他了，不要再做什么创业梦了，不要以为自己与众不同，可以干出一番事业。他应该回到属于自己的轨道上去，回到那条挤满了发福的中年男人的IT街上去。

我想好了，结束创业，回去继续工作。他说。

这样也好，更稳妥一些，用不了几年，我们就可以换一套大房子了。其实，我一直都觉得和陈飞扬一起做事，不怎么靠谱……

佟心还想再说些话来安慰他，但她发现赵腾飞已经睡着了，鼾声粗重有力。

## 14.

赵腾飞再次走在尚东大街上时，害怕遇见熟人。一年前，他走出这条IT街的时候，所有人都知道他去创业了，现在他又回来了，当初信誓旦旦，故作深沉的表情，想想都觉得可笑。

大多数互联网公司都聚集在这条街上。那些曾经和他一起度过无数个无聊下午的同事们，依旧在这条街上游荡。他们在网络平台上慨叹日益发福的身体，吐槽高不可攀的房价，又不无骄傲地享受一杯安逸的下午茶。创业的这段日子，赵腾飞偶尔会怀念这种安稳无望的生活，这种生活没有什么不好，大多数人都是如此。

赵腾飞这次创业是一次出逃，他向周围人宣示——我不安于现状，鄙视现在的生活。他是《皇帝的新装》里那个道破真相的孩子，遗憾的是他没有得到周围人的赞许，也没有挣脱这种生活，反而被现实扇了一记耳光。再次回到IT街，赵腾飞希望得到周围人的原谅。好在大家对这种事已经见怪不怪了。

回来就好，以后又可以一起玩了。街东头新开了一家桌球厅，要不要来几杆？

说真的，我们挺想你的，你对整个IT街都特别重要。你走了之后，西边那家拉面馆就倒闭了。

没人询问他的创业经历，或许从来就没人认为他会成功。从他走的那天起，他们就知道他会回来。当他真的回来了，周围人没有幸灾乐祸，也没有大惊小怪，只是用一些无伤大雅的玩笑表示欢迎。

生活又回到了原来的轨道，赵腾飞很快就适应了新工作。每天清晨从地铁里钻进写字楼，中午在周围的小餐馆里吃一顿简餐，然后去台球厅玩几杆，下午再昏昏沉沉地写几段代码。这种没法大富大贵却又衣食无忧的生活，也并不完全是沉闷无趣，偶尔也会有一些突如其来的惊喜。比如，办公室里新来的实习生。

周三中午，赵腾飞突然厌烦了和同事们一起下楼吃饭，想要叫一份外卖。他径直走过去对新来的实习生说：婷婷，麻烦帮我叫一份外卖，要清淡一点的就行。

她正埋头处理一堆报销单，抬起头来的时候，赵腾飞正好俯视她，目光落在了她胸前。他能看清她穿着黑色的胸罩，衣领开口的末端有一条诱人的乳沟。

你自己不会叫外卖？婷婷一脸不耐烦。

我当然会叫，可咱们部门的外卖不都是你来叫吗？

对不起，我是来实习的，不是来叫外卖的。

赵腾飞从工位上走过来的时候，可没想到会碰钉子。让实习生叫个外卖，这是再正常不过的事，怎么到我这里就会被拒绝呢？接下来要解决的不是外卖的事，而是怎么不失体面地全身而退。赵腾飞环视了一下办公区，大部分人都出去吃饭了，应该没有人听见他们的对话。

没关系，我可以自己叫。不过，我想问一下你为什么可以帮别人叫，却不愿意帮我叫？赵腾飞把双手搭在工位挡板上，俯身问道。

我今天心情不好，这个理由可以吗？婷婷埋下头去，继续处理她面前那一堆报销单。

好吧！赵腾飞本想再加一句“你有种”，又觉得实在没这个必要，她只是一个实习生而已。回到工位，赵腾飞完全没心情叫外卖了。他打开 OA 系统，找到了她的介绍页，上面有她的照片和介绍，他开始研究这个烦人的实习生。

她不是那种外表惹眼的姑娘，照片看起来却很迷人，圆脸，长发，甜甜的酒窝。赵腾飞努力搜寻着关于她的记忆，和眼前的照片做对比——皮肤没照片上那么白，身材也不像照片上那样凹凸有致，倒是那对装满蜂蜜一样的酒窝是真实存在的。OA 系统里的照片显然是经过处理的。也许是整体并不惹眼的缘故，赵腾飞还从没仔细打量过这个姑娘。现在，他对这个姑娘的所有好奇都集中在了她的胸部。刚才俯视她的那一瞬间，他看到了那条由丰满胸部勾勒出来的山间幽谷，如果把目光只停留在她的乳沟上，其他部位就都不重要了，那条暗香涌动的曲线足够让人浮想联翩。

对不起，我刚才不该那样。你想吃什么，我现在帮你叫吧！婷婷突然发过来一条信息。

不用，我不吃了。你为什么不开心？

每天都是干一些杂事，打印复印、贴发票、走流程。谁都可以使唤我，烦死了。

所以，你就拿我撒气？

我不是针对你的，只是刚才突然有点崩溃，你正好撞枪口上了，还在生我的气吗？

嗯，非常生气。

那怎么办呢？要不我请你吃晚饭吧！

好主意！

你想吃点什么？

吃什么不重要。

总得想个地方吧，最好是僻静点的地方。

我找好了告诉你。

……

两人坐在办公区里用短信聊起天来。你一言我一语，一次小冲突竟演变成一次约会。整个下午，赵腾飞都在琢磨应该去哪里吃饭。周围那些嘈杂的小餐馆显然不合适，他和陈飞扬倒是去过一些环境不错的会所，但都太远。赵腾飞花了一个小时，在网上找了一家不算太远，装修还算讲究的韩国餐厅。订好餐馆之后，剩下的就是等待。其间，赵腾飞起身去了一趟洗手间，从她工位前经过的时候，又特意瞄了一眼——确实是个不错的姑娘。鼻梁高挺，嘴唇丰润，肤色算不上白皙，好在面部光洁无瑕，加上一双清澈明亮的大眼睛，已经足够完美了。

下班后，赵腾飞第一时间钻进电梯，穿过熙熙攘攘的人群，径直走进那家新开业的韩国餐厅。从公司到餐厅的路上，他像一个饥饿的小偷——不确定可以从她那里得到什么，但一种未知的期许让他蠢蠢欲动。

婷婷一坐下来便开始痛陈同事们的种种不是。其间，在赵腾飞的引导下，也毫不顾忌地介绍了自己的身世——她从一所偏远的内陆大学来到都城，父母在老家做一点小生意，还有一个在读书的弟弟。父母根本无法顾及她的人生，只希望她能早点找份工作，帮他们缓解经济压力；和大学时的男友刚刚分手，那个和她同居两年的男人一毕业就销声匿迹了……这些信息向赵腾飞传递了清晰的信号：这是个没有安全感，需要男人关爱的姑娘。

每个人来到这里都有一个艰难的适应过程，你应该庆幸自己找到了一份还算不错的工作。比起那些在“小屋子”里办公的公司，这里不知道要好多少倍。至少不会拖欠工资，有免费的下午茶，只要你干得不算太差，年终都会拿到一笔奖金，这在小公司都是不可能的。只要你坚持下去，很快就会觉得这里很舒服。你看 NBA 吗？

不看。她楚楚动人的眼睛里已经流露出一丝信任。

NBA 有一条不成文的规矩：新来的球员得给老队员提鞋。你想想看，那些年薪千万的人，要去给别人提鞋，是多么憋屈？

社会不比大学，这里没人跟你讲公平，只有一些不成文的规矩，只有适应规矩的人才能继续待下去。

我是美工，可是我设计的页面一个也没用。所有的人都可以安排我叫外卖、整理发票、填出差申请单，我成了咱们部门的保姆。我讨厌现在的工作，讨厌所有人。

包括我？看着眼前这位姑娘，赵腾飞想起自己初入职场时的惶恐和迷茫，现在，他已经成了一个“老油条”，知道怎么偷懒，怎么在各个部门之间打太极。

嗯，包括你，你跟他们一样，也支使我。

她的嘴角露出一丝嗔怒，这是赵腾飞想要的答案。经验告诉他，一个姑娘说讨厌你时，相当于承认她对你有好感，干吗不顺着她的话把这层意思说破呢？

难道你没发现吗？我和他们不一样。我从不支使人，让你帮我叫外卖只是个借口而已。

什么意思？

我一直想单独和你说说话，所以……赵腾飞说到一半，停住了。他装作尴尬地摊开手，耸耸肩。他想说，我喜欢你。但又觉得已婚男人对未婚女青年说这几个字显得不够稳重，“想和你单独说说话”，用这种模糊的表达再合适不过了。

你比他们还坏。她抿了一下嘴巴，露出迷人的酒窝。显然，她已经完全领会了他的意思。

重要的信息传递完毕，接下来需要谈谈自己。让她的好感再升华一下，让她知道坐在眼前的男人是个不一样的男人。赵腾飞喝了一大口啤酒，开始一本正经地介绍自己。

其实，我来公司也没多久，只比你早一个月。我刚刚经历过一次创业失败，一次很惨痛的失败。赵腾飞特意加上了“惨痛”两字，是想强调失败并不是什么不光彩的事，而是他的优点，说明他和“他们”是不一样的。

现在创业好像都不容易。她附和着。

容易的话就没人打工了。人还是应该有一点理想的，我们来到都城，不是为了给别人打工，而是为了梦想和成功。有些事情，无论多难都得去尝试，否则，永远都只能做别人成功路上的垫脚石。

那你的理想是什么？

拥有一家自己的公司，一家上市公司。赵腾飞点着烟，深吸了一口，目光坚定地望着窗外，流露出一个成熟男人的笃定和勇气。有那么一瞬间，他觉得自己的表情是真诚的，不是为了吸引这个小姑娘而做出来的。

你还会再去创业？

当然，我还会再出去创业。只是，眼下我需要蛰伏一段时间，积累一些经验和人脉。

接下来的一个多小时，赵腾飞借着微醺的酒劲，充满激情又不失沉稳地谈论起自己的过去和未来：他如何考上重点大学，如何挣脱父母的安排，如何从一次失败的创业经历中走出来，等等。除了感情生活，他几乎毫无保留地交代了自己的人生。他成功地树立了一个充满理想的成熟男人的形象，在她恬静的眼神里，他看到了崇拜和亲近。

当他昏沉沉地走出餐厅时，下体已经膨胀，他努力地控制着。欲望和自信像啤酒杯里的泡沫一样往外溢，赵腾飞信心满满地想象着她躺在自己怀里的样子。

## 15.

有了哆哆之后，妈妈和婆婆都自告奋勇，要来帮着带孩子，这是个幸福的烦恼。佟心当然希望让妈妈来帮她，但婆婆的要求也不能不考虑。和赵腾飞再三商量，两人拿出了一个折中方案：两个妈妈轮流来，每三个月换一次班。

赵腾飞的爸爸赵修齐偶尔也会来看看孙女，这位即将退休的老干部对儿子的生活依旧感到不满。每次来都城，都不忘数落赵腾飞几句。在赵修齐看来，儿子现在的生活是不体面的：客厅里放不下餐桌，一家人只能趴在一张小茶几上吃饭；睡觉更是难堪，他和老伴只能在客厅里将就。赵腾飞买了一张简易折叠床放在客厅，他从没睡过，吃完晚饭就去住旅馆，以此表达对儿子的不满。

这天晚上，赵修齐坐在沙发上吃饭，满脸不悦。因为茶几比沙发低，他每次夹菜都要欠着身子往前够，这个姿势会挤压到他臃肿的肚腩。赵腾飞看到爸爸的窘相，就使劲把菜往他面前推，结果，一只盘子从茶几上摔了下来。

碎碎平安，碎碎平安，我再做一份就是啦。看到父子俩满脸尴尬，腾飞妈妈赶忙出来打圆场。

别做啦！这就不是个吃饭的地方，吃啥都没味。

赵修齐并不领情，放下碗筷，自斟自酌喝起了闷酒。赵修齐心想，我什么时候在小茶几上吃过饭？他习惯坐在那把榆木太师椅上吃饭，不需要弯着腰去夹菜，吃累了还可以把手搭在扶手上歇一会儿。

这天晚上，赵修齐准备和儿子谈个严肃的话题。这个问题之前谈过几次，都被拒绝了，这一次他做好了准备，不打算再退让，因为这一切都是为了他好。

腾飞，下半年市委组织部要招录一批公务员。这些年国家大力反腐，基层领导岗位出现了大量空缺，据说这次招录的人员是为了补充基层领导岗位，组织上会大力培养。下个月就开始报名了，你叔叔让给你报上名。酒过三巡，赵修齐开口讲话。

这个事情就不要谈了，我跟你说过，我不愿意回邑城，也不愿意做公务员。

赵腾飞话音未落，赵修齐就火冒三丈。他没想到儿子的态度会如此强硬。这要在十年前，赵修齐一个耳光就能把儿子扇一边儿去。现在不行了，赵腾飞已经三十好几，也是当爸爸的人了。他没法再那样粗暴地教育他，只好强压着怒火，继续劝说。

你告诉我，为什么不愿意做公务员？天底下还有比公务员更稳定、更体面的工作吗？

做公务员挺好的，但我不喜欢这样的工作。

不喜欢？你以为你还是二十啷当岁的小孩子？凡事都要你喜欢？醒醒吧腾飞，你已经当爹了，不要再说什么喜欢不喜欢了，那都是小孩子说的话。真正的男人，首先要考虑的是责任，责任是什么你懂吗？就是让父母放心，让老婆孩子住得好，有钱花。担不起责任，就没资格谈什么喜欢不喜欢。

你觉得我是个不负责任的人？我每天辛苦工作不就是为了这个家吗？我们现在在都城生活得挺好的，为什么一定要回邑城呢？赵腾飞对爸爸那一套人生哲学厌烦透了。他讨厌爸爸干涉他的生活。今天，他想就这个话题和爸爸做个了断。

你觉得你在都城生活得挺好？怎么个好法？就凭这六十平米的房子？吃饭连个像样的餐桌都没有，你岳父岳母来看孩子要去住旅馆，你觉得体面吗？你回邑城看看，哪里有这么小的房子？房子小点也就算了，没我们住的地方我们就少来几次。重要的是你的前途在哪里？毕业六七年，工作换了三四家，创业你也折腾过了，到头来不还是给别人打工？你这样漂来漂去什么时候是个头？

这个话题到此为止。反正我是不会回邑城的，谁爱回谁回。

客厅的空气凝滞了，赵腾飞转身去阳台抽烟。赵修齐举起酒杯想狠狠地砸过去，还是忍住了，他怕吓着屋里正在睡觉的孙女。

佟心一直躲在里屋，她不想参与到这场战争中来。父子俩在外面的对话她都听到了，她庆幸赵腾飞没在爸爸面前屈服，她讨厌公公干涉他们的生活。客厅里的争吵中止了，但这场战争还没有结束，佟心知道现在需要她出场，来给这场战争画上句号。

爸，您别生气了，腾飞的脾气您还不了解？你容他再想想吧。佟心说。

这都是为你们好，我们就希望你们有个稳定的工作，我们也就放心了。谁知道这熊孩子心里咋想的，他爸的话他就是听不进去。腾飞妈妈也出来帮腔。

赵修齐被儿子噎得下不来台，走也不是，骂也不是。佟心出来的正是时候，赵修齐找到了新的突破口。

佟心，你啥意见？赵修齐问。

爸，我知道你是为我们好，我没啥意见，只要腾飞同意我们就回去。佟心心想，这个时候你才来问我的意见？我就躲在后面，看你能拿自己儿子怎么样？

我知道你们年轻人喜欢大城市的生活，但你想想，这都城有什么好？房价贵得要命，要换个大房子，你们俩得奋斗几十年。再就是堵车，每天上下班要在路上浪费两三个小时。要是在邑城，十几分钟就能到单位。为什么非要挤在这里受罪呢？赵修齐希望能说服佟心。

赵修齐还想继续通报邑城市的发展规划，佟心已经没心思再听了，她对公公说的那些话完全不感兴趣。在她看来，这拥堵不堪的都城，虽然生活有诸多不便，但每个人的人生都没有固化，这里有机会、有希望、有某种可能性。而邑城，才是真正的一潭死水，拥挤不堪。

这天夜里，佟心早早把哆哆哄睡着，然后洗了澡躺下。从怀孕到现在，他们已经一年多没有过夫妻生活了，她想慰劳一下他。这段时间他为这个家做出了很多牺牲，虽然嘴上不说，但她心里清楚。赵腾飞结束创业，重新开始上班，为这个家庭提供了稳定的收入。今天，他又回绝了公公的无理要求。他所做的一切，都为他们这个小家庭提供了庇护。

把哆哆放婴儿床上能行吗？赵腾飞问。

不放在婴儿床里，咱俩怎么滚床单？佟心搂着赵腾飞的胳膊，使劲往他怀里钻。

亏你想得出来，爸妈在外面看电视，孩子还在这儿，怎么滚？

我们小声点嘛！

小点声也不行，当着孩子面，我有心理障碍。

哼,我看你是在外面有人了吧！佟心在他腰上拧了一把,一转身裹着被子睡了。

佟心没说错,赵腾飞确实在外面有人了。最近这些天,赵腾飞经常会在黑夜里想起那个实习生。自从上次两人在韩国餐厅约会之后,赵腾飞对她越发着迷。

过去的几个月,在赵腾飞的指导下,她已经度过了职业生涯最艰难的阶段。学会了如何讨好领导,如何和男人们打情骂俏,如何在几个相互踢皮球的部门间协调推进工作。他们的关系也到了可意会不可言传的阶段。两人之间形成了一些默契——工卡放在固定位置,谁先到公司就会帮着对方打卡;中午叫外卖时会主动想着对方;他每天都要找机会从她工位前走过几次,他走近的时候,她会自然地抬起头,扮个鬼脸。这种暧昧状态让他欲罢不能。

## 16.

走向总裁办公室的时候,赵腾飞一直在想,我是不是犯了什么错？来公司半年多,虽然没做出什么成绩,但也算是兢兢业业,没什么疏漏呀！会不会是和实习生的暧昧被公司发现了？应该不会,这点生活作风上的小事还不至于惊扰总裁。

坐吧,谈谈你对移动资讯内容的看法。总裁 Dave 开门见山地问。

我是做技术的,对内容运营不是很熟悉。赵腾飞一头雾水。

今天上午接到面谈通知时,他以为总裁办公室的人弄错了。

他只是一名普通员工，和总裁隔着十万八千里呢，怎么可能找他面谈？在电梯里碰到，总裁经常冲他点头微笑，但赵腾飞知道，总裁并不认识他。

这篇文章是你写的吧？Dave递给他两页纸，上面打印的是几个月前赵腾飞在论坛上写的一篇文章。

是我写的，我偶尔会在网上发表点东西，都是瞎写，纯属个人涂鸦。搞明白总裁的意图之前，有必要保持足够的谦虚。

腾飞，不用谦虚，你的文章很有价值。你对移动互联网的看法我很赞同，咱们公司需要你这样有想法的人。一家大公司就像一台高速运转的机器，需要不同的人在不同的环节服务，来维持机器运转。作为公司负责人，我只能着眼全局，很难了解每一位员工，所以，埋没人才的情况在所难免。但总体上讲，咱们公司缺乏朝气和创新，大多数人没有责任意识，只想着自己那点工资，没把自己当作公司的一分子，不思考公司的前途。你不一样，你的文章逻辑缜密，表达清晰，我看到了你对行业的思考。你这样的人才对公司的未来发展至关重要。

Dave起身给他倒了杯水，接着说，咱们公司是做视频起家的，但我一直想涉足移动新闻资讯。就像你文章里写的一样：互联网公司，谁的流量入口越大，谁就越安全。这些年，咱们固守视频业务，市场空间受到了严重挤压。现在需要做一些改变，我想先从新闻资讯入手。门户网站还没完成转型，咱们要赶在他们之前，在移动新闻市场抢一杯羹。

嗯，我完全赞同您的判断。赵腾飞做梦也没想到，他随手敲出来的一篇文章竟然能引起总裁的注意。听完Dave的长篇大论，赵腾飞完全放松下来。他动动屁股，调整了一下坐姿，眼前这个拥有亿万身价的人物并非高不可攀，也不似想象中那样神秘。他们思考过同样的问题，并且有着相似的判断。唯一的不同是他只能纸上谈兵，而 Dave 能把思考过的东西付诸实践。Dave 又问了一些问题——孩子多大？住在哪里？爱人做什么工作？他的提问亲切、得体。回答完这些生活上的问题，赵腾飞觉得他和总裁亲近了一些。

我想让你来负责这个项目，有没有兴趣？Dave 坐在那把宽大的老板椅上，微笑着问赵腾飞。

我？谢谢您的信任。可我从没做过产品经理，恐怕难以胜任！他完全没有心理准备，简直有点不敢相信。

奥巴马没当过总统，我之前也没做过 CEO，现在不都做得挺好吗？每个人都得有第一次。不把你放在那个位置上，怎么知道你到底有多少潜能？我从 HR 那里调阅过你的简历，来咱们公司之前，你有过创业经历，还在易迅公司工作过很多年。这些经历对你做产品经理会有帮助，你应该有这样的自信。

放手去干吧，我相信你可以胜任。Dave 走过来，拍了拍他的肩膀。

这天下班，赵腾飞叫了一辆出租车。一路上，Dave 的话都在他耳边回响。这是他听到的最激动人心的话，只是这样的好消息来得太突然，让他觉得有些不真实。上个月，产品研发部总监离职，好多人盯着这个位子，赵腾飞也曾垂涎过。但无论从资历还是能力看，这样的好机会都轮不到他。

IT 街真是个奇迹诞生的地方。说不准什么时候一家没名气的公司突然就上市了，某个默默无闻的产品经理突然就声名鹊起了。今天，这样的机会落到了赵腾飞头上，现在他已经是产品研发部总监了。赵腾飞回味着下班前发生的这一切:先是总裁找他面谈,紧接着HR通知他涨薪,然后人事部通发邮件,公布了公司决定。这突如其来的转变在一小时内就完成了。

师傅,我可以抽支烟吗?他需要抽支烟,再仔细回味一下下午发生的事。他不介意堵车,甚至,他希望师傅能开慢一点,让他好好享受一下这美好的下班时光。

没事,你抽吧!我也想抽一支。师傅竟然爽快地答应了他的要求。

谢谢师傅,来,抽我的吧。赵腾飞抽出一支烟递给出租车司机。

不不不,我这里有。

你今天一定要抽我的烟,我升职了,你必须给我面子。

好,我抽,我抽。

赵腾飞抽着烟,继续沉浸在突如其来的幸福中——Dave真他妈帅,这个经常穿着拖鞋来上班的CEO,从来都不按套路出牌,没人知道他脑子里到底在想什么。一家视频网站突然要做移动资讯内容,还把研发工作交给了一个没经验的新人。为什么是我?他为什么相信我可以胜任?赵腾飞百思不得其解,索性作罢。老板做决定总有他的理由。现在,最重要的是应该想想怎么做才不辜负老板的信任。他很快就理出了一个思路:不能急着开发产品,得先拿出一个月时间来做市场调研。调研至少得分三个方向:一是竞品调研,二是用户调研,三是国外市场调研。这三点缺一不可。

回到家时,赵腾飞就像一只活蹦乱跳的蜻蜓撞上了蜘蛛网。妈妈黑着脸坐在沙发上看电视,往常这个时候,她正在楼下跳广场舞。

怎么没去跳舞？

我哪敢去跳舞！尽心尽力做个老妈子，还得看脸色，再去跳舞还不得让你们扫地出门？

赵腾飞没敢接话，推门进了卧室。佟心的脸拉得更长，还挂着两行泪。

和我妈吵架了？

佟心转了个身，继续给孩子喂奶。

有什么火冲着我发，别跟我妈吵吵呀。

大孝子回来了？你先别急着教育我，先摸摸你闺女的脑袋吧！

赵腾飞一摸哆哆的额头，吓了一跳。

这么烫？赶紧去医院呀！

你说去医院就去医院？去医院得经你妈批准。

你小声点！赵腾飞生怕妈妈听见，又吵起来。

到底怎么回事？

上午你妈要带孩子下楼，我说孩子太小，怕经不起风寒。你妈说孩子就得带出去经经风雨，才长得结实。结果带下去转了一圈，下午就发烧了。我说赶紧去医院吧，你妈说医院里全是病毒，死活不让去。

孩子烧成这样，这样耗着怎么行？

你妈可有招了。非说孩子撞着鬼神了，在客厅整一碗水，弄三根筷子竖起来，念叨了一下午。

听了佟心的话，赵腾飞觉得妈妈确实有些过分，都什么年代了，还整封建迷信那一套。

妈,孩子发烧了,怎么能不去医院呢?赵腾飞来到客厅,尽量耐着性子。

我活了六十年,还没你们会带孩子?你小时候三天两头发烧,我啥时候带你去过医院?做做冰敷,立个柱子,念叨念叨就好了。医院到处都是病人,啥细菌都有,哪能随便去!你以为就你们当爹妈的着急,我就不心疼孙女?妈妈话没说完,就啜泣起来。

别嚷嚷了,已经40摄氏度了。佟心看着体温表,慌了神。

一阵手忙脚乱,三个大人带着孩子赶往医院。抽血、化验、打针,折腾到凌晨两点才回来。孩子的烧退了,大人们这才稍稍安心。

如果早点去医院,孩子就不至于受这么大的罪。看着哆哆起泡的小嘴巴,佟心又一阵心酸。

你就少说两句吧,我妈也是为孩子好,只是理念不同。赵腾飞极度疲惫,不愿再听佟心唠叨。

既然理念不同,就应该敬而远之,别在一起搅和。

你想赶我妈走?我妈走了谁来带孩子?

你打算让你妈在咱家一直住下去呀?你妈不走我就走。你妈来了三个月,就没消停过。每天做饭都假惺惺地问我想吃啥,我说了,结果呢?跟没说一样,她还是按照你的口味做。明知道我吃不了辣,每次炒菜都要放辣椒,不知道她是来伺候月子的还是伺候儿子的。吃饭倒还罢了,大不了我自己做,最受不了的是她给孩子喂饭。每次都嚼烂了吐出来给哆哆吃,我说不能这么喂,大人嘴里有细菌,你妈说你就是这么喂大的……

佟心话没说完,婆婆就在外面哭起来了。赵腾飞赶紧去客厅安慰妈妈,又是一通声泪俱下的哭诉。起初,赵腾飞还能从中理出个对错,很快他就发现这是一笔糊涂账。这天夜里他没能破解的难题,以后也破解不了。面对没完没了的痛诉和撕扯,赵腾飞唯一能做的就是逃避。以加班为借口,把时间都消耗在办公室里。办公室里没有妈妈的唠叨,没有佟心的埋怨和孩子的啼哭,等待他的是一个万众期待的新产品,还有实习生那充满了柔情蜜意的情话。如果公司有活动,晚上不用回家,对他更是天赐的放松。

## 17.

赵腾飞问服务员,我们公司的人都住在 A 座吗?

是的,贵公司都住在 A 座。

能帮我换到 B 座吗? 我喜欢离山谷近一点的房间。他刻意说了一下理由。

可以,需要加一百块钱。

好的,没问题。赵腾飞取出一百块钱,第一时间递到了服务员面前。

他原计划空出公司安排的房间,自己再开一个房间,哪想到只需要加一百块钱就可以换个房间,这是再好不过的结果。从 A 座前台到 B 座 801 房间要穿过门口的停车场,有可能遇到同事,不过他已经想好了怎么应对。

真倒霉,A 座没有房间了。这句话足够应付了。他确信没人会去前台查询,唯一担心的是遇上公司行政部的人。不过,这个时间他们应该正忙着布置会场，安排晚宴。他快速穿过停车场，钻进蜿蜒曲折的走廊。脚步变得轻盈有力，心中的秘密像一团火苗往上蹿。

房间是日式极简风格。黑色的实木大床，纯白的床品，超大的落地玻璃窗。赵腾飞躺在床上，想象着这个夜晚可能发生的事情——她娇喘的声音与窗外清脆的鸟鸣、潺潺的水声交织在一起，该是多么动听的音乐。

邀请她来房间应该不是问题，问题是接下来该怎么办？喝点红酒，一起聊聊办公室里那些八卦，或是最近上映的电影。在她醉意朦胧的时候，深情款款地说：今晚别走了吧？不行，太老套了，他旋即否定了自己的想法。

我想和你睡觉！这是另一种套路，带着一点痞气，直抒心意。但她不是那种老练的女人，会吓着她。赵腾飞对着镜子排练了好多遍，却没找到一个稳妥的办法。这么纠结着，很快就到了晚宴时间。离开房间之前，他打电话安排服务生送一束鲜花过来。

公司年会上的食物乏善可陈，赵腾飞随意吃了几口便端着酒杯出去敬酒。他想尽快完成这些烦人的套路，然后回到房间去。当他在熙熙攘攘的人流中穿梭时，感到有一道目光在他身后，若即若离。果然，在他敬完最后一桌，往回走的路上，他们撞了个正着。他差点认不出她来，一袭黑色蕾丝短裙让她褪去了实习生的青涩，高高的马尾使她的脖子显得更加修长，迷人的锁骨与那条掩不住的乳沟组成了一道完美的风景。

今晚很 SEXY！赵腾飞俯身耳语。

哪有？！她害羞地一笑，手肘在他腰间轻轻撞了一下。

饭后能来我房间一下吗?

干吗?

设计部把新产品的 UI 做出来了,我有点拿不准,你来帮我看看。他的心已经提到了嗓子眼儿,端着红酒的手开始微微发抖。此时此刻,黑暗的灯光下,有好多双贼溜溜的眼睛正盯着他们。

得到肯定的答案后,他快速地穿过人群,回到座位上。接下来要做的是告诉那几个经常一起打台球的同事:今晚没法奉陪了,还有几十页的 PPT 要做。

一个小时后,“咯噔咯噔”的高跟鞋声由远及近,他心跳加快,手足无措。他慌慌张张地站在门口,准备开门,结果敲门声并未响起,高跟鞋声又走远了。他如释重负地爬回床上。大约过了半个小时,他终于恢复了平静,想明白了这是怎么回事。想睡一个姑娘,就不能脸皮太薄,无论怎么掩饰,早晚都得泄露自己那罪恶的目的。既然如此,最好还是省去语言上的纠缠。

她终于来了,他以最快的速度关上门。没等她开口说话,他已经把两只手臂撑在了她身后的墙上,熠熠生辉的眼睛里流露出一种不容拒绝的哀求。她并不感到吃惊,晚宴上的红酒使她的脸更加红润,眼睛里透着一丝迷离。

你想干吗?

想要流氓。没等她说话,便堵住了她的嘴巴,粗壮的手臂锁住了她的身体。

不要,不要这样。喂,你冷静一点,听我说。

她在他怀里挣扎着,却没有用全力推开他,这挣扎更像是一场嬉戏。他一只手控制着她,另一只手伸向她的后背,缓缓向下摸索，最后停留在臀部。她几乎被托在了空中，他腰间的硬物顶得她喘不过气来。她终于投降了，身体变得酥软，还勾住了他的脖子。他胜利了，不用再担心了，那些用语言说不清道不明的东西，终于靠动作达成了共识。无须再用手臂去控制她，接下来，他身体的每一个部位都只为迎合她，讨好她。

他们扭缠在一起，急促地喘着。从门口走向床边的过程中，一只凳子让他失去了平衡，他们几乎是摔到了床上。她发出一声惊叫，旋即又是轻轻地呢喃。听到高跟鞋落地的声音，他知道该动手对付那些讨厌的拉链和纽扣了。在她的帮助下，他们褪去了所有衣物，只剩下赤裸的身体纠缠在一起，像两条光滑的泥鳅。

等等，你有那个吗？她突然停止了动作。

有。他从枕头下摸出一只避孕套。

超薄螺旋装，带给你超凡体验。赵腾飞饶有兴趣地念了一下上面的广告语。

真不要脸。她轻拍了一下他的后背，又用她柔软的双臂箍紧了他的腰。

我就是不要脸，我把脸埋起来，埋起来，你捂死我。

再也不用想象她胸前那道神秘的幽谷了，他把脑袋埋在其中。嘴巴、鼻子、眼睫毛，每一寸肌肤都紧贴着，每一个毛孔都兴奋地喘着粗气。进入她身体之后，他再也无法自持了。只用了很短的时间，便冲向了顶峰。那么陶醉，那么专注，他几乎没有精力再去倾听她美妙的声唤。

她拉过被子遮住身体，背对着他。他不想这么快就结束，从背后抱住她，一只手伸向她的胸前，轻轻地抚摸着。

那束花很美。她开口说话了。

给你的。

为什么不正式地送给我？如果我不来，你会给我送过去吗？

不知道，我不知道该怎么开口。

你喜欢我吗？

当然！但我说不出口。

因为你是个有妇之夫，还是一个孩子的爸爸。她突然转过身来，眼睛盯着他看。他羞愧难当，只好把她拥进怀里，躲开她的眼睛。

你喜欢我什么？

嘴巴、眼睛、小酒窝，还有胸和屁股，我都喜欢。

他不假思索地罗列了她所有的身体部位。欲望泄去，他心里满是感激。她带给他从未有过的体验。

看来真是个没什么经验的理工男。说了那么多部位，其实就一句话，你喜欢我的身体，喜欢和我上床，对不？她问。

我说错了吗？她又一次让他羞愧，她的话像针一样刺进他的肉里。在他无言以对的时候，她又主动把针拔出来，开始另一个话题。

你应该说，喜欢我的样子。

嗯，我错了，对不起。他想起来了，之前在网上看过这个桥段，只是他忘了答案。

还好，我不喜欢油嘴滑舌的男人。只是你刚才的霸道让我有点不舒服。你是有预谋的，我喜欢顺其自然。

我这算是强奸吗？

当然算了，你违背了我的意愿。

那你报警吧!

我不报警,我要报复回来。

真是一头喜怒无常的小母牛,没等他反应过来,她已经从他怀里挣脱出来,骑在了他腰间。这一次,他清醒过来了,努力地坚持着讨好她,任由她摆布。他从未见过如此放荡的女人。她像一位成熟的指挥家在指挥演奏,缓急有度,调控有方。她拉起他来,让他的脸贴在她胸前,再引导他把一只手放在她腰间,另一只手托着她的臀。从她胸腔深处发出来的叫声告诉他,这些动作不是出于经验,而是来自身体的呼唤。他从未在床上如此被动过,他很享受这被动,并且意识到自己之前的所有主动,只不过是潦草随性的自我释放。更深层的满足就应该像现在这样,以男人的坚忍迎合着她,将她扔进欢乐的汪洋之中,再在身体冷却的过程中,去回味征服的骄傲和满足。

当她发出结束的号令时,他也随之一颤,耗尽了最后一丝力气。两个人静静地躺着,都不言语。这个时候,他不愿意想起佟心,但又不得不拿她来对比。他在床上的经验实在少得可怜,佟心是唯一可以用来比较的人。她从来都不愿尝试新的姿势,他们的床上生活,已经流于形式,什么时候做什么动作,像国旗护卫队的步伐一样,娴熟而僵化。

谢谢你,这是个美好的夜晚。说完这句话,他疲倦地睡了。

这是赵腾飞生命里最美好的夜晚,只是这样的快乐时光太短暂了,再也不会有了。她所有的慷慨都是离别的暗语。一个月后,他再一次订好酒店,约她出去谈谈时,被她无情地拒绝了。紧接着,她悄无声息地离职了,只给他留下一条信息——

过去的事就让它过去吧,就当什么也没发生。我们没有未来，你什么也给不了我。

你什么也给不了我——这是对男人最恶毒的羞辱。随后的一段时间，赵腾飞深陷在痛苦之中。801 房间里的每一个细节都会在他脑海里重播，却再也无法重现。这个夜晚，他以为自己征服了一个姑娘，哪承想他只是接受了一次施舍。她在床上的古灵精怪只是告诉他：我是一个很棒的女人，你却没资格拥有。

一种持久绵延的挫败感盖过了那一夜所有的风情。

## —— 18.

佟心有了一个新的家庭计划——换一套大房子。当她提出这个计划时，赵腾飞带着出轨的愧疚，欣然同意了。为了实现这个计划，佟心首先改善了和婆婆的紧张关系——隔三差五给婆婆买件衣服，买点首饰；遇到意见不一致的时候，也不再和婆婆正面冲突，告诉赵腾飞，再由他去说服他妈；家里吃什么用什么都由婆婆说了算。这样一来，不仅营造了良好的家庭氛围，还严控了家庭开支。

与此同时，她以身作则，严格限制了个人消费。不买新衣服，不看演出，不和朋友聚餐。唯一的精神消费，就是每个月和兰君去看场电影，多数时候还是兰君买票。赵腾飞的工资卡也被她没收了，每个月发给他固定的零花钱。日子波澜不惊。为了大房子，他们甘愿接受这样节俭的生活。这个目标对他们而言，不仅意味着生活环境的改善，还有另一层意义，就是回应爸爸。让他知道他们有能力在都城生活得更好，住得更好，让他断了让他们回邑城的念头。

这个计划压迫着他们,也鼓舞着他们。每当感到倦怠,他们就去看看新开的楼盘,以此鼓舞自己。日子一天天流逝,房价每天都在疯涨,远远超过了他们赚钱的速度。没法控制房价,也没法加快赚钱步伐,只好调整目标。于是,他们的大房子从三环内转移到了四环外,又转移到了五环外。

我们有多少钱?两年后的某个周末,看完一个五环外的楼盘,赵腾飞决定下手。

卡里有113万。佟心对银行卡上的数字了如指掌。

买吧,再不动手就真得去邑城买了。

你说房价会不会跌?

不会。想想每年有多少新毕业的大学生就知道了。每个来都城的人都要买房,都想着在这里扎根。无论是靠自己积累,还是靠父母支持,他们都是要买房的。有这么强大的刚需,房价是不会跌的。

可我们现在只有一百多万,新房子要六百多万,还差得远呢!

你知道咱们这套小房子现在能卖多少钱吗?

多少?

已经涨到三百多万了。我问过中介了,每个月都在涨。

那我们就等它涨到五百万再卖吧。

你傻呀,等这套房子涨到五百万,咱想买的大房子估计得涨到一千万了。

也是哦,那怎么办呢?

现在就下手,把小房子卖了。加上手里的一百多万,就四百多万了，剩下的两百万咱们贷款，每个月月供一万多，还二十年。

要还二十年！这辈子都在还贷款。

二十年后谁知道是啥情况？说不定咱在这二十年里发了横财，一次性就还清了呢！

老公，你真有魄力。我同意，现在就买。

虽然两百万的贷款让他们倍感压力，但一想到那一百四十平方米的大三居，就觉得为它承受的一切都是值得的。随后的周末，赵腾飞带着全家人去售楼处签合同拿钥匙。站在15楼的阳台上，望着公园里正在跑步健身的人们，一股苦尽甘来的豪情在他心中油然而生。

爸爸，我要去划船。哆哆看到公园里有人在划船。

等搬了新家，爸爸每天都可以带你去划船。哆哆欢呼雀跃，全家人心花怒放。

妈，您来看看，这是您和爸的房间。你们年纪大了，怕冷，这间朝南的房间阳光充足，专门给你们留的。佟心向婆婆介绍道。

不用给我们留，等哆哆上了小学，我就回老家了。我和你爸还是习惯住在老家。

那怎么行呢，这房子很大一份功劳就是您老人家的。不是您帮着带孩子，我们哪能安心赚钱！哪能买这大房子！佟心嘴上这么说，心里却盘算着，如果婆婆真的回老家了，这间房子就可以改造成画室。

六百万呀！在邑城都可以买别墅了。赵修齐感叹道。

你净说些扫兴的话，邑城能跟都城比吗？天天嚷着让你们回邑城，实际上，你爸每次跟人聊天都不忘告诉人家，我儿子在都城工作。嗓门扯得比谁都高，生怕别人不知道。腾飞妈妈点破了赵修齐的心思。

让你们回邑城，是担心你们在都城混不好。现在行了，大房子买了，腾飞也当科长了，我就放心了。

爸，腾飞当的是总监，不是科长。公司里没有科长这个级别。佟心提醒道。

反正都是官，差不多嘛！赵修齐心里的石头着了地。他打心里感到高兴。

看完新房，赵腾飞带着全家人去吃了一顿烤鸭，以示庆祝。回到家里，佟心换了床单被罩，把卧室收拾得干干净净。

妈，今晚您和我爸睡里屋吧，我和腾飞睡客厅。

我们在客厅都睡习惯了，折腾个啥！

妈，这些年让您受委屈了。我们嘴上不说，心里哪能不难过！咱这房子已经卖了，下个月就得给人家腾房。您去里屋住几天吧，以后想睡都没得睡了。佟心拉着婆婆的手，说了几句动情的话。

只要你们能混好，我和你爸睡哪都行。我们在老家的房子大着呢，还怕没地方住?！等哆哆上了幼儿园，我就回邑城去。这些年把老头子一个人扔在家里，也怪可怜的。

爸，等您退休了，就来都城和我们一起住吧！现在房子大了，有您住的地方。赵腾飞说。

我才不来呢。你们一上班，我跟你妈两个人待在家里跟坐监狱一样。还是邑城舒坦，在家里种花钓鱼，跟老伙计们打打牌，抽空再带你妈去旅旅游。赵修齐畅想着以后的生活，一家人其乐融融。

夜里，佟心睡沙发，赵腾飞在沙发边支起折叠床。两人头挨头躺下，兴奋得睡不着。

明天去给你办张健身卡吧，你该健身了。咱们还得奋斗二十年，还有两百万的贷款等着咱呢。佟心看着赵腾飞，突生感慨。他的头发越来越稀，肚腩越来越大，这都是他坐在电脑前埋头工作造成的。这些年，自己虽然很辛苦，但最辛苦的还是赵腾飞，他才是这个家的顶梁柱。不是他努力工作，升职加薪，他们不可能买下大房子。

别总想着两百万贷款。只想着每个月一万多的房贷，就不会有那么大压力。

阿Q的精神胜利法！想不想都是两百万，又不会变成二十万。

罗马城不是一天建成的，房贷也不可能一天就还完。买了大房子就该好好享受生活，至于房贷，有我呢！年底还可以涨薪，年薪差不多能到五十万。如果不吃不喝，四年就能还清房贷。

老公，辛苦你了！佟心摸着赵腾飞发亮的额头，心里充满着感激之情。

咱们很久没有和陈飞扬他们吃饭了，要不要聚一下？佟心说。

你是想告诉人家咱买新房子了吧？

别那么庸俗，我是觉得咱们这些年为了省钱，日子过得太清贫。你应该有正常的交往，我知道你喜欢和他们聚在一起吹牛。

哎哟喂，啥时候变得善解人意了？别装了，你就是买了大房子，想出去嘚瑟一下。

我就是想嘚瑟一下，又怎样？我老公辛辛苦苦赚来的，又不是偷来的！佟心骄傲地说。

俗气！

嫌我俗气?！那你把新房子装修好了就净身出户，去找个不俗的吧！

她伸手去摸他的痒痒肉，被赵腾飞一把抱进怀里。他顺手关了灯，两人相拥着躺在狭窄的沙发上。他抚摸着她的肩膀、后背，一直到脚踝。她胖了，腰间有很多赘肉，屁股也不像刚结婚时那么有弹性了；她也抚摸他，曾经白净清瘦的脸庞变得黝黑、圆润，那些年他引以为傲的四块腹肌也变成了晃晃悠悠的大肚腩。

黑夜里，他们用手指洞察着彼此的改变。身体摩擦的过程，不再那么亢奋，取而代之的是一种历经岁月打磨的幸福。这幸福踏实、厚重，还有些许伤感。

## 19.

餐桌上的氛围出乎他们的意料。没有久别重逢的热情，也没有高谈阔论的热闹，简单寒暄之后，秦昊和陈飞扬开始没完没了地打电话。女人们哄着孩子，东拉西扯地聊起育儿经。赵腾飞自己打开一瓶啤酒啜饮，不时瞟一眼两位忙着打电话的同学。

哦……嗯……啊，好，我帮你打听一下……不用客气，都是自己人……

这是秦昊打电话的节奏，大部分时间都在倾听，不时地发出一些声音细微的语气词。旁观者从他的电话里，几乎听不出任何信息。他的语气真诚而老练,既不敷衍了事,也听不出有什么热情。连他脸上的表情也都像雕刻出来的一样,从始至终没有任何变化。其间,他只是站起来朝窗口走了两步,那是因为陈飞扬的声音实在是太吵了。他们接电话的神态形成了鲜明对比——

你别说了,我不想听你说这么多理由,我要结果,你懂吗?……我花了几千万的广告费,要的就是交易数据,我只看数据?!……你给我听着,我要求你把这个人给我挖过来,钱不是问题……

这是一头咆哮的狮子,每一根头发都精神抖擞地矗立着。电话另一端的人随时可能被他一脚踢开。

终于,两个人都放下了电话。佟心在想,怎样才能把买新房子的消息告诉他们呢?

腾飞,说说看,有什么喜事?秦昊问。

我就一小打工的,能有啥喜事。哪像你们,一个升职,一个发财。

让我想想看哦,一定是买房子了。陈飞扬露出诡秘的笑容。

你怎么知道的?

呵呵,我猜的。买车、买房、换新娘是中年男人的三大喜事。你来的时候,我发现你车子没换,嫂子没换,那肯定就是换房子了呗。快点说,买哪了?陈飞扬真是鬼机灵。

长安公园,五环边上。

多少平米?秦昊问。

一百四十平米,贷了两百多万。每天一睁眼就欠银行五百块。

这是赵腾飞想要的问题，这次聚会最重要的目的就是想告诉他们，自己买大房子了。当然，他得考虑秦昊的感受，为了略显低调，他刻意强调了一下贷款的事。

真好，以后就可以经常聚了。陈飞扬适时地插了一句。

你也换房子了？佟心问。

嗯，去年买的。

买哪里了？佟心迫不及待地问。

东四环的京城墅。

土豪啊！多少平米？这个问题脱口而出。两年前，他们去看过京城墅，也只是看看而已。那是四环内唯一的新别墅，最便宜的叠拼也要一千多万。

是叠拼，买的时候觉得还不错，住进去以后发现物业服务水平很烂。车位也很紧张，每户只有一个车位，整天堵得水泄不通。

陈飞扬没有正面回答佟心的问题。他不想用一个赤裸裸的数字与赵腾飞的新房子形成对比。他在脑子里快速地寻找着京城墅的种种缺陷，这些缺陷像一瓶泡沫膨胀剂，快速地注入每个人体内，使另外两个男人内心塌陷的地方得以重建。

接下来，包间里的气氛越发尴尬。秦昊和赵腾飞都不作声，陈飞扬一个人自说自话。从央行加息到南海局势，再到英国脱欧，他对所有新闻事件的分析，最终都会落到对世界经济趋势的判断上。和之前无数次聚会一样，陈飞扬把同学聚会当作了无所顾忌的演讲台，台下的听众都是他的兄弟。他不用担心他们会中途离场，也从不渴望他们有什么回应。他唯一想传达的信息就是：我站在潮头，我看清了世界。

你能说点有意义的吗？世界经济跟我们有半毛钱关系吗？股市跌停了，我一个月拿八千块钱工资，涨停了我还是拿八千块钱的工资。我很讨厌听别人谈论宏观经济，那些东西离我们太遥远了。你们不觉得吗？整个都城都弥漫着一种让人恶心的浮躁。不，是整个中国。大街小巷的咖啡馆里，大酒店里，人们都在聊什么？十个人有八个在聊创业。他们声称只要找对了风口，猪都能飞起来。结果呢？风停了，摔死的都是猪。国家号召全民创业，万众创新，结果就变成了一阵风。不管有没有条件，都一股脑地去创业，好像不创业就显得自己不求上进，跟不上潮流。但是，只要拍拍脑门就能想明白，全民创业是一个伪概念，这个国家总得有人扫大街，总得有人当厨师，总得有人在公司里当螺丝钉。都去创业当老板了，谁来打工？谁来干那些最基础的活？秦昊突然一反常态，发起了牢骚。显然，他对陈飞扬的“宏观经济”感到厌烦，他不愿今晚的话题停留在大房子上。他想跟大家谈谈生活，谈谈他的观察和思考。

你刚才说，咖啡馆里十个人有八个在谈创业，我想知道另外那两个人在谈论什么？秦昊发表完长篇大论，佟心第一次有了想和他聊天的欲望。她发现这个生活在体制内的人，只要放下架子，撕去面具，也有着不让人讨厌的一面。

另外两个人在谈论电影、剧本、IP。这些人比谈创业的更讨厌，这群人正在污染我们的视听，污染中国人的精神。露鲜肉、拼明星、炫技术、吹牛皮是目前中国影视市场的四大特点。他们每天都在谈论明星档期、数据趋势、发行渠道，唯独没人静下心来思考他们的电影想讲一个什么故事。现在的电影，剧本创作灵感往往不来自于编剧，而是由投资人设定方向，导演列出大纲，最后请一群廉价写手进行流水线生产。导演瞎拍，观众瞎看，一切以票房数据为最终评判，有票房的就是好电影。在这样的生态环境下，导演盲目复制，观众盲目追星，然后一起沉沦。中国人的精神生活正在一股无法遏制的恶俗中糜烂。

说得太对了。中国电影完全没有文化输出，和我们的大国文化格格不入。我们的电影不仅比不上日韩，连印度、泰国都不如。每年的奥斯卡颁奖礼，中国电影人都是去蹭红毯的。佟心像是找到了知己，连忙附和着。

秦昊尴尬地发现，只有佟心在听他讲话。其他人都忙着逗孩子，玩手机。接下来是一阵沉默，男人们实在没什么好交流的。好在还有孩子，这个时候，孩子们解救了三个无聊的男人。他们不约而同地把目光投向孩子，扮鬼脸、做游戏、说糗事，包厢里又是一幅热闹和谐的画面。

兄弟，现在干得怎么样？陈飞扬挪了挪椅子，把手搭在赵腾飞肩膀上，一副醉眼蒙胧的样子。

还好，给人打工，不会太差也不会太好。

不如意就回来吧。我永远都记得咱们一起创业的日子。你当初临阵脱逃时我恨过你，但我知道你是迫不得已，我记得你为公司做出的贡献，公司永远有一个职位给你留着。我们今年完成了C轮融资，估值五十亿。照目前的速度发展下去，明年就可以上市。只要你愿意回来，工资多少你自己说。

谢谢兄弟，不用了！我在这家公司干得挺好。赵腾飞感到五味杂陈，是该感谢陈飞扬的长情，还是该感叹自己命运不济？他下意识地选择了拒绝，这是捍卫尊严的唯一方法。

腾飞，照我说，你应该回邑城，你知道多少人羡慕你在邑城的资源吗？你叔叔在邑城市当市长，你回邑城，要不了几年就能混个副处。你守着一座矿山，非要在山脚下卖水，何苦呢？秦昊说。

兄弟们，我谢谢你们哦，感谢你们为我操心。可是，我就不明白，我为什么要回邑城呢？又为什么非要去你陈飞扬的公司呢？赵腾飞突然站起来，对嘴吹下一瓶啤酒，晃晃悠悠地看着他们。

你神经病呀！大家不都是为你好吗？佟心担心赵腾飞再说出什么胡话。

哦，我知道了，你们是为我好。可你们为什么要为我好呢？我想出来了，因为你们混好了，我没混好，你们怕我拖了兄弟们的后腿，是不是？赵腾飞醉眼迷离地瞅着大家。

怎么能这样想呢？谁不希望自己兄弟好？秦昊说。

秦处长，你现在飞黄腾达了。三年不见，你出门都带秘书了，以后去你办公室喝茶，估计都得预约。还有你，陈总，陈CEO，你现在是商界新贵，马上要去纳斯达克敲钟了。可我告诉你们，我过得很好。我刚刚买了一百四十平米的大房子，没问我爸要一分钱，也没问你们借一分钱。是我和佟心一分一分赚来的，是我们一分一分省来的，我觉得这样的日子过得踏实，我用不着你们替我操心。佟心，来，你来告诉他们，咱们幸福不？赵腾飞耷拉着脑袋，揽住佟心的脖子。

神经病呀，大家好不容易聚一次，你说这些没味的干吗！佟心把赵腾飞摁在椅子上。

老婆，你告诉他们，咱们幸福不幸福？赵腾飞重复着这句话。

聚会终于在孩子们的啼哭声中结束了，再也没有比这更糟糕的聚会了。原以为会收获羡慕的目光和真诚的祝福，但谈话并没有按照佟心预想的路径展开，他们没说要去看看她的新房子，连房子的价格也没人问。

佟心开车行驶在高速路上，赵腾飞在副驾上睡着了。深秋的都城，月明风清，高楼里的灯光像孔明灯一样飘在空中，电台里传来汪峰的歌声。那首歇斯底里的《存在》在车厢里回荡，孤独像月光一样洒下来，包裹着她的车，爬上她的手臂、脸庞，最后停留在她的眼睛里。

直到车子在小区门口停下来，她才从歌声中走出来。赵腾飞已经醒来，他同样感到孤独。电梯里，他拥她入怀，脑袋紧贴在她脖子上。

老婆，我爱你！电梯门打开的前一秒，他亲吻她的额头。

我也爱你。他们相拥着推开家门。

## 20.

几乎是一夜之间，满大街都是移动资讯 APP 广告。过去的八个月，赵腾飞带领的研发团队没日没夜地趴在办公室里奋战。他并不清楚，在另一些写字楼里，有很多人也在干着同样的工作。他们看对了方向，也做好了产品，却无法掌握竞争对手的动向。产品上线的前两个月，用户数据直线上升，但随着互联网巨头的杀入，他们的用户数趋于平稳，最后不增反降。

很遗憾，基于目前的用户数据和对未来竞争形势的判断，我们不得不放弃这个项目。当总裁向赵腾飞宣布这个决定的时候,他并不觉得意外。

抱歉,是我没做好。这个时候,除了抱歉还能说点什么呢?

你们已经足够努力了。事实上,当我知道几家网络巨头都在研发移动资讯产品的时候,我就知道希望不大了。Dave 点着烟,深吸了一口,然后看着一道青烟在眼前慢慢飘散。

如果我们能早一点上线,也许就可以避开他们的围剿。赵腾飞还在自责。

是的,我也是这么想的。如果早上线半年,就可以沉淀下来一批忠实用户。但商场上没有如果,互联网的世界没有秘密可言,我们看好的地方,别人也能看到,到最后拼的还是资本。

如果我们不那么强调用户体验,早一点上线,结果会不会不一样? 无论怎么说,一个产品失败,他这个产品经理都难辞其咎。

不要太自责,作为产品经理,你没做错什么。竞争对手的产品并不比我们优秀,都是大同小异。不是所有好的产品都可以成功,需要天时地利,有时候还需要一点点运气。Dave 摁灭手中的烟,双手刺进他浓密的头发里,然后交叉置于脑后,目光停留在天花板上。

赵腾飞能感受到 Dave 的无奈和失望,再让他来安慰自己实在有些残酷。自己付出的是八个月的心血,而 Dave 撒出去的可是几个亿的广告费。

不管怎么说,产品失败了,我都感到很抱歉。赵腾飞起身告辞。

成败乃兵家常事,你先休息一段时间。随后我们再研究一下，看看有什么新项目可以做。Dave 没有起身握手，只是冲赵腾飞摆了摆手。

公司启动了很多这样的孵化项目，移动资讯项目只是其中一个。对公司而言，这个项目的失败不过是死了一只“小白鼠”，但对赵腾飞来说，却是一次不小的打击。这是他在职场上得到的第一个机会，他全身心地投入其中，也曾有过很多美好的想象，但现实却是如此残酷。

你已经做了你该做的，项目能否成功并不是你所能决定的。当他把项目失败的消息告诉佟心时，她这样漫不经心地安慰他。

你知道这个项目对我而言，意味着什么吗？赵腾飞有些不悦。

什么？

我失去了一次成功的机会。这机会非常难得，不是所有的总裁都愿意把项目交给一个新人。如果项目成功，我会得到提拔，会拿到一份价值不菲的公司股票。那些股票足够我们还清房贷，实现财务自由。这么好的机会，竟然让我给搞砸了！赵腾飞弯下腰，双手捂着脸，陷入悲伤之中。

还不至于丢工作吧？佟心问。

这个问题让他火冒三丈。这个时候，她怎么能提这样的问题呢？这是他最不愿意面对的问题。项目叫停之后，研发小组随即解散，团队里的人被安排到各个部门，只有他这个项目负责人悬而未决。

会，为什么不会？项目失败了，难道还要让公司奖励我？公司凭什么要继续供养一个失败的产品经理？赵腾飞心中升起一股无名火，他还想再冲佟心叫嚷几句，但哆哆的啼哭把她唤走了。

随后的一个月，他每天依旧按时上班，但无事可做。只能打开电脑浏览新闻。渐渐地，他发现了一些变化：电梯里遇见Dave，他不再微笑，只是板着脸点一下头；同事们不再叫他“赵总”，又开始亲切地叫他“腾飞”；前台姑娘和他打招呼也不像之前那样热情了。赵腾飞明白，他应该主动向公司提出辞职，大多数项目失败的负责人都是这样的结局。但是眼下，他还没勇气做出这样的决定。因为一旦辞职，每个月上万元的房贷就会没有着落。在找到出路之前，他打算先赖在这里。

如果说上一次创业失败是迫不得已的个人选择，那么，这次项目失败，则是一次市场竞争的惨败。在强大的市场和资本面前，赵腾飞看到了个人的渺小。这个世界不是他能左右的，连Dave那样的大人物也左右不了。互联网领域有太多的未知因素，太多的不可控，他感到前所未有地迷茫和绝望。

坐在工位上发呆的时候，他会想起爸爸给他的人生建议——回邑城做公务员。也许爸爸是对的，每个人的奋斗都是为了活得更体面，为了得到周围人的认可。至于这种体面以何种形式表现出来，人们的认可以何种理由存在，其实并不重要。一个从未有过的想法在赵腾飞心里发芽：回邑城去，那里有一些可预期的东西在等着他。

## 21.

深秋的邑城，树枯叶落，风清人稀，到处弥漫着一股寂寥的味道。这是个熟悉又陌生的地方,他从小在这里长大,这里的每一种食物都能唤醒他的味觉记忆。现在,他成了家乡的陌生人。过去的十几年他很少回来,邑城的变化覆盖了他的记忆,那些一起长大的同学们也都去了大城市,这里只剩下了家人和记忆。

妈妈,我是腾飞,我是腾飞呀！你认识我吗?

赵腾飞一遍遍呼唤着,妈妈的眼睛一动不动,像是在看他,又好像什么也没看。口水从嘴角流出来,她全然不知。两个月前,妈妈还在都城帮他带孩子,还能跳广场舞。回到邑城只两个月,怎么就突然中风了呢?

院长走进病房,看了看血检报告,一脸严肃地说——

血象下来了,暂时没有生命危险,但后遗症肯定会有。能恢复到什么程度不好说,你们要有心理准备,恢复会很缓慢。

能不能转到都城去治疗?赵腾飞问院长。

没必要,这种病没什么好的治疗办法,转到都城他们也是这些办法。再住院观察几天,回家慢慢恢复吧。我会安排中医大夫定期去给她做针灸,你们要注意控制病人的饮食,帮她做一些运动,让她尽快恢复运动功能。

院长的话让赵腾飞浑身发软。这些年,他把所有精力都用在了赚钱上,以为有了钱就会幸福,就会有安全感。现在他才明白,自己过去的奋斗都是徒劳,他遇到了钱解决不了的事。妈妈在这次摔倒之前,已经有一些中风先兆,比如头晕,嗜睡。他都没放在心上,以为是妈妈年纪大了。如果能早一点检查,早一点治疗,可能就不会是现在这个样子了。

这天夜里,赵治平召开了一个家庭会议。主要议题是谁来照顾腾飞妈妈,赵腾飞的姨妈和姑妈纷纷表态,愿意放下工作来照顾。一场突如其来的疾病把这个大家庭的所有人都团结在一起。

我看大家都别争了，这不是一天两天的事，得想个长远的办法。暂时先轮流排班伺候，过段时间雇个专职保姆吧。赵治平说。

赵腾飞坐在角落里，一言不发。亲戚们的每一次表态都刺激着他。他知道这个时候，最应该站出来的是他。回到邑城，回到妈妈身边，一个声音在他内心不断呼唤。

还是我回来吧！赵腾飞服从了内心的呼唤，向家人宣布了自己的决定。

前些年我们让你回来，是担心你在外面过不好，现在你事业上有了起色，就不要来回折腾了。赵修齐并不知道儿子工作上的失意。

叔叔，我回邑城的话，能干点啥？赵腾飞没理会爸爸的话。

当然是做公务员，做公务员是最受人尊敬的。你已经三十三了，现在回来确实有点晚，你的同龄人都已经走上了领导岗位。不过，只要你愿意回来，就还来得及。赵治平说。

这些年，我和你爸爸都希望你能回来。你爸爸一辈子不容易！在体制内小心谨慎、如履薄冰，到退休才混了个副科。不是叔叔不提携他，而是你爸学历太低。小学文化，你说怎么提？我要真把他提成个局长，估计我这乌纱帽就得掉了。你不一样，你是重点大学的本科生，只要你回来好好干，叔叔就有办法把你推上去。赵治平又是一番语重心长的劝导。

亲戚们都为赵腾飞的决定感到欣喜，他的回归意味着这个家族在邑城政坛上后继有人。这些年，家族里的每个人都有一种隐忧,他们担心赵治平退休之后,他们将失去庇护,生活中的种种特权将不复存在。现在赵腾飞要回来了,他很快会成长起来,成为他们新的靠山。

腾飞,叔叔知道这对你来说,是一个艰难的决定,但这是一个男子汉应该做的决定。回来吧,不只你妈妈需要你,叔叔也需要你,咱们全家人都需要你。你先回去和佟心商量一下,决定好了尽快告诉我,我来安排你们在邑城的工作。赵治平满含期待地说。

火车在平原上飞驰,他开始有些犹豫,自己的决定是不是有些冲动?他想起高中班主任的话:你们别无选择,只有努力读书,才能考上大学,才能走出我们这个小县城。走不出去,你们就只能在这小地方混一辈子。他听从了老师的教诲,考上了大学,在都城找到了工作,买了大房子。现在又要回去,回到那个他曾经生活过的小县城。那么,他这些年的奋斗有什么意义呢?

每当他思考人生的时候,就会想起爸爸在酒桌上的样子:他面带微笑,仿佛与生俱来的微笑,不带任何修饰。语速缓慢而流畅,每一句话都在心里斟酌过很多遍,说出来的时候却很自然。敬酒时,爸爸会伸长脖子,欠着身子,捏着一只小酒杯走到别人面前,恭敬得像寺庙里的香客。每次看爸爸在酒桌上的样子,他都会想起乌龟。这种感觉他没跟任何人讲过,但在内心里,他真的觉得爸爸的样子和乌龟很像,背部压着一只重重的壳,小心翼翼地探出脑袋,肥硕的嘴唇嘟嘟囔囔的,然后一仰脖子,喝了酒。从他懂事起,爸爸就经常带他去参加各种家庭聚会,教他如何敬酒,如何在酒桌上说话,如何观察别人的脸色。他像道具一样,被爸爸拉到酒桌上摆弄。他痛恨这样的饭局,爸爸却乐此不疲。

爸爸还有另一副面孔：下班回来，把公文包挂在门后，换上拖鞋，然后在那把发亮的藤椅上躺下。从他记事起那把藤椅就一直摆在客厅里，爸爸身上的汗渍已经把它浸润得油光发亮。客厅里总是弥漫着一种怪怪的味道，是爸爸身上的酒味和袜子上的臭味。他和妈妈已经习惯了。爸爸会在躺椅上躺很久，直到妈妈把洗脚水放在他脚下，他才爬起来把脚泡进热水里。

回到家里，爸爸在酒桌上的微笑消失得无影无踪，声音也不再轻柔——

你是在喂猪吗？你自己尝尝你做的菜，猪都不吃！

我的打火机哪里去了？肯定是那小兔崽子给我弄丢了。再动我的打火机，我剁了你的手。

记忆中，爸爸就是这样跟他们说话的。直到赵腾飞结了婚，爸爸跟他说话的口气才有所变化。

爸爸留给他的印象就是这样：一只乌龟和一头狮子。随着年龄的增长，狮子的面孔越来越模糊，乌龟的形象却越来越逼真。他讨厌成为爸爸那样的人，从爸爸身上，他已经看到了几十年后的自己。但现在，他已经无路可退。他答应家人会回到邑城，这个决定已经在亲戚间传开了。接下来的问题是如何说服佟心，让她支持自己的决定。

晚饭后，赵腾飞向佟心描述了妈妈的病情，说到动情处，潸然泪下。

我下周带哆哆回去看看妈妈吧！

回去看看能解决什么问题？现在的问题是妈妈生活不能自理，得有人来伺候。佟心轻描淡写的回答让赵腾飞有些气愤。

等恢复一些，我们把她接到都城来。到那时候也搬新家了，家里住得下。

接到都城来，你觉得靠谱吗？

怎么不靠谱？

她现在需要专人护理，咱得上班，谁来照顾？

那就雇个保姆。

说得轻巧，在都城雇一个保姆要多少钱你又不是不知道。

那你说怎么办？

回邑城，我们回邑城去。他说这句话的时候显得自信满满，不容置疑。

佟心担心的事情终于来了。过去这些年，每次谈起这个问题，她都会感到恐惧。她讨厌那个小县城，讨厌那里毫无生气的生活，讨厌大街上那些蹩脚的建筑，讨厌商场门口那些低俗的促销表演。还有那些亲戚们——穿着自以为时髦的衣服，操一口土得掉渣的方言。最让佟心无法忍受的是她们在饭桌上的谈话内容：谁谁谁又升职了，又帮谁家闺女介绍对象了，等等。佟心搞不明白，她们为什么总是对别人的生活感兴趣！每次跟赵腾飞回邑城，都是一段痛苦旅程。在佟心心里，邑城是赵腾飞的老家，她只需要每年回去看一下他爸妈，应付一下他那些亲戚就可以了。她从没想过要去邑城生活，这是她的底线。

你之前不是不愿意回邑城吗？怎么突然改变主意了？佟心问。

我说过了，我妈妈需要人照顾，难道还需要别的理由吗？他没好气地说。

我觉得最重要的不是妈妈病了，而是你负责的项目失败了，这才是根本原因。佟心一针见血。

随你怎么说，反正我已经决定了。

再考虑考虑吧！这不是一个成熟的决定。她想大声告诉他，这是不可能的，这是我的底线，你想都别想。但她没有这么说，只是转身进了厨房，把两个洗好的苹果塞进榨汁机里，看着它们变成果汁。

我已经做好决定了，也已经告诉了家人，包括叔叔。无论它是否成熟，都不可能改变了。赵腾飞追到厨房里，无比坚定地对佟心说。

你回邑城能干什么？我回去又能干什么？佟心转过身靠在橱柜上，喝了一口刚榨出来的苹果汁。一场真正的战争即将拉开帷幕，她做好了沉着应战的准备。

我可能会考公务员，去政府工作。你可以去中学当老师，教孩子们画画。你不是一直都想画画吗？回到邑城，你可以天天带着孩子们画画，不比在设计公司里有意义？

画什么？石膏像吗？我的精神追求就是教一群没天赋的孩子画石膏像？

佟心鄙夷的口气让赵腾飞感到厌恶。她总以为自己是那种天赋异禀的人，是真正懂得绘画艺术的人。她最得意的事就是同学聚会时，大家一起帮她回忆班主任给她的定评：佟心有着超乎常人的绘画天赋。老师的这句话就像运动员在奥运会上得的金牌一样，让她平淡的人生熠熠生辉。

即便你对教书不感兴趣，也可以过得更从容一些。不用像现在这么忙碌，你有大把的时间可以自己支配。每周只上六节课，不用坐班，从家里到学校步行只需要十分钟。你可以读书、健身，或者是旅游、睡觉。难道这种生活不比现在要好吗？赵腾飞劝道。

一幅美好的休闲田园风光。可是，你知道我想的是什么吗？我想到的是另一幅画面：每天早上七点起床，给你们一家人做好早餐，然后帮你妈擦洗身体，喂她喝药，然后踩着铃声跑进画室，给一群昏昏欲睡的孩子讲什么是三面五调，什么是透视原理。下班之后，先去接孩子，拉着她走进菜市场，然后继续做饭，跟你爸妈一起看两集抗日神剧。这就是我能想到的邑城生活。

请你不要丑化邑城，邑城生活肯定不会是你想象的那样。首先，我们不用和父母住在一起，咱们卖了都城这套大房子，可以在邑城买一套更大的房子，复式的甚至是别墅，都绰绰有余。其次，我妈妈不需要你付出太多，我爸已经快退休了。还有姨妈、姑妈她们，都可以帮忙照顾。这件事情不会压在你一个人身上。赵腾飞以为，只要她还愿意讨论邑城生活，就说明这件事可以通过沟通解决。

好吧，就算你说的都能如愿。可你有没有想过哆哆？你觉得哆哆会愿意回邑城生活吗？上个月，她开始练习冰球，现在正热着呢。教练说，哆哆打冰球很有天赋。如果回到邑城，哆哆去哪里打冰球？佟心使出了撒手锏。

别再听那些狗屁教练讲什么天赋，都是骗子。我小的时候还有人说我有音乐天赋呢，结果呢？唱国歌都跑调。问题的本质，不是我们喜欢在哪里生活，而是我们更在意什么。我妈妈帮我们把孩子带大了，现在她病了，瘫痪在床上吃不了饭，翻不了身。我必须回到她身边，尽一个儿子应尽的义务，而不是坐在这里讨论什么精神追求，什么狗屁冰球队。赵腾飞失去了耐心。

赵腾飞，我是你的妻子。除了为你生孩子，还得给你做饭、洗衣服，干那些没完没了的家务。但是，你得清楚，我只是你的妻子，不是你的奴隶，不是你的附庸。我有权利选择在哪里生活，有权利为自己和孩子的人生做出选择。这一点你必须清楚。没人阻止你做个孝子，但孝顺是有界限的。不能为了孝顺就破坏了我们的生活，把孩子的未来扔到一边。这种不顾一切的孝顺是愚孝，你知道吗？佟心也失去了耐心，她把果汁杯放在台面上，双手交叉置于胸前，绷紧了脸。

请你想一想，此时此刻，如果躺在床上不能自理的是你妈妈，你会怎样？你还会站在这里喝果汁？跟我讲一堆狗屁道理吗？赵腾飞眼睛里透着凶光，他指着她说完这句话，然后攥紧拳头，狠狠地砸在墙上。

爸爸，你帮我排一下这个小房子。哆哆拿着积木跑过来。

自己排去！赵腾飞径直走向客厅，一屁股坐在沙发上。哆哆手里的乐高被他撞掉在地上，摔得七零八落。哆哆先是一愣，接着号啕大哭。

宝贝乖，来，妈妈帮你排积木，咱们建一所大房子。佟心抱着哆哆走进卧室。

赵腾飞，我告诉你，以后无论发生了什么，你都不可以这样对哆哆，下不为例！

一小时后，佟心走出卧室，恶狠狠地对赵腾飞说。她同样伸出了食指，指着他，挂在脸上的两行眼泪显得她有点大义凛然。

## 22.

接下来的几个月，日子沉闷得能拧出水来。佟心每天做饭、上班、接送孩子。赵腾飞三天两头往邑城跑，在家里的时候，他的眼睛一刻也不离开电视。直到她和孩子睡了，他才会关了电视在沙发上睡去。电视像一个出风口，为这个快要窒息的家庭源源不断地输送着空气。

把我的工资卡给我！明天回邑城！今晚不回来吃饭了！他的话全是这样生硬的祈使句。这天下班回来，佟心看见一份邑城市公务员考试报名表放在茶几上。接着，又听到赵腾飞打电话通知装修公司取消订单。他的这些举动告诉她：我已经铁了心要回邑城，你休想阻止我！赵腾飞强硬得不可辩驳。吵架、撒娇、分床，这些曾打败赵腾飞的招数都不好使了，他已经有一个月没在卧室睡了。

周六，赵腾飞带着哆哆回了邑城。佟心想一起回去，但赵腾飞没给她机会，只是通知她要带哆哆回去。赵腾飞走后，她终于忍不住趴在床上号啕大哭。

干吗呢？

没干吗，在床上赖着呢。兰君来电话时，佟心刚擦干眼泪。

赵腾飞不在家？

带着哆哆回邑城了。

正好，难得你有空，跟我一起去看画展吧？兰君说。

你还好这一口呀？

怎么说话呢？就你是文艺青年呀？

你今天也是一个人？佟心问。

嗯，老公带着孩子玩“爸爸去哪儿”了。你动作麻利点，咱们在小区门口见。看完画展，我请你去吃大餐，晚上再看场电影，怎么样？

好，你等我收拾一下。

佟心化了淡妆，找出那条深红色格子长裙，配一件石板灰开衫。这身素雅的打扮曾是她的最爱，有了孩子之后，就再没穿过它了。她站在镜子前，端详着自己：脸色有些灰暗，眼角的皱纹多了，身材也已经没有了往日的婀娜。好在脸还没走形，一张标准的瓜子脸还能依稀看到昔日风采。

打扮这么好看干吗？准备勾引男人呀！半个小时后，她坐上兰君的车。

嗯，看看自己还有没有回头率。反正我家那口子已经不想要我了。

吵架了？

比吵架更糟糕，已经冷战一个多月了。

上床呀，嘿咻呀！这还要我教你吗？男人就那点小脾气，拉到床上滚两圈，立马乖得跟儿子似的。

他已经两个月不肯回床上睡了。

没看出来，赵腾飞还这么有志气！

我和他妈同时掉河里了，他选择救他妈，现在就剩下我自己在河里扑腾了。佟心感叹道。

和婆婆闹矛盾了？

没有。他妈妈中风瘫痪了，赵腾飞要我们全家回邑城生活。

你愿意回去吗?

当然不愿意。

那他应该听你的呀!你们是一个家庭。他妈妈的问题可以用其他办法解决呀,接到都城来伺候,或者在邑城雇个保姆不就行了?

我也是这么想的,但拗不过他。人家已经报考了邑城公务员,准备回去工作。刚买的房子也不打算装修了。

这个事你不能退让。一旦回去,想再回来就难了。

不退让,又能怎么样呢?

撒娇,示好,把他拉回你的温柔之乡。我告诉你,这个时候不要硬上,你这次面对的不是赵腾飞,也不是小三,而是婆婆,是所有女人最强硬的对手。如果不想好策略,你很难打赢这场战争。两个人闲扯着就到了会展中心。

欢迎光临!莫小诗突然出现在佟心面前时,她脑海里一片空白。

怎么是你?她说。

好巧哦……他也有些猝不及防。

办画展也不通知一声,我好多拉些人来给你捧场呀!佟心首先恢复了正常。

你们认识?兰君问。

对呀,大学同学。莫小诗说着,做出一个请的手势,把两人让进厅内。

那我们今天买画,是不是可以打折?

还打什么折,看上了拿走就是。莫小诗说。

你们先聊着,我去趟洗手间。佟心钻进洗手间,大口喘气。

怎么会是他？他们已经有七八年没见了。两年前的那个夜晚，她翻看手机，目光停留在他的手机号码上，脑海里全是红尘往事：他是她的第一个男人。青春时光里的所有记忆，都在他那里保存着。每次不经意翻到他的电话，都会心里一颤，后来，她删了他的电话。哪想到今天竟然偶遇了，太尴尬了！她从卫生间里出来的时候，已经做好了快速撤离的准备。

莫老师，你给我们讲讲这幅画吧！我们这些粗人都看不懂。兰君正兴致勃勃地和莫小诗聊天。展厅里只有稀稀拉拉的两三拨人，莫小诗跟在她们身后，像一位恭顺的侍者，随时准备为她们服务。

都是瞎画的，我也讲不出个什么道道。佟心是内行，你让她给你讲。莫小诗说。

莫老师，你就别谦虚了。你的画在网上已经涨到两万多一尺了，前些年要是多买一些，现在早发财了。兰君说。

都是他们瞎炒作的，哪有那么贵。他“嘿嘿”一笑，露出整齐洁白的牙齿。

莫老师，这些年画风变化不小呀！佟心恢复了平静。

有吗？我觉得变化不大。他敷衍了一句，显然还有些紧张。佟心知道，谈起绘画，他能滔滔不绝地讲一个下午。在那个属于他的世界里，他是自信的王者，有一种舍我其谁的霸气。但是今天，他显然没心情跟她们分享他的创作心得。

走出展厅的时候，他从后面轻轻拉了她一下。

佟心，你老了！他的眼睛还是那样温柔。

你会不会说话？我知道自己是个老女人了，用得着你告诉我吗？

我不是那个意思！我是说……这些年，你挺不容易的。以后有什么事，给我打个电话。我们还是同学、朋友，对吧？他尴尬地揉搓着手掌。

好吧，那你借点钱给我。我现在啥都不缺，就缺钱。

真借？你把卡号给我，一会儿就转给你，我上个月刚卖出去几幅画。

开玩笑呢，你还当真了！留着自己花吧，我过得去。她盯着他看，笑容烂漫。如果不保持这夸张的笑容，下一秒她就会哭出来。

那幅《花开的梦》别卖了，留下来送我吧。她说。

好，我回头寄给你。

他还是那么清瘦、单纯。这些年，他似乎一直藏在时间的黑洞里，只有那日益厚重的画风证明时光也曾在他身上滑过。佟心想捏捏他黝黑的脸庞，像抱起哆哆那样把他抱在怀里。但她什么也没做，只是转身离开，快步追上兰君。

你的初恋？看来我今天当了一次王婆，一不小心就拉着潘金莲来见西门庆了。兰君说。

讨厌，你还是不是我姐姐？她扑进兰君怀里，啜泣起来。

你不应该趴我怀里哭呀，这多没劲。你过去趴他怀里哭，那才带劲！

讨厌死了，你请我喝咖啡吧。佟心说。

俩人走过两个路口，在一家露天咖啡馆坐下。点了两杯咖啡，一份水果沙拉。这是个美好的下午，斑驳的红砖瓦墙上挂满了精美的海报，年轻的姑娘在锈迹斑斑的铁轨上拍照，环卫工人夹起马路上的落叶，一切都从容有序。佟心趴在餐桌上，看着冬日的阳光一点点掠过桌角，只有这样的时光才值得流逝。她很久没出来放空了，只有趴在这里发呆，只有看着眼前那些年轻的身影，她才不会把自己扔进中年妇女的阵容里。

你俩为啥没在一起？兰君问。

你觉得他是适合结婚的人吗？佟心反问道。

什么是适合？有钱？有上进心？还是有责任感？这些都是丈量男人的容器。但爱情是空气，女人没有容器能活，没有空气就活不下去。所以，那些标准和要求都是狗屁，女人要的就是一种感觉，千金难买我喜欢。兰君说。

可是生活很真实，如果当年和他结了婚，估计现在还在出租屋里住着呢。哦，不对，是人家不跟我结婚，他是个不婚主义者，你说这样的人能托付吗？

怎么不能？你不要想着把自己的人生托付给谁！每个人的人生都只能由自己打理。你想想看，那些我们最亲近的人，父母、丈夫，谁能陪我们一生？过程比结果重要。重要的是你的生命里有谁来过！有哪些人让你怦然心动过！老实说，你有没有后悔？

没有，从没后悔过。他是个安静的疯子，只愿意活在自己的艺术世界里。他拒绝与外界接触，拒绝按照常人的轨迹生活。我如果跟了他，也会成为一个怪胎。

可我看见了你内心的波澜，你像一只受惊的兔子。来，跟姐姐说说，那种感觉是不是很美妙？兴奋、害羞，还有一点点虐心，是这样的吗？

你神经病呀！再瞎说就不陪你看电影了。

说你害羞，你还开始撒娇了！不陪我看，陪他看去？快去，你的大艺术家正在给文艺女青年讲艺术与人生呢。兰君说。

你怎么这么讨厌！佟心扑过去压着兰君。她们像两个大学生一样嬉闹着，惊飞了梧桐树上的几只麻雀。

别说这些没用的了，快跟我说说，我该怎么办？赵腾飞这次是铁了心要回邑城，我是真没辙了。嬉闹过后，她又满脸惆怅。

我也没啥好招，他连床都不愿意上了，那就只剩下一招了。兰君说。

什么招？

装可怜呗。除此之外，没什么好办法了。正常男人都有三块软肋，责任感、好色、同情心。现在他把责任感给了他妈，好色这一条不奏效了，你就只能博同情了。

他现在跟马桶一样，又臭又硬，才不会同情我呢！

那是你做得不够好。等他回来，你给他买衣服，做好吃的，再给他妈联系北京的名医，极尽巴结之能事，我就不信他不动情。如果这些招都不管用，那就别理他了。这样的臭男人，爱滚多远滚多远。

好吧，等他回来，我试试吧！佟心说。

这就是中国式的家庭悲哀，没有界限，没有空间。你看看人家西方人，孩子成家之后，各过各的日子，偶尔聚在一起过个周末，亲热得跟见了贵宾一样。咱们中国人就爱在一起搅和，生了孩子，必须要爷爷奶奶带，老人不帮着带孩子就是不负责任的老人；老人生了病，必须得儿子媳妇伺候，不伺候就是不孝顺。天天在一起搅和，结果就是锅碗瓢盆的碰撞，婆婆妈妈的矛盾，说不清道不明。兰君总是可以一针见血地说出问题的本质。

不是所有的中国家庭都这样，你家就没这些婆婆妈妈的事。

佟心满脸羡慕地看着兰君。

家家有本难念的经，你以为我就没有这样的烦恼？上周刚吵了一架。

为啥？

我们想移民，他爸妈不同意。兰君说。

你要出国？去哪里？

去澳洲。

哦……

澳洲，这个字眼瞬间把她带入到一个轻盈干净的世界。蓝天碧海的黄金海岸，白色屋顶的悉尼歌剧院，童话仙境一样的帕罗尼拉公园，还有那些在公路上蹦跳的袋鼠。想象一下，兰君端着热腾腾的咖啡，站在巨大的落地玻璃窗前，看着孩子在草坪上奔跑，厨房里传来澳洲牛排的焦香……你们什么时候去？靠什么来赚钱养家？以后还回来吗？一堆的问题从她脑海里往外涌。她一句也没问，那是人家的事。既然要移民，人家肯定已经想过这些问题了。

你们决定好了吗？

决定好了，不管他们怎么反对，我们都会去。我受够了都城。环境恶化、房价疯涨，这个城市像无人掌控的泥石流。没人知道它到底会涌进来多少人，会建多少房，会拓展到哪里去？能感觉到的是空气越来越差，交通越来越堵，疾病越来越多。人们却在忙着讨论怎么提升 GDP，如何赚钱，怎么创业。没有人停下来思考一下，这个破城市到底还能不能生活！新闻里天天都是吸毒明星、落马贪官、虐童教师，还有扒光小三衣服的悍妇……法制没建立起来，道德却已经坍塌了。浮躁、冷漠、无序，到处都弥漫着一股火急火燎的煳焦味，这就是我们生活的城市。

兰君情绪高涨地说完一大段话，似乎移民不是一个让人愉快的人生选择，而是一场蓄谋已久的报复。佟心像雕塑一样杵在那里，目光落在路边的梧桐树上，抑或是落在某张海报上。她好像没有在认真听兰君讲话。

天哪！眼前这个可怜的人，正在为能不能留在这个城市而发愁呢！兰君意识到自己的话太过残忍！

亲爱的，去了澳洲，我会想你的。兰君想给她一点安慰。

我也会想你的。说完这句话，佟心一个字也不想说了。

## 23.

又一个周末，哆哆去参加冬令营了。整个傍晚，她都在厨房里忙碌，除了平日里他最爱吃的麻辣龙虾、土豆炖牛腩，她还从网上下载菜谱，学做了两个凉菜。这样的夜晚，应该坐下来喝一杯。等待土豆炖牛腩出锅的空隙，她冲了个澡，换上那件迷人的黑色短裙。

你的大长腿像两根刚从地里拔出来的白萝卜，他们第一次做爱的时候，赵腾飞曾这样形容她的双腿。虽然并不确切，但她喜欢这样的比喻，这是这个理工男在床上说过的为数不多的情话。结婚十年，烟熏火燎。她脸上的皮肤不再像年轻时那样紧致，胸部在哺乳之后也开始下垂，只有这两条大长腿没有变丑，反而越发温润白皙。从卧室出来的时候，她拿出一盒药放在赵腾飞面前。

这是上周托罗炜从美国寄回来的，据说对中风后遗症很有效。你下次回去让妈妈试试，如果有效，我让罗炜再寄些回来。佟心说。

赵腾飞按照药名上网查了一下，果然好评如潮。

老婆，谢谢你。我怎么没想到去国外找药呢！两个月来，赵腾飞第一次叫她老婆，第一次目光柔和地看着她。

你打算一直在沙发上睡下去吗？

我一直在等待你的召唤，这种感觉很糟糕。我需要你的理解和帮助，我们应该冷静下来，一起来面对问题，找出一个合适的解决方案，而不是互相伤害。

嗯，我理解你，这些天我也在反思，我没有扮演好一个妻子的角色。过来吧，我们边吃边聊。两个人移步餐桌前，接下来的聊天变得越来越和谐。

妈妈生病之前，我从没担心过老人的身体。似乎他们永远不会生病、不会老，永远都站在我们身后任劳任怨。但当我站在病床前，看着妈妈说不出话来，我才意识到这些年给爸妈的关心太少了，我是个不称职的儿子。我必须回到她身边，陪伴她，把亏欠她的弥补回来。赵腾飞说。

你做得没错，我能理解你。如果是我妈妈得了病，我也会这样想的。只是我们不要急着做决定，也许会有两全其美的办法。说不定半年后妈妈就能恢复过来，或者你做做爸妈的工作，也许他们愿意来都城生活。我这样建议不是为了我自己，而是为了这个家。我们刚买了大房子，这是我们多年的梦想。为了这套房子，我们付出了很多，一天没住就要卖了它，是不是有些可惜？还有哆哆，再有三年就可以积分落户，哆哆就是都城人了，将来可以轻松考上重点大学。如果回到邑城，想考上好大学，那得有多难？还有一点，也是最重要的一点，都城有国内最好的医疗资源，如果妈妈愿意来都城生活，就可以享受这些优质资源。

说这一通话时，她显得胸有成竹，理智而高尚。红酒杯一直在她右手上擎着，她用左手拨弄着她乌黑的长发，洗发水的香味和红酒的味道弥漫整个客厅。她知道自己即将胜利，他的身体变得柔和，不住地把土豆和牛腩送进嘴里。

你说得有道理。这些天，我也思考过，回到邑城不是个成熟的决定。其实，你知道的，我也不愿意回去。但现在我妈妈躺在床上，需要人伺候。我不能像个亲戚一样，隔三差五回去看她一眼，然后回到都城享受自己的生活，那不是一个儿子应有的表现。百善孝为先，一个男人如果不孝顺，无论他取得多大的成就，都会遭人鄙视的。我有一个折中的办法，咱俩讨论一下，看是否可行？

你说。

我一个人先回去，你和哆哆继续留在都城。

两地分居？佟心大吃一惊。

嗯，只是暂时的，不会太久。如果妈妈恢复得好，我很快就会回来。邑城到都城也不是太远，坐高铁只要四个小时，我每周都可以回来看你们。

那你要考公务员吗？要辞了现在的工作吗？

我回去了，现在的工作肯定就没法干了。先考公务员试试，如果能考上，也算有一份稳定工作，家里就多一份保障。

这是个让佟心意外的建议，也并非不可接受。他没有逼着她举家搬迁，已经是很大的让步了。只要她和哆哆还留在都城，他早晚都会回来。

眼下看，这是个稳妥的办法，只是……

只是什么？

只是你要两头跑，会很辛苦。

这些年，他们的战争都是这样结束的——冷战中的某个夜晚，她关了灯，他悄悄爬上床，把一只脚伸进被窝，被她踹出来之后，他再把两只脚一起伸进去，紧紧地夹住她，然后凑到她耳边说几句好听的话。有时候，实在无话可说，他就哈气，直到她转过身来狠狠给他一拳，战争就算结束了。

今天晚上，赵腾飞不用再这么做了。晚饭后，她没有急着去收拾厨房里的残羹冷炙，而是钻进卫生间洗漱。她换上那件柔滑的真丝睡衣，溜进被窝。一种征服的喜悦在她心中升腾。生活呀！没有谁可以打败谁，只有在妥协中才能取得胜利，只有在宽容中才能获得安宁。

在床上，赵腾飞格外卖力。他希望带给她快乐，报答她做的那桌丰盛的晚餐，报答她的牺牲和理解。遗憾的是，他有些力不从心，越想坚持越是紧张，只一会儿工夫就败下阵来。而她，才刚刚热身。

对不起，最近太累了。他轻抚着她的后背。

没关系，重要的是爱，不是做。能让我感到满足的不是时长，而是质量。是你把我抱在怀里时，我能感受到你内心的柔软。她的手指滑过他的嘴唇，停留在他宽阔的胸前。

当清晨的第一缕阳光透过深灰色的窗帘洒进卧室，楼下响起广场舞音乐，她才依依不舍地离开他的怀抱，去收拾前一天晚上的碗筷，然后准备早餐。

## 24.

人流像潮水一样从地铁口倾泻而出，一只脚跟着一只脚。没有人停下来，也没有人能停下来。佟心弓着腰趴在地上，一只手撑着地，另一只手揽着哆哆。人们的提包、衣角、垂下来的手臂蹭着她的头发、脸颊和身体。有人来不及躲让，跳起来从她头上蹿了过去。她没机会站起来，只要一动身就会被后面的人扑倒，她和哆哆就会被压在下面。大约过了四五分钟，人们终于走完了。

哆哆，你没事吧？她拉起哆哆在站台上坐下。

我没事，妈妈你没受伤吧？

妈妈没事。她看见了哆哆手上的脚印，眼泪夺眶而出。

宝贝，对不起！是妈妈没保护好你。

妈妈，我没事的。他们看到咱们摔倒了，为什么不停下来呢？

人太多了，他们没法停下来。

妈妈，你的鞋子丢啦？

佟心这才发现自己的一只鞋不见了。刚才下地铁时，她感觉高跟鞋被什么东西拽了一下，紧接着，就被后面的人挤倒了。所幸没受什么伤，但一只鞋子不见了，也许掉在了车厢里，也可能是掉在了车厢和站台的缝隙里。无论掉在哪里，她都没有时间去找了。距离比赛开始只有十五分钟，这是哆哆的第一场冰球比赛，无论如何都不能迟到。

咱们玩个游戏吧?

什么游戏?哆哆问。

不穿鞋的游戏,看看谁能不穿鞋走到冰球馆。

好,你一定比不过我。哆哆高兴地脱下鞋子,和妈妈一起赤脚走路。

母女俩走过地下通道,过街天桥,球馆外面的柏油路。为了让哆哆相信她们真的是在做游戏,一路上她面带笑容,甚至还跑了几步。到了冰球馆,把哆哆交给教练,她走进商场去买鞋子。

从冰球馆到商场的路上,没有了哆哆的掩护,她感觉自己像一个裸奔的女人。似乎所有人都在盯着她看。她快步走进商场,身后是一串屈辱的脚印。

她痛恨赵腾飞没有开车来送她,后悔自己出门时不该穿高跟鞋。坐在商场里,她开始回忆地铁上摔倒的细节:好像有个穿白衬衫的男人在后面推了她一把,紧接着是一些模糊的面孔:穿着考究的公司白领,提着工具箱的装修工人,还有一群穿校服的学生。这些模糊的面孔都是冷漠可憎的,他们从她身上跳过去,踩到了哆哆的手。没有人停下来,没有人把她们拉起来……

这就是我生活的城市,我苦苦争取想要留下来的城市?浮躁、冷漠、无序,到处都弥漫着火急火燎的煳焦味。她想起兰君的话。那个聪明的女人受够了,选择了逃离。而我呢?还在为这个根本就不值得留恋的城市苦苦抗争,折磨自己的爱人,这一切到底值不值?那些富丽堂皇的大剧院跟我有什么关系?我已经好多年没看过任何演出了;那些鳞次栉比的高楼跟我有什么关系?奋斗了十年,不过是买了一套三居室而已;还有那些新成立的创业园,各大酒店里举办的创业论坛,跟我有什么关系呢?

我们只是别人公司里的两颗小螺丝钉，仅此而已！佟心一遍遍地质问自己。她不再埋怨赵腾飞，不再仇恨地铁上那些模糊的面孔，所有的愤怒都指向了这个城市。这个生活在其中，却从未认真审视过的城市。

我们回邑城吧。晚上，她向赵腾飞宣布了自己的决定。

为什么？不是说好了我先回去吗？赵腾飞一脸惊愕。

不为什么，就是想回去。

她不愿向他讲述地铁里发生的事。她知道他会怎么安慰她——都怪我，我要是去送你们就好了！你明知道地铁里很挤，为什么不穿平底鞋呢？他会走过来拍拍她的肩膀说，别难过，没受伤就好，地铁里每天都会发生这样的事。可以确信，他会轻描淡写地安慰她。

能告诉我为什么吗？

我喜欢邑城没有雾霾，没有挤得像屎一样的地铁，可以吗？

可是，这些又不是今天才有的。我们每天不都在呼吸雾霾，在挤地铁吗？到底发生了什么，让你突然改变主意。

没发生什么，我想静一静。佟心从沙发上站起来，走进卧室。她不愿向任何人讲述地铁里发生的事情，包括赵腾飞。她不愿再跟他描述一遍，她是怎么摔倒的，怎么像狗一样趴在站台上，以及那瀑布一样的人流是如何从她身边滑过去的，她永远都不想再提起这些细节。

你想好了？我们一起回邑城？半个小时之后，赵腾飞来到卧室追问。

想好了！

不是临时起意，突发奇想？

不是！她坚定的目光让他感到欣喜。

太好了，回到邑城，我们可以随意挑选房子。邑城新区那边刚开盘的小区就很不错，小区绿化率80%以上，楼下就是邑河。你会有大把的时间画画，会有一间专门的画室。你不用担心没有朋友，黄小秋盼着你回去呢。

赵腾飞兴奋地向她描绘着美好的邑城生活，只字不提照顾妈妈的事，更不会提那个失败的项目。他想让她知道，这是一次正确的选择，一次关于美好生活的正确选择。他的话起了作用，佟心从床上爬起来，面色变得红润，她的身体在白炽灯的照射下，散发着迷人的黄光。她感到柔和、舒展，巨大的能量正在她体内复苏。

一周之前，她还在和赵腾飞吵架，还在为如何说服他而苦恼。就在刚才，她还在为地铁上的事而痛哭。现在，这一切都不再沉重。因为她做出了决定，她要抛弃这个城市。当她想明白了，放下某些孜孜以求、实际上并不值得留恋的东西，就会对另一些东西充满美好的想象，会为自己曾经的认真感到好笑。

她还好吗？想到很快就可以和黄小秋在同一个城市生活，她又获得了一些能量。她们是真正的朋友，真正的姐妹。当初就是因为黄小秋，她才认识了赵腾飞，才组建家庭走到今天。这些年，她们都忙着自己的生活，联系越来越少。但她们的感情是稳固的，不用再填充任何内容，就可以像大学时那样——不分彼此地泡在一起。

她很好，在教育局工作。如果回邑城，我们有可能成为同事。

你真惨！这辈子都逃不出黄小秋的手掌心，小时候是人家的跟屁虫，现在又要成为人家的小跟班了。她跟他开起了玩笑。

我才不跟着她，我这辈子只做你的跟屁虫。他把她揽在怀里，目光如水。

这是一周内他们第二次滚床单，前所未有地和谐，她不再死气沉沉地躺着。即将开启的新生活带给她巨大的能量，让她容光焕发，激情四射。她骑在他腰间扭动的时候，赵腾飞觉得她比那个实习生还要可爱，她那未施粉黛的脸上散发着成熟的光芒。她一次次俯下身去，像喂养巢穴里的幼鸟一样，把丰满的乳房放到他嘴边。

他战胜了自己，直到她抓住一块枕巾塞进嘴里，发出近乎哀鸣的叫声，他才在她最后的扭动中败下阵来。他们浑身湿透，像抹了沐浴液一样滑溜溜地抱在一起。

接下来的事情进展得异常顺利，他们卖掉了新房子。半年前买的房子已经涨了六十万，还了银行的两百万贷款，还剩下四百多万。这笔钱足够他们在邑城买一套独栋别墅，但两人并不想把这笔钱都投在房子上，他们计划花两百万买一套四室一厅的大平层，剩下的两百万存起来作为哆哆的教育基金，如果有合适的项目，他们还打算做一点投资。

当佟心把辞职申请交给老板时，那个满脸横肉的男人深受打击。是因为工资吗？如果嫌工资太低，咱们可以商量。老板一脸真诚地肯定她的业务能力，肯定她为公司做出的贡献。他甚至承诺给她一点期权，只要她愿意再为公司工作三年，就可以变成小股东。

你是个好员工，很多老客户都是冲着你来的。虽然我们在设计理念上经常会有分歧，但那都是为了赚钱，为了满足客户需求。在我眼里,你的设计是最棒的,你有独特的审美,对每一个设计任务都有自己的理解。你走了,我们将损失惨重!她在这家设计公司工作了八年,老板第一次给她这样的评价。

谢谢你的肯定,我选择离开不是因为钱。世界这么大,我想换个活法。说完这句话,她起身告辞。从出租车后视镜里,她看到老板呆呆地站在写字楼门口,这个曾经对她颐指气使的男人,显得那么落寞。

当他们把这个消息告诉秦昊和陈飞扬时,引起了不小的震动,他们甚至争得面红耳赤——

兄弟,你做了一个正确的决定。只是有点晚,如果你一毕业就回老家做公务员的话,现在至少是个正科。但也不要紧,现在还来得及,你叔叔还有几年才退休,你有机会弯道超车。

秦昊对他们的决定并不感到意外。他乐于听到这样的决定,从某种意义上讲,这个决定也是对他的一种肯定。赵腾飞折腾了这么多年,终于意识到做公务员才是最好的选择。秦昊不相信赵腾飞的那些理由,在他看来,赵腾飞的理由都是借口。真正的理由只有一个,那就是他认错了,承认自己在人生抉择上犯了错误。

很遗憾,你们为什么会做出这样的决定?为什么要去做公务员?你扪心自问一下,难道你真的想为人民服务?生活的目标,说到底就是让自己和家人生活得更好一些,你回邑城做公务员,只会让生活变得更糟。首先,你不可能有很多钱,即使你将来当了官,通过权力寻租弄到一些钱,也不敢光明正大地花。那种偷偷摸摸的日子有什么意思?其次,你想过没有,你受得了体制内的束缚吗?还有最重要的一点,也是我一直想对你说的:你是个有抱负的人，你不会甘于混迹在一个小地方。陈飞扬语重心长地说。

你幸福吗？你现在有很多钱，你觉得幸福吗？前天我在网上看到一张你的照片，副市长去你公司调研时的照片。你弓着腰，笑容都快从脸上掉下来了，我从没见你那样笑过。你是因为开心吗？不是！你笑，是因为站在你面前的是市长。所以你必须笑，这是一种惯性，是中国几千年官本位思想传承下来的惯性。做公务员是不会有很多钱，但我们拥有很多钱买不到的东西，比如你那样的微笑。自从陈飞扬发达后，秦昊每次聊天都免不了奚落他几句。

我笑得很卑微吗？

没有，我只是觉得有点滑稽。

赵腾飞满脸笑容，一身轻松。这两个可爱的家伙，你们说的这些和我有什么关系呢？当他做出这个决定，都城生活的一切枷锁都打开了。房贷、户口、居住证，让这些东西见鬼去吧！迎接他们的将是一个安宁舒适的小城，是一种更体面的、更安全的生活！

离开的时候是个周末，在这之前他们已经把大部分物品寄回了邑城。一家三口，各背一个小旅行包，轻松得像一次寻常的旅行。陈飞扬和秦昊来送行，三个男人在站台上开着一些无伤大雅的玩笑。

腾飞，我挺舍不得你们的。陈飞扬说。

那你哭一个给我看看。赵腾飞打趣道。事实上，他从没觉得这是一个伤感的决定。

火车终于启动了。穿过繁华的街区，嘈杂的城郊，很快就驶向了碧绿的田野。赵腾飞的眼前闪过很多杂乱的画面：拥挤的地铁，沉闷的写字楼，陈飞扬、秦昊、Dave，还有那个实习生，想到那个带给他无限快乐的姑娘，他的脸上才露出一丝淡淡的忧伤。

树木、池塘、村庄，这些东西在眼前闪过，佟心靠在宽敞明亮的车窗上，希望火车能一直飞驰下去。这些天，佟心越来越为他们的决定感到高兴，没有人知道她做出这个决定的真正原因。不会有人相信她会因为讨厌这里的空气、交通、邻居而离开，因为所有人都在熟视无睹地忍受这一切，没有人会像她这样，做出如此矫情的决定。在佟心看来，离开都城具有某种审美意义，让她有充分的理由去同情那些麻木的人。

真是可惜！腾飞很聪明，只是缺点勇气。如果当初跟我一起坚持下来，今天就不会离开都城。送走赵腾飞，陈飞扬坐在车里叹惜不已。

接下来该干点什么？秦昊问。

我带你去个好地方。陈飞扬一脸奸笑。

什么好地方？

东三环那边新开了一家会所，里面清一色的大学生，要气质有气质，要身段有身段。我带秦处长去快活一下。

不去！让人看见就麻烦了。

怕个屁！来，道具我都给你准备好了。陈飞扬从中央扶手里摸出一顶鸭舌帽扣在秦昊头上，两人相视一笑。奔驰车很快驶入环路，直奔东三环。

## 25.

认识佟心之前，我很少与人交流人生，这个话题对我来说，过于沉重。我不得不承认，自己的人生有些平淡，算不上成功。我把太多的时间浪费在了毫无意义的事情上，如果早点意识到这一点，也许我的人生会有所不同。

四十岁之前，我行走在既定的轨道上——上好大学，找一份好工作。我爸爸说大学教授是个不错的选择，体面、稳定又受人尊重。我按照爸爸的要求去做了。参加工作之后，又进入了另一条既定的轨道：搞研究，写论文，评职称。用了十几年时间，写了一大摞论文，搞到了个教授头衔。做教授的前几年，我一直惶恐不安，因为我知道自己是浪得虚名，并没有做出什么有价值的研究。对我来说，得到教授头衔唯一的意义就是我终于做完了既定的常规动作，爸爸再也不知道该怎么指导我了。当了教授之后，我才开始反思自己的人生。可惜太晚了，还没想明白要干点什么，就到了退休年龄。

我是独生子女，在都城出生，在都城长大。爸妈给我留下了两套房子，结婚时我又以极低的价格从学校买了一套福利房，对于当年飞涨的房价我并没有太多感触。关于同龄人的北漂故事，我有所耳闻，但很长一段时间，我对他们充满敌意。我不知道他们为什么要来都城，把我们的城市搞得拥挤不堪，一塌糊涂。直到听佟心讲述了她的奋斗故事，我才真正接纳了这些外来人，并且对他们的人生充满敬意。

认识佟心两年后，我们已经无话不谈。我一直想为她做点什么，却发现什么也做不了，她几乎没有任何需求。我盼着她生病，幻想着有一天，她躺在病床上，正好赶上她闺女出差，我就可以理直气壮地去照顾她了。可她并没有生病，她的身体很健康，连感冒也很少有。我唯一能为她做的，就是陪她聊天了。

秋天，我们去西山赏红叶。爬山的过程中，她第一次把手伸向我，我拉了她一把。我知道这只是朋友间的帮扶，不是恋人间的牵手。但无论怎么说，这都是一次亲密接触，足以让我露出幸福的笑容。

六点之前，我得回去，晚上约了前夫，商量哆哆结婚的事情。她说。

你们还有联系？

也不是经常联系，只是偶尔会谈论哆哆的事情。

有没有觉得不舒服？我是说，离婚之后再见面可能会有点尴尬。我们沿着崎岖的山间小道下山，边走边聊。

没有。现在和他见面，什么感觉都没有，只是就事论事，谈完就散。

你不觉得是他错误的决定改变了你的人生吗？我说。

那不是他的错。年轻时的生活，就像二十年前都城的空气一样浑浊，看不清、辨不明。当年离开都城，看似是因为他妈妈生病，因为他工作不顺，实际上都是表象。真正的原因是我们缺乏能量，放弃了抗争。说到底，还是性格决定命运。赵腾飞这个人吧，有那么点外强中干。

这话怎么说？我没明白她的意思。

他看似渴望成功，实际上并没有坚定的信念，也缺乏成功男人所必需的那些品质。

她对赵腾飞的评价让我有些吃惊。你所说的那些品质是指什么？我追问道。

比如梦想、信念、独立。最重要的是独立，他从来都不曾拥有。你听说过陈飞扬吗？

你是说那位大企业家？

嗯，是他。

你认识他？她竟然认识陈飞扬，那可是我们那个时代最伟大的企业家之一。

他是赵腾飞的同学，三十年前他刚开始创业时，赵腾飞是他的合伙人。我们经常在一起聚会。当年我特别不喜欢这个人，觉得他像一只精明的猴子。但现在看来，陈飞扬身上有很多优点。他明白自己想要什么，拥有破釜沉舟的信念和决心，注定可以成功。

如果当年赵腾飞没有中途退出，他现在也会是了不起的经济人物。我感叹道。

如果以世俗的眼光来评判，他现在也算成功，他在邑城得到了所谓的成功。他不是个精神独立的人，只能在他叔叔的庇护下站起来。她说。

我想说，我和赵腾飞一样，也是不独立、没信念的人。我们独生子女这一代，有很多人都是如此。但我没说出口，只是帮她拦了一辆出租车，然后微笑着冲她挥手道别。

## 26.

邑城原来是个县,因为地处南北交界的中心位置,就发展成了一个不大不小的物流集散地。2000 年升级为市,政府开始大兴土木。几年工夫就拆完了县城周边的村庄,盖起了物流中心、创意产业园、商业广场,一座新城就此诞生。有钱人住进了新城区的高楼里,穷人则留守在老城区。新城和老城隔着一条邑河,河东高楼林立,车少人稀;河西拥挤喧闹,破而不败。

若给邑城作一幅画,必定是一半黑白山水,一半彩色油墨。老城区的红砖平房,离远了看排列整齐,走近了又杂乱无章。那铁皮烟囱里升起的烟、墙角下老太太摇起的扇、街道上随处可见的狗,都是留在历史里的物件,它们勾勒出的是一幅黑白山水画;从政府街往东,跨过邑河大桥,就到了新城。这里是另一番景象:宽阔的马路、高耸的楼房、刚开业的大商场、新落成的体育馆……这是一幅五彩斑斓的油画,是邑城人津津乐道的新世界。

美好的邑城生活从一连串的饭局开始。请他们吃饭的人一拨接着一拨,先是家里的亲戚,然后是赵治平、赵修齐在官场上的至交,最后是那些多年不曾联系的同学。人们在饭桌上打探着他们在都城的生活、见闻,回忆着赵腾飞在邑城的童年糗事,最后再展望一下他们无限光明的未来。饭局以无比真诚的欢迎开始,再以无比真诚的祝福结束。这种和陌生人的频繁聚会,让佟心感到有些疲惫。但多数时候,她还是乐于参加这样的饭局,因为他们可以坐在贵宾席上,接受人们的赞美和追捧,这是都城生活不曾有过的体验。

让她感到舒心的不仅是酒桌上的赞美，还有工作上的便利。去学校报到那天，校长亲自在大门口迎接她。那个又胖又矮的男人穿一身黑色西服，双手插在裤兜里，衣襟卡在身后，像一只刚出水的企鹅。在会议室里，校长把她隆重地介绍给其他校领导——

佟老师是中央美术学院的高才生，毕业后一直在都城从事平面设计工作。是一位既有理论基础，又有实战经验的优秀人才，能来我们学校任教，是我们的荣幸。我相信在佟老师的带领下，我们学校的美术教育会有一个质的提升。让我们以热烈的掌声欢迎佟老师！

报到之前，她从没见过校长，连一份简历也没发过，校长却对她的情况了如指掌。简单的欢迎仪式之后，佟心向校长请教工作：校长，我没当过老师，怕误人子弟，以后还得您多指点。

随便教教就行，赵市长说你婆婆身体不好，你要以家庭为重。美术课主要是带十几个美术特长生，每年能考上大学的也就两三个，考得好不好对全校整体升学率影响不大。原来有个美术老师叫王厚生，你们俩组成一个教研组。如果家里忙，就让他帮你代代课，我已经交代过他了。

佟心听明白了，自己就是个可有可无的人，对校长而言，确实如此。但在老师和学生们眼里，她却是一道不可或缺的风景。她穿着连衣裙走进五楼的美术教室时，学生们会趴在对面窗户上肆无忌惮地看她；男老师们装作在上课，趁人不注意也会偷偷瞄一眼；女老师则酸溜溜地揶揄他们——

看也白看，人家是市长的侄媳妇！

你看人家佟老师，孩子都上学了，身材还跟姑娘一样。再看看你，刚结完婚腰就没了。男老师们这样回击她们。

关注她的不光是学校里的老师和学生，还有小区里的邻居，街道上的商户。人们只是远远地站着看，小声议论，没人过来搭话。起初，她感到不舒服，很快就发现这些人并无恶意，只要停下来主动打招呼，他们就会迫不及待地流露出友善的表情。为了减少关注，佟心特意调整了穿衣打扮，原来在都城经常穿的短裤、短裙、低胸上衣都穿不出去了。裙子得过膝，衣领能遮胸。即便如此，人们还是会把目光集中在她身上。

普通人关注佟心的外表，当官的则更关注赵腾飞的仕途。他们在大酒店的包厢里讨论着、揣摩着。有人说赵腾飞是回来接班的，有赵市长提携，必将扶摇直上；也有人并不看好，认为这个从都城回来的白面书生会水土不服，难堪大任；更多的人则表示好奇——他们在都城好好的，怎么突然回邑城来了？一定是出了什么状况，创业失败，或是做了什么违法乱纪的事，迫不得已才回来的。讨论莫衷一是。直到两个月后，赵腾飞被安排到最偏远的镇上任镇长助理，这种议论才消停下来。

## 27.

隆冬时节，镇政府大院一片萧条。院墙上的紫藤已经枯萎，只剩下干巴巴的茎干趴在墙上；墙角处堆满了黑乎乎的雪，在阳光的照射下，雪水像一条条蚯蚓在大院里蔓延；一条大黄狗趴在门口晒太阳，嘴角挂着长长的口水。

小张,这是新来的赵助理,一会儿你带他去看一下宿舍。办公室里,一位年轻人在埋头看报纸,听到刘主任说话,他放下报纸,瞥了一眼,慢腾腾地走过来和赵腾飞握手寒暄。

欢迎欢迎,久仰久仰,我叫张高阳,叫我小张就行。他似笑非笑地一笑,又回到座位上看报。

今天书记、镇长都去市里开会了,你先跟着小张熟悉熟悉环境,等领导回来了再安排具体工作。刘主任说完就出门办事去了。办公室里只剩下他和张高阳,两个年轻人东一句西一句聊起天来。赵腾飞这才知道张高阳也是重点大学毕业的,在吴家镇工作了五年,到现在还是个科员。

当年考了组织部的公务员,以为就是在市委组织部工作,哪想到第二天就被分配到镇上来了。组织上说是安排年轻人下来锻炼,结果这一锻炼就是五年。后来想明白了,邑城就这么大点地儿,职位就那么多,总得有人在基层撑着。

你这五年就一直这么坐着?赵腾飞问。

可不就这么坐着吗?你看刘主任,坐了一辈子了,再坐几年就该退休了。我现在就盼着啥时候组织能想起我,给我提个副科,加点工资也就到头了。

为什么不下乡呢?下乡应该比坐办公室有意思。

有意思?你以为是小孩过家家呀!村里的事情复杂着呢。包村的干部都有任务,维稳、扶贫、拆迁、换届,哪一项都不好干。张高阳起身给添了点水,看到赵腾飞有点蒙圈,立马露出笑容说,你不用担心,你下来也就镀镀金,顶多一年,肯定回市里。

这话从何说起?赵腾飞问。

你上边有人呀。张高阳诡秘地一笑。

好吧，既然大家都这么认为，我也没啥好说的。不过说真的，我不急着回市里，我想在镇上多锻炼一段时间，最好能干点具体工作。

你这是身在福中不知福呀！走，我先带你去看看宿舍。张高阳拉开抽屉，取出一串钥匙，带着赵腾飞上了四楼。房间里只有一张单人床、一张桌子和一只方凳。

简陋了点，不过也算有个私人空间，我来的时候还是俩人一个房间。你没带洗脸盆吧？下午我抽空去给你买一个。

不用不用，我自己买就行。赵腾飞连忙说。

你别客气，镇长和刘主任都交代过了，把新来的同志安排好是我的本职工作。

从四楼回办公室的路上，张高阳继续介绍镇上的情况：咱们这栋楼，一楼二楼办公，三楼四楼住宿，三楼是女同志，四楼是男同志。这些单身宿舍大多数都没人住，离家近的都回家住。每个楼层东西两侧是厕所，食堂在一楼东头，早饭是早上七点到八点，去晚了就没饭了。

午饭后，张高阳坐在电脑前写稿子，赵腾飞坐在凳子上玩手机。快下班的时候，听见有车进了院子，张高阳扔了一沓报纸给赵腾飞。

来，没事看看报纸。

办公室不让玩手机？

没有这样的规定，但让镇长看见了不好。第一次见，留个好印象嘛！

这看手机和看报纸有啥不一样吗？

你仔细琢磨琢磨，还是有些区别的。

有啥不一样？

手机里啥都有，看手机肯定是在玩。看报纸不一样，看报纸是在学习上级会议精神。张高阳话音刚落，王镇长就进了办公室。

腾飞来啦！王镇长径直走到赵腾飞跟前。他刚站起来，手就被握住了。几天前，赵治平约着王镇长，他们三个人在市里吃过饭。所以，这算是第二次见面。酒桌上很轻松，但在办公室里见到王镇长，赵腾飞还是会感到一丝紧张。

镇长您好，您好！

小张，赵助理的房间安排好了吗？镇长收敛了一下笑容，改了个称呼。

安排好了，还缺点洗漱用品，一会儿我就去买。张高阳答道。

好，安排好了就行。你们俩是同龄人，又都是重点大学毕业的高才生，多交流交流。王镇长寒暄了几句，转身往自己房间走，走到门口，又转身叫赵腾飞去他办公室一趟。

镇长的办公室足足有五十多平米，比他们三个人的办公室都大。办公桌前有一组双人沙发，身后是一整排书架，角落里还有一把按摩椅。

来来来，随便坐。王镇长抽出一支烟递给赵腾飞。

镇长，您看我能干点啥？

别叫镇长，听着生分。我是跟了赵市长几十年的老兵，咱们都是自家人，私下里叫王哥就行。

那怎么行！还是叫镇长合适。

行，你随便，在我这里别拘束就行。至于工作嘛，先不着急安排。你先熟悉熟悉环境，认认人再说。王镇长给赵腾飞倒了杯水。

我想下村里干点具体工作。

不着急，熟悉一段时间再说。村里的情况比较复杂，跟老百姓打交道得有些技巧，轻不得重不得，还是在办公室相对简单点。另外，再看看市里的意见吧，我估计你在镇上待不久。这样的话，就没必要下村里沾那一身土了。显然，王镇长没计划让他下村工作。

那总得给我安排一点具体工作吧，不然天天坐在办公室里看报纸，急死人。

哈哈哈，这才哪到哪呀，坐了一天就坐不住了？镇上的工作节奏和都城没法比，你得慢慢适应。你会用打印机吗？

不光会用，我还会修。

那太好了，咱们镇上好多同事不会用打印机，原来负责打印的人调回市里了，你就先负责打印室吧。镇长说。

我一都城回来的本科生，就负责给大家打印材料，这不应该是打字复印社里的高中毕业生干的活吗？虽然心里不痛快，他还是满口答应了。毕竟也算有了点具体的活，总比坐在办公室里看报纸有意思。

晚上，赵腾飞躺在单人宿舍里翻来覆去睡不着。他披着衣服站在窗前往外看，远处的村庄、天上的星星、公路上呼啸而过的货车，这些平日里不曾在意的东西变得具体而清晰。与车水马龙、灯火通明的都城相比，这里就是个被世界遗忘的角落。这是我想要的工作吗？赵腾飞看着月光在暖气片上移动，内心像长满杂草的原野。

## 28.

妈妈的身体恢复得很快，她已经可以自己操纵轮椅，能说一些简单的词组。虽然起床时还需要人帮她翻身，吃饭时还会有食物从嘴角流到衣服上，但基本算是可以生活自理了。照顾妈妈并没有成为他们生活的重心。亲戚们谈论最多的是赵腾飞的工作，而不是那个半身不遂的老太太。亲戚们已经接受了这个事实，她也就这样了，重要的是赵腾飞的工作。

赵腾飞去了镇上，接送孩子、照顾老人的任务自然就落在佟心身上。她每天五点钟下班，先去接哆哆，然后去婆婆家做饭，吃完晚饭再带着孩子回自己家里。离得都不远，路上不需要花太多时间，所以回到家也才八点多，还有时间干点自己的事。日子平淡如水，倒也轻松有序。

这天下班，哆哆说想吃肯德基，佟心便带着哆哆在外面吃了。回到家，见冰箱里还有中午剩下的米饭，佟心就切了点葱花，给婆婆做了碗炒米饭。刚端上桌，姨妈就来了。

给你妈就吃这个呀！姨妈拉着脸说。

哆哆想吃肯德基，我带她在外面吃了。我爸在外面有应酬，就我妈一个人，饭不好做。

你们大的小的在外面吃好的，回来就给你妈吃这个？说出去也不怕人笑话！

我妈说她愿意吃炒米饭。

你们就欺负她说不了话，我就不信她喜欢吃这干巴巴的炒米饭。一个病人，吃这样的饭能消化吗？

她是血管有问题，又不是消化不好，有啥吃不得的？

你们口口声声说回来伺候你妈，就这样伺候？哆哆在那儿看着呢，你们怎么伺候你妈，将来哆哆就怎么伺候你们！姨妈从婆婆手里夺过碗，把炒米饭倒进垃圾桶，然后走进厨房，开始洗菜做饭。

你们如果忙，没时间给她做饭就言语一声，我来伺候。

姨妈，我还真不大会做饭，你要能来给我妈做饭就再好不过了，我先谢谢你哦！

说得轻巧，她有儿子有媳妇，轮不到我这个当妹妹的来伺候！

佟心懒得和姨妈斗嘴，便带着哆哆走了。回到家里，佟心越想越气，便打电话给赵腾飞，把姨妈说的话学了一遍。

我姥姥姥爷走得早，是妈妈把姨妈拉扯大的，姨妈把我妈看得比谁都重要。你得理解姨妈，她是刀子嘴豆腐心。你别往心里去，习惯了就好。

她是你姨妈，不是我姨妈！我回来这才几个月，就找我的茬，以后还不知道怎么着呢。

你也真是的，你和哆哆去吃肯德基，就给我妈整一碗炒米饭？你给她做两个菜，熬点粥，不就没这事了？赵腾飞说。

你也觉得是我没把你妈伺候好？那你回来伺候吧！

你这样说就有点不讲理了。你嫁给我，不是嫁给我赵腾飞一个人，而是嫁给了我们赵家。

嫁给你们赵家是啥意思？我不光得听你的，听你爸妈的，还得听你那些七大姑八大姨的？赵腾飞，你自己想想，回邑城之前你是怎么说的?

不要翻旧账好吗?我们尽快适应邑城生活,学会接受那些我们不喜欢的人和事,比如姨妈。无论你是否喜欢,她都是我的姨妈。只要我们生活在邑城,就难免会搅和在一起。

为了让佟心接受这些亲戚,赵腾飞又是一番苦口婆心的说教——叔叔为了安排他们的工作,如何殚精竭虑;姨妈为了照顾妈妈,如何不辞辛劳;姑妈为了给他们装修新房,又是如何费心费力。说到最后,佟心竟无言以对了。

反正,以后尽量少让我和亲戚们打交道。

好,我尽量,有什么事尽量让我来应付吧。

说来也巧,一周后,姑妈就拉着脸找上了门。

腾飞,姑妈有哪里做得不对吗?

姑妈,你这是咋的了?赵腾飞一头雾水。

昨天你姑父生日,人家老高家的侄子、侄女去了满满一桌。我就你一个侄子,提前一星期通知你,结果盼了你一天,你也没来。你是不愿给姑妈长这个脸呢,还是对姑妈有意见?

嗨,这事赖我,昨天有领导去镇上检查,我一忙,就把这事给忘了。

佟心也忙吗?就这几步路,你们都抽不出时间?亏我还在人面前把我侄子侄媳妇夸得跟花似的,你们反手就扇了姑妈的脸。

你看,红包我都准备好了,真是一时疏忽,你别往心里去。明年姑父生日,我一定去好好庆祝一下,这点心意你先收下。赵腾飞知道姑妈是来争礼的,赶忙取了个红包出来。

姑妈缺你们这个红包呀？姑妈看见红包，声调更高了，但还是露出了一些喜色。

佟心给姑妈倒了茶，坐在一旁默不作声。

这事确实是我做得不妥，这点心意你一定得收下，明天我再去登门致歉。赵腾飞说。

姑妈不缺你的红包，缺你的人。你们原来在都城，离得远，家里的礼尚往来回不来，大家都能理解。现在回来了，就得做得周全些。

赵腾飞又一番安抚，姑妈才消了气，拿着红包起身告辞。

腾飞，姑妈不是生你的气，我是生佟心的气。你忙姑妈知道，可佟心她不忙呀，她应该来呀！一家人过日子，男主外女主内，和亲戚邻里处得好不好，关键得看女人。你得好好教教她。赵腾飞把姑妈送到楼下，姑侄俩早已冰释前嫌。

嗯，我会说她的。赵腾飞觉得姑妈确实有点小题大做了，不就是一个红包吗？不就是过个生日吗？用得着跑上门来唠叨吗？明年又不是不过生日了。心里这么想着，表面上还只能俯首称是。

还有件事，姑妈得提醒你一下。送到小区门口，姑妈还没有要走的意思。

嗯，你说。

上周五，我看见佟心和王老师在教室聊天，好像挺聊得来的。姑妈神秘兮兮地说。

哪个王老师？

王厚生，和佟心一个教研室的。这个王厚生呀，人品有问题，前些年和女学生的事闹得沸沸扬扬。你得提醒佟心离这种人远点，咱跟他不一样，他就是个没人理的下三滥，咱佟心是“赵市长的侄媳妇”，咱跟他有啥好聊的！

让姑妈费心了，我会提醒她的。

终于把姑妈送走了，赵腾飞如释重负。

你们学校有个王老师？回到家里，见佟心坐在沙发上看电视，赵腾飞便随口问了一句。

哪个王老师？学校十几个王老师呢。

教美术的，和你一个教研室的。

你是说王厚生？

对，就是他。

王厚生怎么了？

以后离他远点，这个人精神不大正常。赵腾飞说。

又是你姑妈嚼的舌头吧？人家怎么不正常了？就算王厚生不正常，和我有什么关系？

没什么关系，我就是提醒你离他远点儿，有则改之，无则加勉。

什么叫有则改之，无则加勉？你姑妈管得也太宽了吧？一个教研室的同事，我们在一起聊聊学生的情况怎么了？敢情以后我跟谁说话，都得先到你姑妈那里去报批一下？佟心明白了，姑妈这次来是“项庄舞剑，意在沛公”呀。

你激动个啥？没做亏心事不怕鬼敲门。

我不怕鬼敲门，我怕你姑妈敲门。你告诉你姑妈，她要是再这样捕风捉影，搬弄是非的话，我以后还偏要跟王厚生聊天，当着她面聊。

你俩别吵吵了。哆哆从书房出来打断了两人的争吵。

## 29.

三个月后，赵腾飞熟悉了镇上的生活，也认识了一些人。他发现镇上的生活也不全是无聊的，还有一些事是快乐的，比如职工食堂的羊汤就很合他的口味。他小时候就喜欢喝羊汤，后来县城拆迁，经常喝的那家羊汤馆不见了，没想到在这里又找到了熟悉的味道。还有下班后和张高阳打乒乓球也是件愉快的事。他们可以一连打上两三个小时，然后洗个热水澡，回到宿舍倒头就睡。除了生活，工作也渐入佳境，几个包村的副镇长都愿意带他去村里协调工作。赵腾飞利用自己掌握的网络营销技巧，帮助一个农业合作社卖出去了几千斤冬枣；还通过秦昊的关系，帮助副镇长抓回来一个上访专业户。这两件事让他在镇上声名鹊起。当然，这些都是生活的皮毛，还不足以让他放弃对小镇生活的抵触。真正让他踏实下来的，是卫生所里的女护士。

这天下午，赵腾飞跟着副镇长去村里协调修路的事，不小心踩着玉米茬子，戳破了脚。晚上他去卫生所包扎，正好赶上她值夜班。

这不是赵助理吗？下个乡怎么还受伤了呢？

你认识我？赵腾飞有些诧异。

吴家镇就这巴掌大点地儿，谁家抱回来一只狗我都知道，更何况是你这位都城回来的赵助理！小护士一边开玩笑，一边从药房里取出碘酒和棉签。

你这是骂我呢，还是夸我呢？

咱们这里都是些粗人，没都城人说话中听，你就别咬文嚼字啦。来，把袜子脱了，我给你上点药。看得出来，这是个干净利落的姑娘。

赵腾飞脱下袜子，小护士用棉签蘸着双氧水在伤口处熟练地涂抹，钻心的疼痛让他忍不住叫出声来。

都城回来的就是娇气，涂点双氧水还叫唤。忍着点，马上就好。

伤口包扎完毕，小护士拿出一碟瓜子来。赵腾飞见卫生所没有别人，便和小护士聊起天来。

你叫梁媛吧？她蹲下身帮他处理伤口时，他瞥了一眼她浑圆的臀部，想起前些天下乡时，司机老刘说的顺口溜：镇长的酒量，梁媛的腚，书记骂起人来要人命。赵腾飞想，眼前这位臀部丰满的小护士应该就是老刘口中的梁媛。

你怎么知道我的名字？

听他们说的。

说我啥了？

说你身材好。

赵助理说话就是好听。不过，我可不信你们镇政府那些人是这么说我的。

那你觉得他们是怎么说的？

他们肯定给你说过那句顺口溜——镇长的酒量，梁媛的腚，书记骂起人来要人命。

哈哈哈哈，原来你也听过！他们这么说，你不生气吗？梁媛的话把赵腾飞逗乐了。

有啥好生气的！镇上的生活无聊死了，就当给大家添点娱乐项目。反正也就说说，我也掉不了肉。那些司机粗俗得要命，别指望他们说出啥好话来。我权当他们是在夸我呢。

人家本来就是夸你的嘛！

夸个屁，他们背地里给我起外号，叫我梁腚腚。

这个我倒没听说过。从她口中听到这个外号，赵腾飞差点笑出声来。

不好意思，我又说脏话了。在镇上工作久了，不说脏话都不行。

赵腾飞觉得这小护士有点意思。在他的经验里，但凡有点姿色的女人，聊起天来都有点扭捏作态。梁媛超出了他的经验判断。她皮肤白皙，身材有致，这样的姿色放在都城也属上乘，但她一点也没有漂亮女人的矫揉造作，说起话来随和大方，还有一点儿幽默。

有空过来聊天，我先回去了。赵腾飞并不急着回宿舍，但又怕被人看见，便起身告辞。

这冬天的夜长着呢，镇政府又没你相好的，急着回去干吗？梁媛说。

主要怕打扰你工作嘛。你要不介意，我就再聊会儿。听梁媛这么一说，赵腾飞又坐了下来。

我看你不是急着回去睡觉，你是怕被人看见说闲话，对不对？

我一大老爷们儿，不怕别人说闲话，主要是怕给你惹麻烦。赵腾飞心想，这姑娘真是鬼机灵，啥心思都逃不过她的眼睛。

我才不怕别人说闲话呢！他们天天拿我取乐，我已经习惯了。

你有男朋友吗？赵腾飞问。

你看这吴家镇上有合适的吗？镇上的年轻人都往市里跑，市里的年轻人往省城跑，省城的又往都城跑。这镇上全是些老弱病残，我上哪找对象去？

你咋不往市里跑呢？

市里哪是我们小老百姓说去就能去的？毕业时，大部分同学都留在了省城，我当时就想着爸妈身体不好，回邑城工作离家近点。在市医院干了三个月，领导说基层缺人，让我来镇上支持一下。这一支持就是三年，动不了。

其实，镇上也挺好的。环境好，工作也轻松，不像市里大医院那么累。赵腾飞说。

你是刚来觉得新鲜，待个三年，你就知道啥叫绝望了。这镇上无聊得要命，连个能说话的人都没有。她说。

那咱加个微信，以后无聊了就找我聊。

好呀！

赵腾飞还是担心会被人撞见。这大半夜的，孤男寡女坐在一起嗑瓜子聊天，如果被人看见，明天就能成为全镇的新闻。他起身告辞，出门前又瞥了一眼梁媛的臀部，确实是浑圆浑圆的。赵腾飞心想，果然名不虚传，哪个男人看见了都恨不得去捏一把。这个念头在他脑海里一闪而过。

男人有两只眼睛，一只用来看世界，另一只用来看女人。无论他所处的环境多么荒芜，只要有女人映入眼帘，他就能看到一个绿意盎然的世界。

这天晚上，躺在空荡荡的单身宿舍里，赵腾飞又一次想起那遥远的都城：拥挤的街道，高耸的写字楼，彻夜不眠的娱乐场所……他曾迷恋它的庞大与繁华,执着于那些所谓的梦想。现在想想,都是虚幻。都城生活最真实的感受是压抑与不安:买房买车,孩子上学,住院看病,每件事都是一道难过的坎儿。在邑城,这些烦恼都烟消云散了。此时此刻,听着窗外的车鸣,他内心一片宁静。朦胧之中,他感到这宁静里升腾起一缕热气,这热气是村民们感激的话语,是张高阳羡慕的眼神,是梁媛那丰满的臀。说不清道不明,唯一确定的是,这缕热气正在他身上蔓延,让他渐渐放下了对小镇生活的抵触。

## 30.

周末,赵腾飞喜欢在家打麻将。上大学时,经常在宿舍里打得昏天黑地。在都城这些年因为凑不起局,就荒废了,回到邑城后又重操旧业。经常在一起玩的是两个初中同学,王大宝和刘铁锤。这俩人初中一毕业,就和赵腾飞断了联系,现在又慢慢熟络起来。

王大宝又高又壮,上学时是个爱惹事的主儿,因为学习不好,高中毕业就进了社会。先是在邑城开了家台球厅,赚了点小钱。后来又开超市、开练歌房,逐渐发达起来。现在的王大宝已经没有了上学时的戾气,反倒变得沉稳内敛。牌桌上无论输赢,都不喜形于色,偶尔还能说个段子逗大家一乐。比起王大宝,刘铁锤就不那么让人舒服。这兄弟是邑城小有名气的房地产老板,盖了不少楼,赚了不少钱。但还是一副暴发户做派,话里话外都透着一股子粗俗和浅薄。

我就喜欢和腾飞一起打麻将。玩得尽兴、放松，输赢无所谓！刘铁锤经常在牌桌上露骨地恭维赵腾飞。

为什么输赢无所谓？赵腾飞问。

自家兄弟，肉烂了都在锅里。你赢我一万，还不得帮我找个项目，让我赚十万？

谢谢你看得起我哦，我就是一大头兵，上哪给你找项目去？

你这是虎落平阳，早晚会有东山再起的时候。刘铁锤说。

铁锤，咱没文化就少用成语。啥叫虎落平阳，东山再起？腾飞这是明修栈道，暗度陈仓，你懂吗？王大宝说。

反正就是那么个意思。谁都清楚，咱兄弟在邑城是能通天的主。我这后半辈子就打定主意跟腾飞混了。

铁锤，你该输输，该赢赢，打牌归打牌，生意归生意，别扯在一起，显得你不敬业。刘铁锤心不在焉的样子，会让赵腾飞打牌的愉悦感大打折扣。他打心眼里瞧不上这个满身铜臭的同学，却又离不开他。家里总有些零零碎碎的活，需要刘铁锤帮他办。时间一长，赵腾飞没给刘铁锤办成事，刘铁锤倒给赵腾飞干了不少活。赵腾飞便觉得亏欠他，说话也就不那么刻薄了。

赵腾飞在家打麻将，佟心就带着孩子去黄小秋家玩。上大学时俩人情同姐妹，回到邑城后，来往越发频繁。每次佟心来，黄小秋都做她爱吃的菜，时不时还从农村老家给她带些新鲜水果。黄小秋两口子靠工资养活两个孩子，经济上不宽裕。佟心每次给哆哆买衣服，都少不了黄小秋两个孩子的。姐妹俩礼尚往来，越走越近。

这天，佟心到黄小秋家时，黄小秋两口子刚吵过架，黄小秋脸上还挂着泪。

什么事值得你掉眼泪？刘学民在外面有人了？佟心问。

他要是有那能耐就好了。连个工作都调动不了，哪个女人不长眼能看得上他？

就因为调动工作吵架？

那还能因为啥？副镇长干了八年，他原来带的兵都到市里做局长了，他还没个动静。我说你不行就找找领导，干不上镇长，调回市里帮我照顾一下家里也行。人家倒好，要面子，不求人，就在镇上赖着。我一个人在家，要上班，要照看两个孩子，还要照看他爸妈，我这辈子是欠他的！我是瞎了眼，当初怎么就找了这么个窝囊废。黄小秋说着又哭了起来。

行啦！别没完没了了。人得知足，有多少人干了十年连个副镇长都不是，你就别整天在刘学民面前唠叨了。赵腾飞不也在镇上吗？还是个镇长助理，连副镇长都不是。

刘学民能跟赵腾飞比吗？腾飞那是去下乡锻炼，说回来就回来。刘学民这是出家修行去了，估计这辈子都回不来。

你要真着急，就给赵腾飞说说，让他去找找他叔。佟心说。

我哪好意思开这个口！黄小秋止住了哭声，去厨房洗了水果端出来。

你跟赵腾飞光着屁股一起长大的，有啥不好意思的？

光着屁股一起长大的不管用，得光着屁股一起睡觉的说话才管用。佟心的话让黄小秋破涕为笑。

行，为了你家刘学民的工作，我今晚就舍身取义，和赵腾飞睡一觉。

就跟你俩没光着屁股睡过似的！两个女人没羞没臊地开起玩笑。

第二天，佟心拉着赵腾飞去叔叔家说刘学民调动工作的事，原以为也就是叔叔点个头的事，哪想却碰了钉子。

刘学民的事不好办！听赵腾飞说明来意，赵治平点着一支烟，思酌良久。

他有啥问题？听赵治平这么一说，俩人心凉了半截。

这个刘学民在镇上干了这么多年，按说也该动动了。但这个人心高气傲，和同事关系很一般。前些年市里有意提他，但民主测评的结果一塌糊涂。赵治平说。

他爱人一个人照顾两个孩子也挺不容易的，他们倒没想着提拔，能调回市里，离家近一点就行。佟心还想再争取一下。

刘学民在柳树镇是出了名的刺头，调回来哪个局长愿意要？这事先放一放吧！

听叔叔这么一说，俩人也不好再争取。赵腾飞跟叔叔汇报了一下工作，便起身告辞了。

你觉得刘学民是那种心高气傲的人吗？回来的路上，佟心问赵腾飞。

好像有点，中文系毕业的人都有这个毛病。

我怎么没觉得人家心高气傲呢？

他在咱们面前有啥好骄傲的？在同事面前就不好说了。我在吴家镇也听人说过那么几句，说刘学民在柳树镇我行我素，敢跟书记拍桌子。

那这事怎么办？佟心问。

还能怎么办？凉拌！

佟心把赵治平的话一五一十地说给黄小秋，她像挨了一记闷棍，好久没缓过神来。眼巴巴地盼着佟心带给她好消息，哪想到是这样的结果。

刘学民这辈子是完了！赵市长都对他有看法，还怎么进步？他就这么混下去，我们娘仨还能指望谁？黄小秋又一把鼻涕一把泪地哭起来。

至于这个样子吗？人家只是说先放一放，也没说不给办呀！佟心安慰道。

领导说先放一放，那就是放着不办的意思！黄小秋哭得跟个泪人似的，这倒让佟心犯了难。早知道是这么个情况，就不该应承这个事。给了人希望，又让人失望，倒像是自己做了错事。

还有个办法，可以试试。佟心说。

还能有啥办法？黄小秋听佟心说还有办法，立马止住了哭声。

找赵腾飞他婶子吴美英。

好使吗？

死马当活马医呗。在他们家，吴美英说话还是挺有分量的，咱们买点东西去试试。

好呀，只要能把事情办成，送啥都行。黄小秋眼睛里又有了亮光。

那咱送点啥呢？

送衣服，女人都喜欢衣服。咱去省城大商城里买好的。黄小秋说。

大商城里像样的衣服都得七八千，俩月工资就没了。

只要能把刘学民调回城里来，别说俩月工资，就是四个月工资也值！

咱说不准人家身材尺寸,万一买回来不合身,扔在衣柜里还占地方。讨不了她欢心,钱就白花了。

那你说咱能送点啥?黄小秋问。

他婶子喜欢狗,她家的狗狗前几天刚丢了,咱们给她送只狗吧。佟心突然想起前些天婶子跟她说过狗的事。

听说送房子送车的,没听说过送狗的。黄小秋满脸疑惑。

咱要能送得起房子送得起车,那当然好。问题是咱送不起,送不起贵的就得花心思,送点巧的。佟心说。

周末,俩人去省城宠物市场,花一千块钱买了一只纯种博美。带回邑城后,又去宠物医院给狗狗洗了澡,买了个带 GPS 定位的脖圈。过了晚饭时间,俩人便抱着狗狗去了赵治平家。

呦,这博美可真漂亮呀!一进门,吴美英就盯上了佟心怀里的狗。

漂亮吧?

漂亮!一看就知道是纯种的。

漂亮就送给婶子了。说话间,佟心就把狗放在了吴美英怀里。这狗也是识人脸色的主儿,眨着眼睛,可怜巴巴地瞅着吴美英。

婶子,这是我同学黄小秋。佟心介绍道。

我们早就认识,小秋小时候经常和腾飞一起玩。

哦,我都忘了这茬。她和赵腾飞是青梅竹马,我是半道上杀出来的程咬金。佟心的玩笑把大家逗乐了。

你们年轻人真好,跟亲姐妹似的。

可不是嘛!前几天我跟小秋说你家的狗狗丢了,昨天她就去省城领回来了一只。

我还在琢磨去哪买一只呢,你俩就给我送来了。真是有心的孩子,婶子谢谢你们了。

接下来,三个人拉起了家常,说的都是黄小秋家里的事,公公婆婆身体可好?家里几个孩子?等等。聊了一会儿,佟心说要去接孩子,便起身告辞。

小秋,家里有啥事吧?有事你就言语。你和佟心关系这么好,咱这都没外人。吴美英早已看出了年轻人的小心思,适时地问。

还真有点事,就是不敢跟您说。黄小秋说。

没事,说吧!

我家刘学民一直在镇上工作。家里两个孩子,老人身体又不好,我一个人有点吃不消。看能不能麻烦您跟赵市长说说,把他给调回来?

腾飞和佟心前些天来过,你叔叔说有些困难。等他回来我再跟他说说吧,有消息了我告诉佟心。

那就先谢谢婶子了!听吴美英这么一说,俩人就知道有戏,满心欢喜地下了楼。

回家路上,佟心突生感慨:黄小秋真可怜,毕业没几年,身材就走了样,皮肤黑了,白头发也多了,完全是一副中年妇女模样。看看黄小秋,再想想自己,真得谢谢赵腾飞。如果自己嫁了刘学民那样的人,现在不也得为这些鸡毛蒜皮的事操心?

## 31.

这一年秋天,有两件事让邑城人感到高兴。一是电影院开业了;二是实行了三十年的计划生育政策放开了。

多数邑城人对电影院的记忆还停留在二十世纪:木质的连排长椅,革命题材的黑白电影,以及两块钱一张的门票。那个年代,电影院是邑城人娱乐生活的主舞台,年轻人约会多半在这里。后来有了电视,电影院便逐渐衰落,直到关门倒闭。当新电影院在大商场里开业的时候,上了年纪的人对奇高的票价感到不可思议,怎么能六十块钱一张票呢?我们当年看电影就五毛钱!为什么要去电影院呢?电视上也能看电影呀!就算是想看最新的电影,花十块钱买一张盗版碟片在家里就可以看呀!然而,人们的抵触情绪并未让电影院门庭冷落,因为年轻人接受了它。年轻人才不在意票价,他们看中的是电影院里的环境和视听感受。电影院已经成为大城市的标配,有了电影院,邑城不再是个落后的小县城了。他们可以和省城、都城的年轻人一样,同步观看最新的电影。电影院提升了邑城年轻人的生活品质,这一点毋庸置疑。

电影院开业那天,佟心迫不及待地拉着黄小秋去看。黄小秋对看电影毫无热情,她已经让两个孩子搞得焦头烂额了。但佟心约她,又不得不去,因为刘学民已经调回了市里,并且是在市委宣传部工作。就这一件事,黄小秋觉得欠佟心的人情,这辈子都还不完。

这天，上映的是《速度与激情10》。刚演了十几分钟，一个中年妇女就打着手电筒冲了进来，对着人们的脸一排一排地照。电影院里一阵骚动，骂声四起。中年女人也不还口，只顾着找人。最后，灯光停留在一个年轻女人身上。

你这个臭不要脸的狐狸精！你们还有脸看电影，也不知道害臊！

中年女人扔掉手电筒，扑将过来，抓住年轻女人的头发，在她脸上又挠又打。佟心和黄小秋来不及躲闪，一杯可乐就从身后泼了下来。接着，中年女人又打翻了一大桶爆米花，溅得到处都是。年轻女人也不是省油的灯，口里振振有词，和中年女人扭成一团。那个有点谢顶的中年男人站在两个女人中间，左右为难。

要打架去前面打，前面地方宽敞着呢。有人开始起哄。

小三长得真不错耶！

那女人长成那样，怪不得她男人找小三呢！

人们议论纷纷。比起荧幕上的《速度与激情10》，眼前的这幕原配战小三更有冲击力。工作人员进来，把她们连拉带推赶出了电影院。佟心和黄小秋被泼了一身可乐，兴致全无，也跟着出了电影院。

商场门口，两个女人还在撕扯。中年女人死死抓住年轻女人的头发，把她摁在身下，另一只手撕扯她的衣服，眼看那年轻女人被撕得只剩下内裤和胸罩了，中年女人还不罢手。

大姐，出出气就行了，再撕下去可就犯法了。佟心过去劝架。

你说得轻巧，你男人要是在外面搞小三，你撕不撕？中年女人一脸凶光，两眼怒火。

别理她，让她俩打吧，这样的事多了去了，你劝得过来吗？黄小秋拉着佟心，顺着邑河岸边的林荫大道往回走。

那女人也真是的，管不住自己男人却跑来打小三，也不嫌丢人，说到底还是自己没本事。佟心说。

怎么这样说话呢？你三观有问题哦。那小三该打，年纪轻轻的不学好，抢人家老公。黄小秋说。

你怎么知道是小三抢了她男人？也许是她男人追的那小三呢？再说了，就算是小三勾引她老公，也是那男人的问题。没有责任心，没有定力，这个女人不勾引，还有别的女人来勾引。

哪个男人能禁得住年轻女人的勾引？哪个女人又能把男人拴一辈子？女人呀，一生孩子，没几年就成黄脸婆了。拿什么拴住男人？还不就得靠骂靠打吗？黄小秋感叹道。

照你这么说，每个男人在外面都得有点花花草草的事？你们家刘学民有吗？

他倒是想，就是没那个本事。倒是你，要看好你家赵腾飞，他可是邑城的抢手男人！

谁爱抢谁抢去，我才懒得操这份心。佟心心里有的是自信。

比起电影院开业，放开二胎在邑城引起了更大的波澜。压抑了三十年的生育热情一夜之间得到了释放，人们像领取政府免费发放的大米一样积极，纷纷加入到生二胎的浪潮中。不经意间，周围的大龄妇女肚子就大起来了。有些年过五十的女人也跃跃欲试，但已经很难自然受孕了，就悄悄跑到医院，去咨询试管婴儿的价格和风险。

这场生育热潮让很多家庭喜出望外，也带来一些负面效应，邑城一中的教学工作就因此陷入了瘫痪。三个月时间，超过一半的女教师向学校提出要休产假，校长不得不颁布规定：要怀孕先备案。有序怀孕，排队生育。这项规定到了实际操作层面，又出了新问题——已经备案、得到批准的老师怀不上，在后面排队的老师却不敢怀。一时间，怨声载道，笑话百出。

这天晚上，赵腾飞早早洗了澡，换上睡衣，两个人躺在床上看一部已经看过很多遍的老电影——《教父》。这部电影，俩人百看不厌。赵腾飞喜欢男人们冷酷的表情和激烈的枪战，佟心则喜欢那些富有哲理的台词。赵腾飞只看了十多分钟，便溜进了被窝，然后熟练地解开了她的胸罩。

你有“作案工具”吗？佟心问。

不用工具啦，国家政策都放开了，咱们也得放开。

什么意思？你是想做爱，还是想生二胎？

这两件事有什么冲突吗？难道不可以同时办吗？

当然不可以，如果想做爱，我可以从你。如果是想生孩子，就得商量商量，至少现在我还没这个打算。

我们现在经济上没什么压力，工作不忙，国家政策又允许，为什么不再生个孩子？赵腾飞没想到，如此顺理成章的事，竟然在佟心这里遇到了障碍。

国家允许生就一定要生？你以为生孩子是买衣服，需要赶潮流呀？

你什么意思？不打算生二胎？赵腾飞觉得有些不可思议。

你体会过十月怀胎的痛苦吗？整宿整宿睡不着觉。孩子出生以后，怕他吃不好睡不好，怕他热了冷了，想想这些都觉得头疼。

谁生孩子不受罪！只要你生出来，我姨妈、姑妈、婶子都可以帮你带孩子。

快别提你那些“妈”了，还不够添乱的。带孩子倒还罢了，最重要的是我没想清楚，为什么要再生一个，我觉得有哆哆一个就够了。佟心说。

不够，我家是单传，我们必须再生一个。不只是我这么想，我爸，我妈，我叔叔婶子都是这么想的。赵腾飞说。

他们怎么想是他们的事，生孩子是咱俩的事。养个孩子，心都操碎了。好不容易把哆哆养大了，我可不想再要一个。佟心满脸惆怅。

我知道养孩子不容易，可你得替我想想，替我家人想想。

我在邑城听到的最多的劝告就是，你得为孩子想想，你得为父母想想，你得为领导想想。我就不明白，我们为什么不能为自己想想呢？赵腾飞的话让她感到厌烦。

每个人来到这世上，本来就不只是为自己活着的。

不是为自己活着！那我们为谁活呢？为国家？为父母？还是为了亲戚朋友？如果每个人都在为别人活着，那大家又为什么要活着呢？

赵腾飞有些恼火。他不明白，佟心脑子里怎么会有那么多千奇百怪的想法。过去的几个月，女人们的肚子不都是在一片欢声笑语中变大了吗？怎么到了自己家，就成了一件麻烦事呢？

你到底怎么想的？赵腾飞侧过身来，保持耐心，继续探讨。

我想过得轻松一些，安静一些。说实话，我不喜欢孩子吵闹。

就因为这个?

嗯,就因为这个。

哆哆现在上小学了,不用你天天看着。我妈也可以自理了,你只需要偶尔过去看看就行。难道现在的生活还不够轻松吗?

够轻松,所以我很珍惜,我不想再让自己置身于水深火热之中。

你的想法太自私!哆哆一个人太孤单了,她需要有个弟弟或者妹妹做伴。另外,你知道的,我叔叔没有孩子,他特别喜欢孩子,希望我们赵家后继有人。

哆哆不算吗?不算后继有人吗?

算,可……毕竟是个女孩,如果我们能再生个男孩就好了。赵腾飞说。

你终于说出你的真实想法了。都什么年代了,还重男轻女,你不觉得可笑吗?即便我同意生二胎,也未必能给你生出个儿子来!

婶子说市医院能做试管婴儿,可以选择性别,也许我们可以试试?

赵腾飞,这是你的想法还是你家人的想法?佟心气愤至极,他怎么会有这样的想法?而且看来他们早就商量好了,真是不可思议。

我也就这么一说,你别当真。只要你同意生二胎就好,男孩女孩都挺好!

佟心关了电视,蒙头睡觉。她想起生哆哆时那撕心裂肺的疼,像是被刀子一点点割开似的。她再也不愿经历那样的疼痛。

看看黄小秋,一结婚就接连生了两个孩子。天天忙着做饭、喂奶、洗尿布、给孩子辅导作业，从来就没见她收拾过自己。上班一套黑西装，下班一身睡衣，三十多岁看起来就像四十多。再想想罗炜，一毕业就移民美国，到现在没有孩子，微信朋友圈里天天晒她在世界各地的旅游照。毕业十年，人生境况大不相同。

佟心想，我不可能像罗炜那样另类洒脱，但也不能像黄小秋那样中庸俗常。应该在她们中间找出一条路来，这条中间道路是什么呢？她又想不明白。但有一点是肯定的，那就是自己主宰命运，眼下就是自己来决定生不生二胎。此外，她还应该有一些自己的追求，让生活充实起来。也许，应该把床底下的画架再拿出来，把当画家的梦继续做下去。这样想着，她的身体变得轻盈起来。

中秋节，两家人聚在一起过节。饭桌上，赵修齐聊起了办公室里的王雪梅，五十多岁了，突然肚子大了，要休产假。说完王雪梅，又说起了计划生育政策，感叹现在的年轻人赶上了好政策。佟心明白，公公这些拐弯抹角的话是给她听的，她偏装作听不懂，只顾着在厨房里忙，不搭腔。

佟心有动静吗？吴美英问。

没呢。佟心心想，这种事怎么能拿到饭桌上问呢？

我都找人算了，如果再生一个，保准是个男孩。吴美英说。

又听谁瞎叨叨！别给他俩压力，生男生女都一样。赵治平说。

这事，得抓紧。听大家说起生二胎的事，赵腾飞妈妈也参与进来，磕磕巴巴地挤出几个字。

接下来的一段时间，生二胎的压力与日俱增，亲戚们见面就问。她去上班，同事们也会盯着她的肚子问，怎么还没动静呀？所有人都认为她应该再生个孩子，好像不生孩子就不正常似的。佟心被这无处不在的质问压得喘不过气。

为什么不呢？他们都是为你好！去找黄小秋诉苦，她的反应让人大失所望。

如果真是为我好，就不应该逼我生二胎。

你不觉得你的理由有些站不住脚吗？黄小秋剥了一个橘子递给她。

我只是想生活得自由一点、安静一些，有什么不对吗？

我的好妹妹，你以为你还是大学生呢？还想要自由，要安静。你想过你老了怎么办吗？

你该不会要告诉我养儿为防老吧？那是上个世纪的观念好不好？佟心说。

即便不为了防老，你也该考虑一下老年生活。多一个孩子总会多一些希望，多一些陪伴。

说到底，你还是认为养儿为防老。亏你还上过大学，满脑子旧观念。佟心说。

我说不过你，不过你得想想，为什么周围人都愿意生二胎，他们都错了吗？你要相信，多数人这样选择就一定有他们的道理。在这个问题上，黄小秋不打算妥协，她觉得自己真的是在为佟心考虑。

你到底是哪边的？你向着谁说话？佟心没好气地说。

我当然是你这边的，但这件事我说了也不算呀！最后还得你和赵腾飞做主。

佟心希望从黄小秋那里得到一点支持，却落了空。她只好打电话和妈妈商量，妈妈的反应让她更沮丧，妈妈对生二胎的态度，和赵腾飞的家人一样积极。接下来的几个月，她变得无所适从，不知道该怎么办。

她开始害怕和赵腾飞的家人来往，她看透了他们的虚情假意。他们对她的一切关爱，都依附于赵腾飞，因为她是赵腾飞的爱人。一旦知道她不愿意生二胎，他们就会立马收起伪善的面孔，变得愤怒而冷漠。

比起赵腾飞的家人，更让她难过的是黄小秋。她把她当作自己在邑城的至亲，但这个时候，她却没有给她任何支持。

焦躁了几个月之后，她还是放弃了抵抗。一个周末，当赵腾飞再次带着祈求的目光爬到她肚皮上，她没再要求他戴上那层塑料薄膜。随后的一个月，她依旧在挣扎，期望自己的身体像那些五十多岁的老女人一样，因为某种并不让人羞耻的原因而不能生育。遗憾的是，这样的情况并没出现。月经没有如期而至，她怀孕了。

## 32.

佟心在舞蹈培训班门口遇到了黄小秋的老公刘学民，他坐在一群叽叽喳喳的女人中间，格外醒目。虽然经常去黄小秋家闲聊，但佟心和刘学民并不熟悉。他很少参与佟心和黄小秋的谈话，即便她们就某个问题咨询他的意见，他也只是敷衍几句。黄小秋说他文笔好，上学时会写诗，但除了黄小秋，没人见过他那些所谓的才华横溢的诗句。刘学民不抽烟、不喝酒、不打牌，也没听说他有什么社交活动。在佟心看来，刘学民是个无趣的人，他只是把那点毫无生气的热情拿捏得恰到好处，认真地扮演着黄小秋老公的角色。

小秋今天没来？佟心在刘学民身边坐下。

她妈生病了，回去照看几天。

你这算是来顶班的？

对呀！调动工作的事，谢谢你啦！刘学民脸上挤出一丝不自然的微笑。

客气啥！小秋的事不就是我的事嘛！

听她说费了不少周折。给你添麻烦，挺不好意思的！刘学民脸有点红，眼睛里流露出少见的真诚。

真的不必见外。

不过……可能，会枉费了你们的好意。

什么意思？

过段时间，我可能要辞职。刘学民说。

这是个让人始料未及的消息，他刚从镇上调回来，怎么又突然要辞职呢？

在市里干得不顺心？佟心问。

没有，挺好的。只是，我不喜欢现在的工作，想换个活法。这事想了好几年了，不知道你和小秋帮我调动工作；如果早知道，就不让你们去求人了。

你准备下海？去哪里？做什么？一连串的问题冒出来。

可能会去都城，也可能去省城，现在还不确定。但肯定会辞职离开邑城。他的语气坚定而坦诚，像是倾吐积压多年的秘密。

你跟小秋说过没？

说过，她以为我在开玩笑。

她同意你辞职吗？

当然不同意。你知道的，她就是那样的人。她对现在的生活很满意，尤其是我的工作。我和她想法不同，我忍受不了体制内的束缚，这份工作对我来说毫无意义，也没有前途。在镇上和在市里其实没什么区别，只是离家近一点。现在就能看到自己退休时的样子，顶多也就是个正科，我对这些东西不感兴趣。刘学民说话时一直低着头，揉搓着他的拇指。

那你当初为什么要考公务员？

刚毕业的时候知道啥？别人考我也考呗。就想着先就业再择业，哪想到一进入体制内就出不去了。结婚、生孩子、再生孩子，事情一件接着一件，根本没有喘息机会。

你想好了辞职以后干什么吗？佟心问。

还没想明白，去都城找份养家糊口的工作总不难吧？

嗯，恕我直言，我觉得你的想法有些不成熟。如果刚毕业时你做这样的选择，我觉得很正常，但是现在……你已经毕业十多年了，已经不是光脚的啦，你是穿鞋的，是副科级了，如果现在辞职，相当于从头再来。

穿鞋的！一双草鞋而已，跟光脚的没多大区别。刘学民对佟心的话不以为然。

你想过小秋和孩子们吗？如果你一个人去都城闯荡，小秋和孩子怎么办？你不可能带着他们一起去。

我已经为她和孩子担心了好多年，如果不是为他们着想，我早辞职了，或许已经混出模样了。现在我想明白了，男人不能总被儿女情长羁绊，要想做点事就得有取舍。再说了，离开我，生活会照常进行,他们很快就会适应的。

你不觉得这样有些不负责任吗? 尤其是对两个孩子。

她会照顾好孩子的,我知道她有那个能力。

刘学民说这些话的时候,一点也不难为情。他坐在一只方凳上,穿一件款式老旧的黑色羽绒袄,佟心觉得眼前的刘学民有些不同寻常。在她印象里,刘学民对黄小秋言听计从,今天却像换了个人。他意志坚定,信心十足。

她认为刘学民的想法很危险。与他们当初回邑城的决定相比,刘学民的想法更难实现。且不说周围人的舆论压力,仅是经济上的困难,他就很难将计划付诸实施。他们家本来就不宽裕,如果他再辞职,短期内在大城市未必能找到工作,靠黄小秋那点工资怎么养活一家人?

你们当初为什么要回邑城? 刘学民突然问起了佟心。

赵腾飞他妈瘫痪了,他非要回来照顾。

这不是真正的理由,肯定还有别的原因。

还能有什么原因? 我们在都城失业了? 混不下去啦?! 佟心半开玩笑半当真地反问道。

那倒不至于,我一直好奇,你们为什么要回来? 我觉得你们当初的决定也是不成熟的。

刘学民的话让她一惊,这个平时言语不多的男人,怎么会对她的生活做出这样的判断?

为什么这么说? 佟心问。

因为你们适应不了邑城生活,至少你是不会适应的。刘学民说。

我已经回来一年多了,不是好好的吗?

也许吧，如果你真的适应了，我会觉得遗憾。你不应该适应这里的生活，你和这里的人不一样，你应该过一种更有意义的生活。而不是像现在这样，当一个美术老师，带几个孩子画画。

刘学民的话让她有些不舒服。他自己的生活一团糟，调动个工作还需要老婆跑出去求人，他有什么资格对她的生活说三道四？佟心看不出刘学民对她有什么感激，反倒能从他的话里听出一丝鄙夷来。

好在下课铃声响了，孩子们从舞蹈教室里飞奔出来，否则，她不知道该如何结束和刘学民的对话。回家的路上，佟心想给黄小秋打个电话，跟她谈谈刘学民辞职的事。但转念一想又打住了，人家的家事，还是不掺和的好。

## 33.

在邑城，时间总是不知不觉就过去了，没有人太计较时光流逝，大家在意的是一年结束时的春节——这是个重要的时间节点。生意人盘算着一年的利润，当官的人琢磨着有哪些领导需要特别走动，主妇们则忙着准备全家人的新衣。到处洋溢着节日将至的欢乐气氛，没有人伤感时光的流逝。

当那个小人儿开始在她肚子里动弹的时候，佟心忘记了之前的挣扎。她相信这一切都是命中注定，是她和这个孩子有缘。无论如何，孩子是无辜的，是应该被祝福的。让她心烦的只是赵腾飞和他的亲戚们，是他们逼着她怀上这个孩子的。

怀孕三个月的时候，妊娠反应非常强烈，每天要呕吐十几次，脸也开始浮肿，皮肤变得黑暗松弛，出现了厚厚的眼袋。她已经不在意自己的外表，心里想的是怎么熬过这十个月。过了春节，身体出现新的状况，开始气喘，爬不了楼梯，走不了路，到后来连起床都很困难。去医院检查，医生说孩子已经没有了心跳。

孩子的夭折是因为她的心脏病引起的。医生说，佟心患了心脏病，导致孩子的心脏发育不良。更严重的后果是，医生认为她不适合再生孩子了，如果再怀孕，孩子患心脏病的概率极高，大人也有可能出现意外。

这个噩耗让所有人都傻了眼。为什么怀孕之前没有产检？之前生哆哆的时候不是好好的吗？是不是怀孕期间没注意，压着孩子了？亲戚们在医院乱作一团。赵治平亲自打电话和院长沟通之后，他们才不得不接受这个现实：佟心的心脏病随着年龄增长日益严重，确实不适合再生育了。

别太难过，现在医学水平这么高，好好养病，等病好了再生。吴美英安慰道。

我们单位的刘姐，都四十多了，也有心脏病，前几天刚生了个大胖小子。

医生说的也不一定全对，过些日子，把身体养好了再说。

亲戚们找了一些苍白的话来安慰她。佟心躺在病床上一动不动，一夜之间老了许多。她感到身体轻飘飘的，像一只挂在树上的风筝，脸色煞白，浑身无力，只有急促的心跳提醒她，她还活着。几个月前，她盼着能有个理由让她拒绝生育，现在这个理由出现了，她却没有丝毫的欣慰。

佟心在病床上躺了七天，心乱如麻。她想到那个从她身体里取出去的孩子，就忍不住想哭。多可怜的孩子呀！还没出生就离开了这个世界。医生说是个男孩，如果他能活下来该多好！二十年后，就会有一个帅气的小伙子站在她身边，谁也夺不走。他一辈子都会爱她，会保护她。

她又想到自己的病，怎么会突然有了心脏病呢？网上说这种心脏病有可能导致心脏骤停。如果自己哪一天突然死了，哆哆该怎么办？也许现在就该写点东西留给孩子。当然，她想的最多的还是眼下的生活，赵腾飞怎么办？他爸爸、妈妈、叔叔、婶子这些人该怎么办？这些人都盼着她能再生个孩子，这下可倒好，不仅这次没生出来，以后也生不出来了。这个消息对于赵家人来说，是多么绝望！

闺女，都是妈妈不好，是妈妈对不起你。佟心妈妈从四川老家赶来伺候她。

这不关你的事，是我自己不争气。

怎么不关妈妈的事？你的心脏病或许是妈妈遗传给你的。是妈妈不好，是个不健康的妈妈。妈妈说着，眼泪就扑簌簌掉了下来。佟心想，到底还是亲妈，不说那些空洞的安慰话，只把责任往自己身上揽。妈妈的话让她温暖，有了一点精神。

妈，你说我要是心脏骤停了，哆哆可怎么办？

瞎说！我心脏病五十多年了，不活得好好的吗！别听医生的，妈妈有经验，这个病只要别做剧烈运动，别生气，就啥事没有。你还年轻得很呢，妈妈都没死呢！哪轮得到你？

哦，照你说，死还得排队呢？无论如何，妈妈的话让她宽了心。

那可不？妈妈就你这一个闺女，还指望你给我们养老送终呢，哪有资格死！

好吧，我得好好活着，我死不起！

春节过后，天气渐暖，万物复苏，佟心的身体也恢复了。清明前后，邑城已是一片绿意盎然的景象。邑河边的柳枝，嫩黄翠绿；满城的海棠，红得庄重，艳得洒脱；小区门口的池塘里，一群刚孵出来的小鸭子扑棱着翅膀在水上嬉戏，到处都是无畏而纯粹的生命。这盛开的花、碧绿的草给佟心带来了力量，让她从年初的那场遭遇中走了出来。

借着清明假期，佟心回了趟娘家。在那天府之国，嘉陵江畔，她找回了儿时的记忆。妈妈变着法儿做她喜欢吃的家乡菜，爸爸开车带她回农村老家游玩，一家人其乐融融。在那栋破败不堪的土房前，她久久伫立，回忆小时候的趣事，也回忆那时的艰难。

她去探望了儿时的伙伴和老师，他们粗糙的大手拉着她不愿松开。人们感叹着岁月易逝，更感叹她今日的成就和出息。虽然乡亲们对她的生活一无所知，但在他们眼里，佟心是跳过龙门的鲤鱼，足以光宗耀祖。

小时候，她学习并不好，一次涂鸦，让大人们发现了她的绘画天赋。于是，爸爸要求她每天坐在门口画画，画远处的高山、田野；画眼前的房子、人物。在这偏远的大山里，没人能指导她，只有人们的赞叹鼓励着她。直到上了高中，她才遇到了第一位美术老师，开始接受正规的美术教育。后来，她凭借画画上了大学，走出了大山。

每次回乡，都是一次心灵的洗礼。她在这里能看到生命的底色。这底色是高耸的山，碧绿的田，是乡亲们布满皱纹的脸，也是她儿时的梦。当她牵着哆哆行走在嘉陵江畔，看着翻滚的江水，突生出一种超越琐碎生活的豪情，邑城那些让人烦恼的人和事，都成了庸人自扰。

## 34.

一年后，赵腾飞通过竞争上岗，成了吴家镇的副镇长。他已经褪去了刚来时的青涩，完全适应了镇上的生活。回到家里，赵腾飞喜欢和佟心谈论工作上的事，什么移民搬迁，文明村镇，集中养老，等等，这些在别人看来无聊又麻烦的事，在赵腾飞眼里都变成了有趣的事，他乐于和老百姓打交道，乐于去解决具体的问题。在这份普通工作中，他找到了自身的价值。佟心对赵腾飞的工作一点也不感兴趣，但她还是会为他高兴。男人，最重要的不就是事业吗？只有找到了适合自己的事业，男人才会表现出顽强的生命力，迸发出巨大的能量和热情。只是，婚姻的倦怠感并没有因此而改善，赵腾飞回家的次数越来越少，夫妻生活也成了可有可无的摆设。偶尔为之，也是心照不宣地敷衍了事。

哆哆上小学了，这孩子比同龄人成熟得要早，已经有了叛逆的迹象，经常和她的小姐妹打成一片，拉都拉不回来。佟心给她讲道理，她竟然会反驳。佟心为哆哆的成长而高兴，也有些失落——孩子再也不是自己手里的泥巴了，她已经有了独立意识，正在从她的襁褓中一天天挣脱。总有一天，哆哆也会像自己一样，远离父母，拥有她自己的生活。想到这些，她就觉得空落落的。

孩子夭折之后，亲戚们就很少来了，她们和佟心再也找不到什么共同话题了。这倒正合了她的心意，她不需要亲戚们虚情假意的关心，也不愿听她们说那些无聊的新闻。

这段清静的时光，佟心又开始画画了。当她支起画架，在白色的油画布上涂上颜料，她惊奇地发现，那些绘画技巧一点也没忘，并且随着年龄的增长，她对绘画有了一些新的认识。结构、透视、解剖，这些曾经一知半解的绘画要领突然都通了。老师说，绘画水平的提升，一半功夫在纸上，一半功夫在生活中。这些年她荒废了纸上功夫，却从生活中汲取了养分。当她意识到自己还能从绘画中得到快乐时，便沉溺其中，一发而不可收。

起初，她只是在家里临摹，不好意思去外面写生。毕竟她只是个中学美术老师，不是真正的画家。她还是一个十岁孩子的母亲，天天背着画具出去画画，会让人觉得她不务正业，玩物丧志。但后来，她就顾虑不了这么多了，开始走出家门，去寻找模特和风景，寻找适合自己的绘画题材，并逐渐形成了自己的绘画风格。

为什么不搞搞摄影呢？可以买台高像素的相机，拍什么是什么。画画多麻烦！什么颜料、调色油、刮刀、画布，收拾这些工具就得半天，还画不像。你看人家搞摄影的多简单，按一下快门就结束了，还栩栩如生，一目了然。赵腾飞希望她能干点别的。

我搞摄影你也看不懂。佟心没好气地说。

赵腾飞这种理科男，看电影都得看简单的，稍微复杂一点的他都看不懂，更不用说让他看懂油画了。所以，当他说出那些贻笑大方的话时，她并不当真。但有一次，在和市委书记一家的聚会上，赵腾飞说的话却让她深受伤害。

那是赵治平组织的一个饭局，说是为了欢送书记的儿子出国留学，真实的意图是为赵腾飞调回市里铺路。席间，书记夫人问佟心做什么工作，佟心说在中学当老师。夫人又问教什么课？佟心说是教美术的。

书记夫人故作惊讶地说：搞艺术的呀！了不得，怪不得一见你，就觉得气质不凡。

这些场面上的话，佟心并不熟练，一时间不知该怎么应答。赵腾飞接过话茬说：就是个画画的，在家里画着玩，谈不上什么艺术。本来就是些场面上的客套话，但赵腾飞为了讨好别人，如此贬低她，还是让她有些不舒服。

画画怎么就不算艺术啦？难道非得成名成家才叫艺术吗？回到家里，佟心还对赵腾飞在饭桌上说的话耿耿于怀。

嗨，都是些场面话，我也就那么一说，何必当真！

我是不用当真，但你也用不着那样巴结别人，贬低自己！

人家说你是搞艺术的，我该怎么说？我说，嗯，是的，我老婆就是搞艺术的，是一位伟大的艺术家！这样说合适吗？

土鳖！你可以看不懂我画的画，但不许侮辱我的爱好。画画这件事，我不要求你对我刮目相看，你也没必要觉得羞于告人。从今天开始，我不光要在家里画画，还要去邑河边上画，去公园里画，我就是要让邑城人知道，赵腾飞他媳妇是个搞艺术的。

行，画吧画吧，爱上哪画上哪画。

冲破了世俗的束缚，画画的激情得到了充分释放。她画的人物要么滑稽可笑，要么表情木讷，有的穿着极不搭调的衣服，有的戴着一条夸张的大金链子。她在绘画中与邑城对话，把她对这个城市的观察都融进了画里。越是没人懂,她越是要画,绘画成了她在这里自由呼吸的洞口。

一年时间,佟心画了一百多幅油画。当整个书房都被她的画作塞满的时候,绘画的热情也消耗殆尽了,随之而来的是无人交流的苦闷。画这些东西有什么意义呢?除了自己,这些画再没第二个人看过。实在觉得憋闷,佟心就选了几幅画,带到学校让学生们临摹。孩子们不问是谁画的,也看不出好坏,老师让临摹,他们就照猫画虎。倒是同事王厚生,对她的画赞不绝口。

佟老师,你这些画了不得呀!拿到省里去展出评选,每一幅都能获大奖!

你过奖了,只是随便画画。

王厚生不说话,在一幅题为《春困》的油画前站了许久。先是眯着眼睛近处查看,又退后几步,站在远处端详。

真是了不得!你把写实绘画的技巧运用得炉火纯青。这衣服的材料、颜色、样式,惟妙惟肖,散发着一股淳朴的东方情调。整个画作,上实下虚、对比强烈、层次分明。远处看,给人一种简洁的空灵之美;近处看,又有一股扑面而来的生活气息,真是上等佳作。

一连串文雅的形容词从王厚生嘴里冒出来,佟心着实吃了一惊。在佟心眼里,王厚生是个土得掉渣的男人,从没见他穿过一件得体的衣服。有时候穿着大裤衩,趿拉着拖鞋就进了画室,完全是一副落魄单身汉的形象。

你喜欢陈逸飞的作品?王厚生靠在画室的窗户上问她。

你怎么知道?

你应该临摹过他的画,你的作品里有一些他的影子。陈逸飞有一幅著名的作品，叫《威尼斯水乡》，利用蓝紫冷调，描绘了威尼斯城宁静的午后。笔调灵动又不失厚重，以中国文化视角造就了西方风景。你的这幅《春困》跟他的《威尼斯水乡》有点像，也是融合了写实主义和浪漫主义，只是……

只是什么？

只是你在构图上单调了一些。你把太多的笔墨放在了人物刻画上，这个老奶奶的面部刻画很到位，表情栩栩如生，连衣服的样式、花纹你都处理得非常细致。但是，如此写实的笔法，会让读者把所有注意力都放在人物上，从而忽略了整幅画想表达的深层内涵。如果我没猜错，你想描绘的是留守儿童和空巢老人，但构图单调了些，对环境的描绘过于潦草，让人很难产生丰富的联想。

嗯，你说得对，请继续。王厚生的话让她感到舒服，终于有个人可以和她交流绘画了。

你在远处设置了破败的老屋，又在近处安排了明快的油菜花，孩子的神态、表情都充满童趣，这些浪漫主义笔调和你想要表达的主题是冲突的。王厚生继续自己的点评。

这是个初夏的黄昏，楼下的梧桐树枝繁叶茂，郁郁葱葱。天空中飘着淡红色的云彩，清爽的风儿带着几缕青草味道飘进画室。孩子们已经放学，他们站在窗前聊着绘画艺术，这种谈话，像盐碱地里长出的花。

佟心想，这个王厚生还真不简单，他不是随口称赞，对绘画是真有一些见解。这是一次快乐而纯粹的交流，他们从古典主义思潮聊到19世纪的浪漫主义，又从印象派油画聊到油画在中国的发展。最后，又从绘画扯到了生活。

王老师，你怎么不画画？

前些年，同事们买了新房，就来找我给他们画画做装饰。我画了，人家说不好看。他们让我画牡丹、画荷花，我说为什么要画这个，人家说牡丹寓意富贵，荷花寓意清廉。他们在意的是寓意，而不是画。后来我就不画了，谁来都不画。在邑城画画没啥意思，没人看得懂。王厚生点着一支烟，站在窗前抽起来。

你为什么不结婚？当她不再轻视他，便有了一些想了解他的兴趣。

邑城的女人俗得要命，眼睛里只有钱和权，她们看不上我，我也看不上她们。

我听说……呃……

听说什么？说我糟蹋过女学生？

嗯，别人都这么说。佟心低声说。

这些不得好死的邑城人！我如果糟蹋了女学生，警察为什么不把我逮起来？不枪毙我？为什么我还在这儿教书？他们没有证据，他们在诬陷我。王厚生急红了脸。

那他们为什么要诬陷你呢？

你也不相信我？

我相信你。你说说看，你和那个女学生到底是怎么回事？

很久以前的事了。那时候我刚从省美院毕业，分配到邑城中学。有个女学生情窦初开，喜欢上了我，给我写信，送东西。我劝她好好学习，她听不进去。我想汇报给学校，又怕事闹大了，伤害到她。没办法，就只能躲着不见她，哪想到这孩子着了魔，就在外面散布谣言，说我跟她好，把她糟蹋了。

后来呢？

公安局把我叫去查了三天，啥都没查出来，又把我放回来了。事是没啥事了，可我的名声坏了。所有人都说我糟蹋了女学生，还有人说我给那孩子家里送了钱，他们才不追究了，我跳到邑河里也洗不清。不是我糟蹋了她，是她把我给糟蹋了。

那个女学生呢？

高中毕业就出去打工了，后来再没见过。

你恨她吗？

说不上恨，她只是个十五六岁的孩子。但我恨邑城人，一听见他们在我背后嚼舌头，我就恨得牙根痒痒。前几年，还跟他们吵，跟他们打，后来发现你越是吵，知道的人就越多。索性算了，惹不过咱躲得过。王厚生越说越气。

你讨厌邑城？佟心问。

嗯，这里是鲁迅笔下的铁屋子，无聊、庸俗、可恨！

还没走呢？校长突然推开门，探进半个身子。

没呢，我和王老师正在商量给美术生补课的事。您来了正好，帮我们拿个主意。校长的突然出现让他们吃了一惊，幸好佟心反应快，顺口找了个借口，才免得尴尬。

不用我拿主意，你俩看着教就行。校长说。

校长，这十几个美术生，专业课成绩都能过线，但文化课成绩实在是太差啦！如果文化课跟不上，专业课成绩再好也没用。我们想把专业课课时减少一些，给他们补补文化课，您看行吗？佟心继续向校长请示工作。

这是好事呀，只是文化课老师带的学生太多，估计没时间给美术生开小灶。

没事，我和王老师给他们补文化课。佟心说。

你们带得了文化课？校长满脸狐疑。

我们试试看吧。

这事你们看着办就行。校长招招手转身走了，出门时推了一下门，让门大开着。

你脑子转得真快。王厚生说。

嗨，这不是怕人家说闲话嘛！两人相视一笑。

你觉得校长长得像谁？王厚生问。

还能像谁？像他妈呗。

我觉得校长像个黑社会。两天不骂人嘴就痒痒，不光是骂人，打起学生也跟黑社会一样。昨天，我亲眼看见他把一个学生踹倒在大门口。你说这样的人，怎么就能当校长呢？哦——不该在你面前说校长坏话，人家对你不错。你刚来的时候，你猜校长跟我怎么说？

怎么说？

校长说，佟老师就是来领空饷的，愿意教就教一点，不愿意教就还是你一个人来教。

我怎么就成了领空饷的呢？王老师你是知道的，我很敬业的呀！佟心有点生气。

谁让你是赵市长的侄媳妇呢！

## 35.

佟心正在上课，听见楼下有人喊她。探出脑袋往楼下看，是哆哆的班主任王老师，边跑边喊：佟心，你快点过去，哆哆晕倒啦。佟心浑身发软,扔下画笔就往楼下跑。

操场上围满了人,佟心拨开人群,看到哆哆躺在地上,脸色青紫,浑身抽搐。

怎么回事？到底是怎么回事呀？早上送来还好好的！佟心瘫坐在地上哭喊着。

今天学校举行冬季运动会,哆哆参加了 400 米比赛,跑到一半就晕倒了。王老师说。

赶紧送医院呀!

佟老师,你先别着急。哆哆这种情况有可能是心脏病,得医生来处理,咱们不能随意挪动。我们已经打了 120,救护车一会儿就到。校长赶忙上前解释。说完又吩咐人去把大门打开,准备接应救护车。

佟心坐在地上,攥着哆哆的手,一遍遍喊着她的名字,孩子一动不动。十多分钟后,救护车赶到,医生把哆哆固定在担架上,救护车一路呼啸开进了县医院。赵治平赶到医院时,医生已做完检查。院长带着主治医生出来汇报:赵市长,孩子是先天性血管畸形,有一根小血管破裂,血液进入了心脏夹层,需要尽快手术。

那就赶紧做手术呀！赵治平说。

咱这里水平不行,没人做过这种手术。最好是送到都城做,300 医院做这种手术最拿手。

那就赶紧往都城送呀！你们安排个医生随车护送到都城。赵治平不耐烦地说。

好,我们这就安排。院长赶忙去安排救护车,又被赵治平叫住了。

对了，你们和300医院熟吗？能不能提前联系一下那边？赵治平问。

咱们只和省医院熟，都城的医院咱们不认识。院长答道。

赵治平瞪了院长一眼说，先安排车往都城送吧！你们再通过省医院联系一下试试，最好能跟300医院提前联系好。

腾飞呢？赵治平转过身来问佟心。

去广州考察学习了。佟心说。

你跟着救护车先去都城吧，我再想办法，看能不能联系到那边的医院。

说话间，救护车已经开到了医院门口，佟心来不及回家收拾东西，就上了救护车。一路上，心急如焚。一会儿试试孩子的鼻息，一会儿捏捏孩子的手指，生怕打个盹，哆哆就没了。

佟老师，你不用太担心，一时半会儿孩子不会有啥大问题。眼下最着急的是能不能联系上都城那边的医院，就怕我们赶过去，医生都下班了。随车医生提醒道。

是哦，应该先找人联系医院。不能只等着叔叔那边，万一他找不到熟人咋办？佟心拿出电话，第一个想到的是莫小诗。

你在300医院有熟人吗？莫小诗很快就接了电话。

怎么了？有啥急事？

哆哆心血管破裂，昏迷不醒，需要尽快手术。我现在在救护车上，正往都城赶。

你先别着急，我想想办法。一会儿给你回电话。

挂了电话，佟心又有点后悔。真是病急乱投医，他一个画画的，怎么能认识医院的人？这不是给他出难题吗？可是除了他，佟心实在不知道该给谁打电话了。救护车在高速路上飞驰，哆哆的脸色越来越紫，呼吸越来越急促。这大半夜的，如果找不到熟人怎么办？哆哆能坚持到天亮吗？如果哆哆没了，我还怎么活？佟心胡乱地想着，眼泪止不住往下淌。凌晨两点，眼看救护车就要进城了，叔叔还没来电话，莫小诗也没打来电话，赵腾飞那边也没消息，看来是都没戏。佟心心想，就是撒泼打滚也得把医生叫来。

你到哪了？电话响了，是莫小诗打来的。

快到都城了。

你们直接来 300 医院急诊楼，我在医院等你，医院这边都准备好了。

这么晚了，医院有医生吗？她急切地问。

我有个学生，他妈妈是 300 医院的外科大夫。我把人家接过来了。莫小诗说。

谢谢，谢谢你。佟心掩面大哭。

救护车开进 300 医院，哆哆被直接推进了手术室。孩子交到医生手里，佟心悬着的心才着了地。俩人坐在急救室门外的凳子上，不知道该说点什么。从上次在画展上偶遇到现在，一晃五年过去了，谁也想不到再见面竟是在这里。

孩子爸爸不在家？莫小诗问。

去广州出差了。

哦——你们来之前我和医生聊过，她说她经常做这样的手术，哆哆肯定会没事的，你别太担心。莫小诗安慰她。

俩人又聊起他们的同学，东一句西一句扯着闲话，就是不说自己。不知不觉两个小时过去了。医生推门出来，一脸疲惫地说，手术很成功，淤血都处理干净了，畸形血管也做了矫正。

谢谢您，谢谢大夫！佟心握住大夫的手千恩万谢。

真够悬的，再晚来半小时，孩子就没了。也算是因祸得福，这种病手术做得越早越好。医生说。

大夫谢谢您，真是太感谢您了。佟心拉住医生的手，不住地点头致谢。

送走医生，天已大亮。佟心这才想起来，还是昨天中午吃的饭，顿时觉得饥肠辘辘。

这下该放心了吧？想吃点什么？我去买早餐。莫小诗问。

真是饿了，啥都想吃，你看着买吧。她终于露出了笑容。

一小时后，莫小诗提回来两杯豆浆，四张梅菜烤饼。看到这梅菜饼，佟心心里一暖。上学时，梅菜烤饼是她的最爱，为了吃梅菜烤饼，莫小诗经常得排一个多小时的队。买到之后，他会把饼放在羽绒服里，一路小跑往回赶。她站在宿舍楼下，一边晒太阳，一边吃梅菜饼。那是她最美的年纪，也是最幸福的时光。她做梦也没想到，十多年后，还能吃到莫小诗买的梅菜饼。

那家店还在？佟心实在是饿了。

不在了，前几年学校周围拆迁，被拆了。

那你在哪买的这饼？佟心问。

店拆了，老板还在，他们搬到东四环又开了新店。

真神经，跑那么远！佟心嘴上嗔怪，心里却满是欢喜。

还是那个味儿吗？

一点也没变。她说。

你还好吗？莫小诗问。

挺好的。教孩子们画画，也算是干点儿和专业相关的事。

还画画吗？

画，画了一屋子，没人看。她自嘲道。

下次来都城带给我，我帮你卖。他说。

你的画都卖不出去，谁还会买我的！佟心脱口而出，说完又觉得不妥，赶忙追问：你的画卖得怎么样？

马马虎虎，一个月能卖出去一幅两幅的，日常开支还能维持。他说。

经济上有困难吗？

没有。我一人吃饱全家不饿。幸亏……幸亏当年你没跟我在一起，要不然把你也害了。他说。

人的命天注定，谁能说得准呢！当年是你不娶我，可不是我嫌你穷。佟心埋头吃饼，不好意思抬头。

你过得好就行。

佟心想对他说，我过得不好。如果不是当年你不愿娶我，我怎么能嫁给赵腾飞？又怎么会去邑城？但说这些有什么用呢？眼前这个男人，对他纵有千般恨万般怨，只要他站在她面前，露出腼腆的笑容，她就恨不起来，骂不出来。

还不愿意结婚？她问。

嗯。他站在走廊里，倚着墙，安静地看着她。

还是找个人结了吧！总有老的那天，等你老了，得有个人在身边知冷知热不是？

那就等老了再结。他说。

你想得美。等你老了，谁愿意嫁给你！

谁是哆哆的家长？孩子醒了，可以进来了。护士推开门喊道。

你快进去看孩子吧，我先回去上课。晚上想吃点啥？我来给你送饭。他说。

不用了，哆哆她爸下午就来了，你回去安心工作吧。

哦。那我走了，有事打电话。莫小诗若有所失，他突然意识到过去的几个小时只是一种幻觉。她是别人的老婆，他已没权利再给她更多的关怀。

## 36.

摸着梁媛浑圆的屁股时，赵腾飞可没想到事情会发展到这个地步。那天夜里，在邑城大酒店一番云雨之后，带着征服的快感，赵腾飞饶有兴致地把梁媛和都城的实习生做了一番对比。梁媛比实习生要丰满，皮肤也好，但没实习生会撒娇，她的情话会让做爱过程显得情趣悠长，梁媛只会乖巧地往他怀里钻。他逗她，她也只是害羞地笑笑。

比起实习生，把梁媛哄上床并没有费太多周折。这次的轻松得手让赵腾飞有点飘飘然，他觉得自己是个有魅力的男人。至于梁媛喜欢他什么，并不重要。重要的是镇上的男人天天把她挂在嘴上，只有他，把她哄上了床。与梁媛带给他的自信相比，都城实习生带给他的却是伤害。他到现在也搞不明白，她为什么愿意和他上床？他只是公司里的一个小总监，帮不了她什么。她也从未向他索取过什么，也没说过喜欢他之类的话，赵腾飞觉得和实习生的事只是个意外。也许只是因为她当时有点空虚，他成了她无聊生活里的一道消遣小菜，所以才会只有一夜，再无下文。她带给他的那些快乐已经模糊，但她说的那句话，他依旧记得——你什么也给不了我。这是赵腾飞听过的最恶毒的话。

赵腾飞越来越迷恋梁媛的身体，和她在一起时，他觉得自己还很年轻，充满激情。但完事之后，定格在他脑海里的却是佟心的面孔，她似乎就站在窗外，正恶狠狠地盯着他。这种感觉让他很不舒服。躺在梁媛身边抽烟时，他会想起佟心在家里操持家务的样子，这种回忆更让他陷入深深的内疚。

你不是说是安全期吗？怎么会怀孕呢？赵腾飞把车停在一段荒芜的小路上，开始处理意想不到的麻烦事。

可能是我算错了，你当时猴急猴急的，哪容我仔细推算。梁媛低眉顺眼，一脸怨气。

下周末，我带你去省城找家医院把孩子做了。

梁媛坐在副驾驶上不搭话，眼泪吧嗒吧嗒往下落。

哭啥呀！邑城就这么大点儿，这事要传出去，咱俩还怎么混？我倒是不怕，主要是你，还没结婚呢，往后怎么嫁人？赵腾飞一边安慰梁媛，一边警惕地观察着窗外。

少说这些假惺惺的话，我才不怕呢。梁媛抹了把眼泪说。

不怕是假的，唾沫能淹死人。

我没结婚我怕谁？顶多被我爸抽俩耳光。害怕的是你，你怕跟你媳妇没法交代，怕影响了你的仕途。你们男人，都是些偷鸡摸狗的黄鼠狼，想着偷腥，遇到点儿事跑得比兔子都快。

我才不怕，我真是为你着想。赵腾飞被梁媛说中了要害，支支吾吾说不出个子丑寅卯。

既然你不怕，那我就把孩子生下来！梁媛的话让他大吃一惊，她怎么会有这种想法？

胡说，生下来怎么办？你自己养着？实话跟你说，我不可能离婚。你有什么要求可以提，但别想让我离婚。

行，那我可提了哦。梁媛突然笑了。

你说吧！

给我五百万。梁媛伸出五个手指头，在赵腾飞眼前晃了一下。

你疯啦？我哪有那么多钱！

没有也无所谓，你把我调到市医院干个院长吧，副的也行。

别这么不着调！赵腾飞不知道她说的是真是假，只觉得心里发毛。

是你让我提要求的，我提了你又说我不着调。这两个要求你都办不到，那我就只能把孩子生下来了。梁媛靠在赵腾飞肩上，一副天真烂漫的表情。

赵腾飞又点着一支烟。不时有村民从车边走过，赵腾飞感到一阵烦躁。上床容易下床难呀，看来，身边这个女人不像实习生那样单纯——下了床就拍屁股走人。

他打着火，狠狠踩了一脚油门，车子从荒废的过道上开进了一片小树林。

别难为我了，把孩子打了吧，我给你十万块钱。这个主意他在心里盘算了很久，这是他能接受的结果。

梁媛不说话，眼泪又哗哗哗哗地往下流，这一次哭得更伤心。

别哭了，我也是没办法呀！真要把孩子生下来了，咱们还怎么活人？赵腾飞掏出一包面巾纸递给她。

你说的是屁话，我跟你上床就是为了钱？你把我想成什么了？把你自己想成什么了？亏你还是副镇长呢！我告诉你赵腾飞，我啥都不要，我就要这个孩子。孩子生出来用不着你管，我自己能养活他。

又是一阵沉默，河岸上的风吹得小树林沙沙作响。她哭干了眼泪，摸出小镜子照了照，涂了点唇膏，然后乖巧地倒在赵腾飞怀里。

咱们的孩子是个男孩。梁媛说。

你怎么知道的？

我去查过。我同学在市医院妇产科上班，我让她给我偷偷查了一下。梁媛嗔怒地望着赵腾飞。

你这同学靠谱吗？不会说出去吧？赵腾飞先是惊喜，接着又越想越害怕。

不就出个轨吗？又不是去卧轨，看把你吓的。放心吧，这同学跟我关系最铁，她不会说出去的。

我爸妈做梦都想要个孙子，可惜呀……男孩也得打掉。他瞬间又恢复了理智。

打掉就打掉，天底下就没你这样狠心的男人！这事不用你操心，我自己去处理。

你自己能行吗？赵腾飞问。

不行还能咋地？你敢陪我去医院打胎？

去省城吧，我陪你去省城医院。

不稀罕，我就在市医院做，让我同学帮我做。

跟你同学说，让她嘴巴放牢一点，千万别说出去。赵腾飞开车送梁媛回镇卫生所，距离卫生所还有一里多路，他停下车，又叮嘱了一遍。

放心吧，我没告诉她孩子他爹是谁，黏不上你的！

她下了车，关上车门，朝卫生所走去。看着梁媛的背影，想起她带给他的那些快乐，赵腾飞愧疚至极。可是，又有什么办法呢？这种事注定没什么好结果。

## 37.

拾起画笔之后，佟心就很少去婆婆家了。邻居们已经发现她们婆媳不睦，便有一些闲言碎语流传开来。有人说是因为佟心玩物丧志，不够孝顺；也有人认为是婆婆过于苛刻，逼着患心脏病的儿媳妇生孙子；还有人说是因为赵修齐老两口纵容儿子在外面搞小三，才导致了现在的局面，这是赵腾飞最不愿意听到的流言。

别整天忙着画画，抽空去我妈那边看看。赵腾飞提醒佟心。

我做的饭你妈不爱吃，聊天又没什么可聊的，你让我过去干吗？陪他们看电视？

做做样子也行，总不能为这些小事，让别人说闲话吧。

佟心嘴上应付着，行动却不积极。她讨厌走进那套弥漫着烟味和药味的老房子。婆婆整天耷拉着脑袋，死气沉沉地坐在轮椅上，眼睛里全是怨气，看谁都不顺眼，说那些跳广场舞的老太太是老不死的妖精，说赵修齐做的饭狗都不吃，说赵腾飞的姑妈是一毛不拔的铁公鸡。在婆婆眼里，这个世界上就没好人，只有她孙女是好的，能逗她开心。哆哆却不喜欢奶奶，对她讲的那些革命故事早已没了兴趣。

比起婆婆的抱怨,公公更让她头疼。赵修齐还没适应退休生活,不愿意待在家里侍花喂鸟,也不愿和楼下的老头们下棋打牌。每天早上去早市上喝一碗羊汤,然后背着手开始巡街。顺着小区门口往西,走过邑城中学、检察院大楼、法院大楼,再从步行街往南,一直走到政府广场。有熟人叫他赵主任,他会露出满意的微笑,停下来问问他们最近在忙些什么,人们的答复总是敷衍了事,没有人再把他当回事。中午,他会睡个长长的午觉。起床后,坐在那把吱吱呀呀的藤椅上抽烟,他要一连抽上两三支才能过瘾。抽烟的时候,他会想起那些他曾经提携过的人,问问他们在忙些什么,最近有什么新的动态。总会有人知趣地说:最近不忙,晚上一起喝酒吧。这样,晚饭就有了着落,接着就是一顿大酒,从五六点钟一直喝到饭店打烊。

对这两位没有任何兴趣爱好的老人而言,没个小孙子供他们侍弄,简直是一场灾难。看看他们无所事事的老年生活,就知道他们多么痛恨佟心!好在还有电视,那些凄凄怨怨的古装片像一只奶嘴,哄着他们度过一个个无聊的夜晚。

八月,罗炜从美国回来,约佟心去都城聚会。原本说好了黄小秋一起去的,到了跟前,她却推说孩子生病,去不了了。佟心心想,昨天还看见孩子们活蹦乱跳的,怎么就突然生病了呢?不去也罢,反正她是要去的。

佟心独自坐高铁去了都城。在罗炜的商务套房里,两个人来了一个深情的拥抱,然后牵着手坐在沙发上,打量彼此。十多年不见,她们有太多的问题想问,恨不得一下子把这十多年的光阴都填满。

罗炜还留着干练的短发，身材也保持得不错，除了肤色不像上学时那般光亮，几乎看不出她有什么变化。与她相比，佟心的变化就有点大。她曾经白嫩嫩的鸭蛋脸胖了一圈，马尾辫也烫成了波浪卷，虽然戴上了最紧的收腰腹带，但一坐下来，腰间的赘肉还是会从四周挤出来。一番端详，像是两个女人间一场没有硝烟的战争，这十几年生活的好坏优劣全都写在脸上，挂在身上。胜负立判。好在她们是真正的姐妹，是那种可以赤裸着钻一个被窝的姐妹。所以，败者无须自惭，胜者也没有欣然，只有对岁月流逝的嗟叹。

小秋怎么没来？两个人都不敢轻易问对方的生活，只好从另一个姐妹谈起。

本来说好了一起来的，孩子突然生病，来不了了。

假话，都是假话。若真想我，我就在都城等着，啥时候孩子病好了，让她来看我。

你不光身材没变，脾气也没变，还爱较真。佟心说。

毕业时说好了每年见一次，哪想到一晃十几年都没见了。我从美国坐十几个小时飞机来看你俩，她却不见我。罗炜好像真在生黄小秋的气。

她也是身不由己。带两个孩子，还得伺候老人，你得理解她。

罗炜不再问了。其实，两个人都知道黄小秋为啥没来，又不愿道破那层意思。黄小秋是不愿面对姐妹间的落差。如果说和佟心之间的落差她还勉强可以接受，那么，和罗炜的对比则是她不敢面对的。

你怎么去了邑城呢？在都城不是好好的吗？罗炜问。

他妈妈生病了,需要人照顾。每次有人问起这个问题,她都是这个答案。这是最好的答案,这答案可以让她站上道德高点。

你不该回去的,你在邑城是一座孤岛。你不用说,我都知道你经历过什么,伺候老人照顾孩子,硬着头皮和一群没有共同语言的人聊家长里短。亲爱的,恕我直言,你枯萎了,不像原来那么鲜活。

奔四的人了,还怎么鲜活?女人呀,过了三十就走下坡路了。佟心知道自己老了,但罗炜这样直言不讳,还是让她有些伤心。

别说那些伤春悲秋的话,你才三十多,风华正茂的年纪呢!我说的不是外在,而是精神。我太了解你了,你不是那种糊里糊涂的女人。对你而言,精神比物质重要。你不怕物质的匮乏,但你经不起精神的空虚。你和赵腾飞还好吗?

老夫老妻了,还能怎样?

心态有问题,别把自己说得跟个老太太似的,你们一个月有几次激情?罗炜问。

喂,你有没有正形儿?这个也问!

这个问题很重要的哦,是衡量生活质量的重要指标。

那你先说说你一个月几次?佟心反问道。

四五次吧!反正每周至少会有一次。罗炜毫不羞涩。

你满意吗?

不满意!但这种事又勉强不得。两个人都觉得合适才行,比上不足比下有余吧。好多人到咱这个年纪,早已经熄火了。

那是因为你没生孩子,身材还没走样,对男人还有吸引力。佟心说。

即便我身材走了样，他也不会离开我。无论他在外面和哪个女人鬼混，我只要一个电话就能把他叫回来。罗炜自信满满地说。在她身上，看不到四十岁女人常有的那种惶恐和幽怨。

如果你知道他在外面和别的女人鬼混，还会叫他回来吗？

会呀，为什么不叫？他在外面鬼混不可怕，可怕的是你叫不回来他。我并不在意他是不是和别的女人鬼混，甚至，我基本可以确信，他在外面和别的女人鬼混过。但这又有什么呢？我不在意这些，只要没让我撞见就行。

听得出来，罗炜的婚姻也并不完美。这让佟心稍感安慰，有了继续探讨这个问题的兴趣。倒不是说佟心盼着罗炜不幸福，只是女人之间的那点小心思是天性使然。自己好，当然盼着姐妹们都好。自己不好，就怕别人比自己好。只有两个女人一样地好，或者一样地不好，她们才有推心置腹的基础。

能叫得回来又有什么意义呢？他心思已经不在家里了。佟心说。

能叫回来，说明他心思还在你身上，这就够了。不要想着一辈子拴住男人，他们是偷吃的猫，猎食的虎，天生不安分。但凡有点追求、有点本事的男人都这样。咱们拴不住他们的身体，能拴住他们的心就够了。让他们在外面折腾去吧，折腾够了就会乖乖回家。

你那位在外面“偷吃”吗？佟心好奇地问。

应该有，我没逮住过，也懒得监视他。从人性上讲，美国男人和中国男人是一样的，都喜欢年轻漂亮的，都喜欢出去找刺激。但他们对待家庭的态度不一样，美国男人有很强的家庭观念，轻易不会离婚。美国的很多州，做小三是违法的，他们有一项罪名叫破坏他人婚姻罪。已婚男人如果发生了婚外情，人们会认为他没有责任感，会被朋友们踢出朋友圈。当然，他们会发生一夜情，也会去红灯区，但那都是些肉体上的欲念，和爱情没什么关系。美国人不会轻易离婚，他们的婚姻比中国的要稳定一些。

两个人聊得畅快，都不愿下楼吃饭，索性让服务员送了一些西餐和水果，在屋里边吃边聊。

这些年，你一直没工作？佟心问。

我干过很多工作。在幼教机构当过老师，在一家美食杂志做过自由撰稿人，还开过面包店，但都干不长。你知道的，我这人财商极低，又没耐心。不过，这次回来我想做点长远的事。

想做什么？说来听听。佟心问。

和国内的一家留学机构谈合作，帮助中国人办理移民。现在有钱的中国人都想移民，想去美国过资本主义生活，但又不懂移民政策，我觉得这是个发财的路子。我在美国生活了十几年，对美国的移民政策了如指掌。除了这个，还想做点和艺术品有关的业务，这个事和你还有点关系。

你做的这都是高大上的国际贸易，跟我能有啥关系？佟心揶揄罗炜。

我要做莫小诗的代理人。

听到这个名字，佟心心里一颤。罗炜突然提起这个人，她有些意外，还有点惊喜。上次他出手相助之后，就再也没联系过，两个人都恪守着一条微妙的线。只是她画画的时候，会越来越多地想起他，有时候甚至想问问他该如何构图，该画些什么。

你怎么和他勾搭上了？佟心故作漫不经心地问。

吃醋了？罗炜用坏坏的眼神盯着她。

我吃的哪门子醋呀！我和他早已形同陌路了。

放心，我和他只是工作上的往来，没有男女感情。前段时间他打电话说，想在芝加哥美术学院办一次画展，我转了好几个圈，才托人把他的画递到了院长那里，结果你猜怎么着？

人家不同意？佟心说。

你太小看我们的艺术家了。院长第二天就给我打电话，满口答应，说那几幅油画让他大开眼界。不光邀请莫小诗去办画展，还想邀请他去做访问学者。这又是一条发财的路子，我打算做他的海外代理人，帮他提升知名度，把他的作品卖到国外去。

他的画在国内都卖不动，还要卖到国外？你还是先帮他提高一下国内的知名度吧！

那是因为中国人不识货。说实话，我现在都快成莫小诗的粉丝了。我觉得他的水平是一流的，只是不懂得包装。他需要一个像我这样的代理人来帮他。哎！可惜呀！罗炜一番高谈阔论之后，突然话锋一转，发出一声长叹。

可惜啥？

可惜你丢掉了一只潜力股。当年，你俩是真正的郎才女貌。现在回头看，莫小诗还真不是一般的男人，他身上有一种简单的纯粹，不锈钢材质做成的。不管别人怎么争名夺利，人家就是岿然不动，一门心思画自己的画。这样的人很难得哦。

那你当年怎么不追他？佟心打趣。

人家满脑子都是你好不好？再说了，就算是当年他喜欢我，我也不会接受。他那时候有点迂腐，除了画画，什么也不懂。两耳不闻窗外事，一心只读圣贤书。只是现在看，他这种迂腐倒成了可贵的品质。

迂腐也好，品质也罢，对女人来说，要的是个踏踏实实过日子的男人，要的是一份安全感。他是个不婚主义者，谁能安心跟他一辈子？佟心不自觉地有点幽怨了。

你不后悔？罗炜问。

不后悔，一点也不。佟心坚定地说。

莫小诗在她心里，像一株自生自灭的植物。开过花，落了叶，终究是腐烂了。她爱过恨过，现在只剩下祝福。她真心希望他好，他若能有一番作为，也证明她当初没有爱错。

这是个痛快的下午，她们促膝长谈，无话不说，从性生活聊到人生的意义，从美国民主聊到埃及政变。谈到动情处，潸然泪下，意见不合时，嬉笑怒骂。看似随意地聊天，在佟心内心却泛起了层层涟漪。这样的谈话是一次精神复苏。和罗炜的对话，让她意识到自己还没有完全沉沦，她对世界、艺术和人生还有自己的见解。只是，跟罗炜相比，她那点见解有点微不足道。这样的谈话，只能与罗炜进行，也只能在都城进行。倘若在邑城的大街上，一个中学女教师和人谈论埃及政变，人们会认为她精神失常。

傍晚，她们洗漱一番，在楼下吃了顿日本料理，然后精神焕发地走进国家大剧院。接下来的事情出乎了所有人的意料，落座之后，莫小诗带着一位姑娘在佟心身边坐下了。她没想到会在这里遇见莫小诗，莫小诗也没想到会在这里遇见她，看到两个人的尴尬表情，导演这出戏的罗炜也已经尴尬得语无伦次了。原本想给他俩制造点惊喜，哪想到莫小诗带着女朋友来了。

和莫小诗简单地寒暄之后，佟心就像雕塑一样坐在座位上。

走也不是,不走也不是。和他说话不合适,不说话也不合适。过了十多分钟,音乐响起,她才渐渐放松下来。心想,自己孩子都上小学了,人家有个女朋友还不正常吗?但他为什么要带着女朋友来呢?这不是成心让她难堪吗?都是罗炜搞的鬼!黑暗中,她抓起罗炜的手拧了一下。

罗炜趴在她耳边说:亲爱的,我真不是故意的,回头再跟你解释。佟心不理她,身边的莫小诗像一堵即将倒塌的危墙,压得她喘不过气。

咱俩换一下座位吧,我和莫老师谈谈画展的事。罗炜看出了她的尴尬。

换了座位,罗炜坐在佟心和莫小诗中间,两个人都松了口气。趁着黑暗,佟心瞥了一眼莫小诗的女友——暗红色的棉布长裙,黑框眼镜,长长的麻花辫,一脸稚气未脱的书卷味,活脱脱就是十几年前的自己。莫小诗胡子长了,头发稀了,选择女友的口味还停留在十多年前。

终于,在观众热烈的掌声中,音乐会落下了帷幕。莫小诗的小女友意犹未尽地盯着舞台看演员谢幕。其余三个人已经迫不及待,想要走出剧院。在剧院门口,莫小诗打了声招呼,便慌忙钻进了出租车里。

亲爱的,你听我解释,我真不是故意的,今晚这出戏完全超出了剧本。我原本想给你俩制造点惊喜,让你们重温旧梦,哪想到莫小诗带着个小女友来了。罗炜解释道。

狗屁,什么重温旧梦!你俩这是成心让我难堪。不过我告诉你,我不在意,我根本就没把他放在心上,他带谁来与我何干?佟心板着脸,自顾自地朝前走。

你生气啦？

我没生气！

还说没生气。你看，眼睛都气绿了。罗炜说。

你烦不烦呀，十几年前的陈芝麻烂谷子了，有啥好生气的，你再说我可真生气了。

好妹妹，生气就对了。生气说明你心里还有他，还存着那份真情。无论现在怎样，无论他现在身边是谁，都不重要。重要的是我们曾经年轻过。有过一份美好的记忆藏在心里，你不觉得温暖吗？

佟心原本并不觉得伤心，但经罗炜这么一说，她倒真伤心起来。

别伤心啦，当年是你甩了人家，又不是人家甩了你。

我是哭我自己，哭我们女人，花开花落就那么几年，一转眼的工夫就成了黄脸婆。再看看男人，只要有本事，无论多大年纪，身边都可以有个二十多岁的小姑娘。佟心说。

在他身边又能怎样？装在心里的才是不朽的。我看得出来，莫小诗心里还有你。罗炜说。

何以见得？

他一见你就一脸蒙，刚才离开时也是落荒而逃。如果他心里没你，才不会这样呢。

心里有我能怎样？没我又能怎样？

佟心此言一出，罗炜也不知道还能怎么安慰她了。

第二天，佟心要回邑城。这短暂的相聚像一场梦，如泣如诉，亦真亦幻。见了闺密，见了初恋情人，他们都活在她的记忆里，也活在逼真的现实里。只是彼时是彼时，如今是如今。见一面，只是彼时美景在当下生活中投下的倒影。他们都要回到各自的生活中，罗炜还会随性地飘荡，莫小诗还会执着地探寻。而她，则要回到那个弥漫着颜料味的画室里，回到那个铁屋子一样的小城市去。

## 38.

简直愚蠢至极！赵治平怒不可遏地说。赵修齐坐在一旁默不作声，他为儿子的错误感到羞愧。事到如今，说什么都晚了，赵腾飞唯一能做的，就是老老实实地接受批评。

孩子几个月了？赵治平问。

七个多月。赵腾飞低着头，不敢看叔叔。

打胎已经来不及了。吴美英说。

来不及也要打，腾飞呀腾飞，你的心可真够大的！七个月了，你都一声不吭。如果纪委不把这事反映到我这里，你还打算一直瞒下去是吧？你能瞒到什么时候？

我也没想到事情会闹到这个地步。她说她会把孩子打掉，我就没放在心上，哪想到她没跟我说实话。

你可真行！让人家自己去把孩子处理掉，你还是个男人吗？听赵腾飞这么一解释，赵治平更加生气。

你回来时我跟你说什么来着？我说做公务员，一不能贪财，二不能好色。只要这两个错误你不犯，别人再眼红，也不能把你怎么样。你倒好，不光犯了错，还犯得很低级。

行了哦，说也说了，骂也骂了。眼下最要紧的是怎么处理后面的事。吴美英说。

还能怎么处理？尽快把孩子打掉。去省城医院做，知道的人越少越好。腾飞，你给我听好了，以后不许再和那个护士来往了。赵治平指着赵腾飞的鼻子说道。

孩子怀在人家身上，你让打掉就打掉呀？人家要是愿意打，早去打了，能等到现在？我听说这个梁媛也不是啥省油的灯，心机深着呢！吴美英知道这件棘手的事，早晚得她这个做婶子的去处理。

这事你去处理吧，别让腾飞出面。和她谈一次，看她有啥要求。只要能把孩子打掉，不再制造不良影响，什么都好说。可以补偿她一点钱，工作上有什么要求，也可以答应她。赵治平的情绪平复了一些。他心想，这也不是啥稀奇事，每年都会有这样的事情发生，只要能把影响控制在纪委这个层面，就还不至于影响赵腾飞的前程。

这个梁媛是啥态度？吴美英问。

她不愿意打掉孩子，她说孩子生出来她自己养。

看看，我猜就是这样，这样的女人可没那么容易妥协，她才不会跟咱们谈钱呢！

赵修齐坐在角落里一言不发。现在，他心里装的不仅仅是对儿子的愤怒，对弟弟的愧疚，他心里还想着梁媛肚子里的孩子。医生判定佟心不能再生孩子之后，他们老两口还一直心存侥幸，希望佟心的身体能够恢复，再给他们生个孙子。虽说哆哆聪明伶俐，可毕竟是个女孩，再过十几年，哆哆一嫁人，他们老赵家就算绝后了。这个问题一直困扰着他。

是男孩还是女孩？赵修齐问。

她说是个男孩。赵腾飞说。

吴美英听出了赵修齐的意思,这心思和她的不谋而合。老赵家不是想要个孙子吗?现在这个孩子已经有了,再过三个月就可以哇哇大叫了,为什么要拿掉他呢?

咱们这些大人都是杀人不眨眼的刽子手,咱们在这里讨论如何拿掉那个孩子,谁知道那孩子是怎么想的?那孩子可是你们赵家的血脉,你们就忍心这样草率地把他拿掉?

吴美英的话让赵治平有些意外,她怎么会有这样的想法?这种事只能这样处理,难道还有第二种选择吗?

妇人之见。赵治平不允许他们有这样的想法。如果不尽快处理这件事,一旦孩子生出来,事情就会完全失控,赵腾飞的前途肯定会受到影响。

我是妇人之见,只要你们不后悔就行。

吴美英心里有自己的盘算。他们两口子膝下无子,年轻时,她想抱养一个,赵治平坚决反对,说他有侄子。现在,赵治平还在台上,每天迎来送往,热热闹闹。等他退休了怎么办?他们就是一对门庭冷落的孤寡老人!想想都觉得凄凉。如果这个孩子能保下来,她也可以享受一点天伦之乐。

如果佟心还能再生,我肯定不会有这样的想法,问题是医生断定她不能再生了。你们扪心自问一下,谁不愿意有个孙子?现在孙子有了,就是敢不敢生的问题。再说了,这孩子我们想拿掉也未必就能拿掉,何不让她生下来呢?吴美英说。

你说说看,你有什么办法?赵治平开始松动了。

我去找梁媛谈一次,先探探她的口风。只要她不把事情闹大,提什么条件我们都先答应着,等孩子生下来,办个收养手续,孩子放咱家里先养着。吴美英说。

亏你想得出来！咱们几十年了都没收养，老了老了收养个孩子，说出去谁信？赵治平说。

信不信不重要，只要他们抓不住把柄也拿咱没办法。再过几年你也就退休了，别人爱怎么说怎么说去，说个一年半载的也就接受了。

这真是个大胆的想法，赵治平不喜欢干冒险的事，他喜欢所有事情都掌控在自己手中。但这是值得冒险的事。如果退休之后，家里能有个孩子跑来跑去，那是再好不过的了。最重要的是这个孩子是他们赵家的血脉，不像福利院抱来的孩子那样让人难以接受。

哥，你啥意见？赵治平觉得应该征询一下哥哥的意见，毕竟，孩子是他的亲孙子。

外面都说咱们赵家人丁不旺，如果这个孩子能生下来肯定是好事，咱们也算有个男丁。只是，又要给你们添麻烦了。赵修齐知道，每次当弟弟来咨询自己的意见的时候，其实他已经做出了决定，这是个他想要的决定。

孩子生下来，放在我家养你没意见吧？话说到这个份儿上，吴美英就把话挑明了。

事情要你们办，风险得你们担，我还能有啥意见？在谁身边养都是咱们老赵家的孩子。赵修齐痛快地答应了。

既然大家都同意了，那我明天就去找梁媛。哦，对了，佟心知道这事吗？吴美英这才想起来她要面对的还不只是梁媛，佟心也需要她去安抚。如果让佟心闹起来，事情就会变得更复杂。

现在还不知道，估计也瞒不了多久。赵腾飞说。

赵腾飞心乱如麻，他觉得婶子的建议太冒险。他太了解佟心了，这样的事她绝不会接受的。可是，另一个女人更难缠，梁媛已经快疯了，所有的道理她都听不进去，她现在只想着保住肚子里的孩子。

得让她知道。吴美英说。

让谁知道？赵腾飞问。

让佟心知道！吴美英抚摸着怀里的狗狗，脸上露出胸有成竹的世故和老练。

让她知道了非得跟我闹翻天。

闹呗，闹完了怎么办？和你离婚？我看还不至于走到那一步。如果想不让她知道，你能怎么办？把邑城人的嘴巴封住，还是把佟心的耳朵塞住？既然瞒不住，还不如早点儿让她知道，给她点时间，让她接受这个事实。再说了，这事和她也不无关系，如果她能再生一个，我们也不会走这一步。吴美英说这席话的时候，扔掉了一个事实，那就是赵腾飞出轨了。

按你婶子说的办吧。如果梁媛同意，我会安排她去省城进修，先把孩子生下来再说。赵治平说。

## 39.

老城区最高的楼是百货大楼，十一层高，顶上有个大钟，整点报时，声传数里。每天清晨，钟响七声，人们从破败的楼房里钻出来，骑着各式各样的电动车，穿过窄窄的胡同，汇聚在宽阔的政府街上。这条最宽的街道显然已经落伍了，当汽车、电动车、自行车和行人混行在一起的时候，政府街就变得拥挤不堪。喇叭声、叫卖声和商店门口的音乐声混在一起，整个政府街熙熙攘攘。

百货大楼的底层是农业银行，门口蹲着两头石狮子，狮子口中有两个可以转动的石球，邑城人说：狮子含球，赚钱不愁。孩子们喜欢把手伸进狮子口中把玩石球，时间久了，石球被磨得越来越小，最后不知道被谁家孩子取出来拿回家了。与门庭若市的农业银行形成鲜明对比的是新华书店，它安静地伫立在银行对面，门口被摆摊的小贩围得水泄不通。店员也不驱赶小贩，她们知道，即便把门口清理干净，也不会有几个人进来。倒不如摆出一副与世无争的姿态，还能时不时从小贩那里拿点儿东西。

一千多平米的书店，教辅类图书占据了大半书架；然后是各种生活类书，教人做菜的、养孩子的、种茄子的，连养猪阉牛的书也摆了一个书架；文学社科类图书寥寥无几，只在最底层书架上摆放了几本文学名著。每年八月份是新华书店最热闹的时候，学生们纷至沓来，书店门口排起长队。这个时候，邑城人才会想起他们的城市还有一个卖书的地方。

傍晚时分，百货大楼东边的美食街开始沸腾。一街两排，全是饮食。人们坐在矮凳子上，大口吃肉，大碗喝酒，喊叫服务员的声音一声高过一声。烟头、浓痰、毛豆皮，遍地都是。老城区又脏又乱，但与新城区那些山寨的星巴克、麦当劳相比，这里却流淌着一股真实的生活气息，人们大声说话，随意吐痰，手里攥着猪蹄，脖子上挂着大金链子。这才是真实的邑城，粗俗而随性。

生活气息是从熟悉的食物里嚼出来的，也是从熟人间的问候声中传出来的，佟心喜欢老城区，多半是因为黄小秋住在这里。有了黄小秋，这老城区才显得亲切。没了黄小秋，这里就只剩下遍地垃圾和污浊的空气了。至于那些渗透着怀旧情结的红砖房，和她半点关系也没有，她不曾在这里留下记忆，也不可能真正融入其中。

这天夜里，从黄小秋家出来，她独自穿过老城区，丢掉了对它的所有好感。让她感到恼火的不仅仅是赵腾飞出轨这件事，还有黄小秋告诉她这件事时的语气和态度。

我不知道该不该跟你说，其实，两个月前我就知道腾飞在外面有人了。

黄小秋遇到为难的事，总是喜欢用这种不确定的口气开场。佟心心想，不知道该不该说你就别说呀！既然已经说了，又何必装出一副为难的样子！作为我最好的朋友，你发现赵腾飞有了外遇，难道不应该第一时间来告诉我吗？还需要犹豫吗？黄小秋接下来说的话让她更加恼火。

我觉得你最好不要闹，虽然是赵腾飞犯了错，但捅出去你脸上也挂不住。事情已经到了这个地步，就随他们去吧，他们想要孙子，就让她生出来。反正你还是赵腾飞的老婆，谁也抢不走。如果你站出来跟赵腾飞闹，影响了他的仕途，到头来受损失的还是你和你的家庭。还有……

佟心打断她的话，你的意思是让我装聋作哑？如果这事发生在你身上，你做得到吗？

你冷静想想，这样的事也不稀奇，连那些包工头都可以养小三，何况赵腾飞！女人遇到这种事，最重要的是冷静，想一想怎样才能利益最大化，而不是一哭二闹三上吊。再怎么闹也不过是个离婚，离了婚正好给小三腾位子，最后遭罪的不还是你自己？

你怎么知道赵腾飞家里人想让那女人把孩子生下来？佟心根本没心思听黄小秋这套功利理论，什么冷静，什么利益最大化，都是庸俗女人的软弱。

他婶子来找我谈过，让我安抚你。黄小秋说。

所以，你就来安慰我来了？你也觉得我应该忍着？应该允许那个女人把孩子生出来？你到底是我的同学还是吴美英的说客？怒不择言的佟心，把怒火都撒在了黄小秋身上。

她裹紧外套，从黄小秋家往回走。深秋的邑城，寒气逼人，从发丝到脚尖，都被这寒气浸透了。刚下过雨的街道，到处都是湿漉漉的，下水井盖上散发出一股恶臭，在潮湿的空气里晕染开来。服装店里挂满了难看的服装，音像店里播放着俗不可耐的口水歌，KTV 门口停放着一排丑陋的廉价汽车。几个满身酒气的中年男人在大声地说着邑城方言。夜色下的政府街，热闹非凡。一个店挨着一个店，一群人跟着一群人。眼前的这一切，在佟心看来，除了丑陋还是丑陋。

如果说生活背叛了她，那么真正让她感到受伤的不是赵腾飞，而是黄小秋。婚姻是有保质期的，男人在外面拈花惹草是早晚的事，这一点她心知肚明。但友情不应该如此，友情没有审美疲劳，也不会被欲望裹挟。它应该随着时间的推移，历久弥新，越来越深。可是这天夜里，她隐约觉得她和黄小秋的友情变了味道。她说不清黄小秋的那一番话是真的为她着想，还是听从了吴美英的嘱托。这些年来，黄小秋和她越走越近，到底是因为同学情深，还是因为她这个“赵市长侄媳妇”的身份？

一个月前，黄小秋来找她办事，也像今晚一样扭捏——

我不知道该不该跟你说，可是不找你说，也没有别的人可以商量……我在教育局熬了这么多年，现在有个晋升机会。我找局长聊过了，人家说这事得市里的领导做主……其实，我不想给你添麻烦，但是这件事对我又太重要了……

她支支吾吾、颠三倒四地说了好一阵子。佟心听得出她内心的纠结，也理解她的艰难，但还是直截了当地拒绝了。她不想再为她的事情去求赵治平，她欠下的每一个人情，都要以失去家庭地位为代价。她欠了赵治平人情，就只能在这个大家庭里做个乖巧受气的小媳妇。

黄小秋到底是个什么样的人？佟心第一次思考这个问题。这些年，她像亲人一样关照自己。跟她诉说琐事，她总是安静地倾听；偶尔冲她发火，她没心没肺地付之一笑；每过十天半月，她总会给自己带些零零碎碎的东西，有时是从乡下刚摘回来的水果，有时是她绣的一双鞋垫。就是这些不值钱的小物件，让两个人越走越近，好得不分你我。可这样的姐妹情深经不起推敲，一细琢磨，会让人不寒而栗。她在日常生活中的种种示好，似乎都是铺垫，每每遇到难办的事，都会来找自己求援。小到经济困顿，家人住院；大到工作调动，福利分房。佟心为她的事求过赵腾飞，求过吴美英，也求过赵治平。在佟心的帮助下，黄小秋在所有的大事上都没吃过亏。这么一算，在和黄小秋的交往中，她只在地位上占了上风，黄小秋得到的却是实实在在的好处。上次为了给刘学民调动工作，她把黄小秋介绍给吴美英。从那以后，黄小秋就没少往吴美英家里跑，一来二去，越走越近，早把她这个牵线人扔在了脑后。

黄小秋变了，她已经成了吴美英的说客，再也不是那个替自己着想的好姐妹了。她劝说自己的那些话，看似为自己着想，实际上表达的都是赵家人的意思。只是借她的嘴说出来，披上了一层体贴的外衣而已。想到这里，佟心不敢再往下想。这邑城的生活原本就像一服汤药，文火中慢慢熬出来的，带着苦味，囫囵地咽下去就算了，倘若用舌头细尝，就让人反胃。

## 40.

晚上十点多，赵腾飞醉醺醺地推开房门，像一只趴在河沿上的青蛙，扑倒在床上。眼睛大而无神，腹部的赘肉摊成一个椭圆。佟心帮他翻身，褪去衣裳，用一条热毛巾敷在他额头上，再放一只塑料盆在床边，等待他把手指插进咽喉，吐出一堆秽物。不知道从什么时候开始，她习惯了做这些事。走完这些让人恶心的流程，他的眼睛恢复了正常的神采。

你知道今晚和谁喝酒吗？组织部的王部长！这孙子可是个人精，轻易不跟人喝酒，今天硬拉着我去邑城大酒店，你知道他为什么要请我喝酒吗？

赵腾飞酒后话特别多。无数个夜晚，佟心就是在他絮絮叨叨的炫耀声中睡着的，可是今晚，她再也不愿听他那些酒桌上的“英武”故事了。

你还爱我吗？她突然问道。

爱呀！什么时候不爱了呢？怎么突然问起这个？赵腾飞早知会有这么一天，只能借着酒劲儿嘴硬。

让你在我和你儿子中间选择，你会选择谁？

什么儿子？哪来的儿子？赵腾飞内心已经慌乱，还是下意识地装出一副若无其事的样子。

梁媛肚子里的儿子！佟心盯着他说。

别听别人瞎说，没影儿的事。赵腾飞还在狡辩，但又有些释然。他从床头抽屉里摸出一支烟点着。

你就别装了，你婶子已经派黄小秋来给我做思想工作了。你还能躲到哪里去？

沉默了一支烟的工夫，赵腾飞完全从醉酒中清醒过来。你都知道啦？

嗯，最后一个知道的。我老公在外面把人家肚子搞大了，我却是最后一个知道的，够讽刺吧！佟心的眼神平静而坚硬。

对不起，我错了，你听我解释！我和她只是逢场作戏，没有感情。

没有感情?！孩子已经七个月了，还说没感情？

这纯属意外，她答应我会把孩子处理掉，但没说实话。赵腾飞不敢看她，一支接一支地抽烟。

你干完好事，提裤子走人，让一个女人去处理后事，你还是个男人吗？赵腾飞，别让我看不起你，拜托你在外面拈花惹草时，把屁股擦干净。别让人家在背后戳我脊梁骨，好吗？

对不起，我没想伤害你，我也没想到事情会闹到这个地步。

赵腾飞不知道还能说点儿什么，他最痛恨向女人认错。但今晚，他必须这么做，必须说对不起，因为他看到她裹着被子缩在床角，像一头即将失去理智的母狮。这件事不可能就这么轻描淡写地结束，他期待她早点爆发，好让这难熬的夜晚快点过去。

你说说看，那孩子该怎么办？佟心问。

当然是做掉，可是她不同意，我家里人也希望能留下这个孩子。你知道的，我爸妈，还有我叔叔婶子，他们都希望能有个孙子。赵腾飞磕磕巴巴地说完这句话，然后低下头去，等待佟心扣动扳机。当然，他还心存幻想，希望她能大方地说一句：随你们便。

别提你的家人，我觉得恶心！

我知道你接受不了，可是事到如今，你能不能宽容一点，替我的家人想想。他们真的很想要这个孩子。父母把我养这么大不容易，能不能替他们想想？赵腾飞用近乎哀求的口气说道。

应该，当然应该！生一个孩子，把他养大，然后让他做自己的奴隶，这是多么伟大的父母呀！我们在都城奋斗了十年，好不容易混出个样，为了他们，我们回到这个鸟不拉屎的破地方。现在又要为了他们，让一个野女人给你生下个私生子，你把我当什么了？你以为我是圣母玛丽亚吗？她的声音愤怒到颤抖。

别这么说，从都城回来是你做的决定，你是同意的。赵腾飞说。

是我同意的！我不同意能行吗？日子还能过下去吗？难道你自己不清楚是你们逼着我做这个决定的吗？赵腾飞，我是嫁给了你，不是嫁给你的家人。你什么时候可以像个男人一样，自己做主，过自己的日子？她声泪俱下，大声吼叫起来。

再听他们一次，以后都听你的，好吗？我保证，这是最后一次！

他不想再解释了，事到如今，也没什么好解释的。现在，他只能给她一个拥抱，让她在他怀里哭一会儿。赵腾飞缓缓地挪动身体，把手搭在她肩上。

滚！离我远点！他像是拉动了手榴弹的引线，一声巨响差点把他炸翻。佟心腾地坐直了，头发披散下来，眼里全是逼人的凶光。

你听我说，这件事错在我。请不要怪罪在我家人身上，我保证……以后好好过日子……赵腾飞还在语无伦次地祈求，他知道自己没有退路，另一个女人比眼前这个更难对付。

离我远点儿，我求你了，请你离我远点。

赵腾飞缓慢地从床边退下，走到门口。他想再回到床边去取条被子，但瞬间就打消了这个念头。他不敢再靠近她，怕她会大叫起来。

第二天，吴美英来了。两个星期前，在都城回邑城的高铁上，佟心看见吴美英躺在司机万国庆的怀里睡着了，从那一刻起，她对这个女人的敬畏就荡然无存了。

腾飞和梁媛的事情你都知道了？吴美英坐在沙发上，脸上涂着厚厚的粉底。

知道了。

咱们都是女人，婶子知道你心里苦。可事到如今，只能从大局出发，妥善处理。你叔叔为了提拔腾飞，做了很多工作，现在到了最关键的时候，容不得半点闪失。吴美英拉起佟心的手，轻拍了几下。

我如果不从大局出发会怎样？佟心反问道。

两败俱伤，谁都落不下好。我相信你不会那样做的，你和腾飞是结发夫妻，你们有感情，你会替他着想的。吴美英胸有成竹地说。

我替他着想，谁替我着想？我现在就是个笑话，全城人都知道我老公在外面有人了，我还蒙在鼓里。现在你们又逼着我接受一个孩子，你让我以后怎么出门？

佟心，你得看清楚，现在不是你和腾飞之间的矛盾，而是咱们一家和梁媛的冲突。我昨天和她谈了，简直就是个刁蛮的村妇，油盐不进。她提了一堆要求，要把孩子生下来，要给她调动工作。如果咱们不答应，她就会去市政府闹，会给省里写举报信。吴美英还在继续展示自己的谈判技巧。

那就让她闹吧，看她能闹出个啥结果。

别逼腾飞，你把他逼到绝路上，你们也没有好日子过。两口子过日子，难免磕磕绊绊，得饶人处且饶人！吴美英收起了笑容，摆出一副长辈教训晚辈的严肃面孔。

到底是我在逼赵腾飞，还是你们在逼我？到底是那个野女人想要这个孩子，还是你们想要这个孩子，你心里比我清楚。

好，就算是我们想要这个孩子。这有什么错吗？是因为你不能再生了，我们才不得已出此下策，这件事你也脱不了干系。吴美英气得发抖，她没想到佟心会对她这么不客气。

荒唐，荒唐至极！她竟然把赵腾飞出轨和她的心脏病联系在一起。原本经过一个晚上的消化，佟心已经消了火，只要梁媛打掉孩子，她决定既往不咎。这些天，她已经被这糟心的事压得快喘不过气，她也希望这一切尽快结束。可是，吴美英的话再次触动了她敏感的神经。

照你的逻辑，所有生不了孩子的女人，她老公都可以出去瞎搞？和别的女人生个孩子抱回来养？那你呢？婶子你为什么不出去和别的男人生个孩子？她已经失去理智，只有这最恶毒的话才能发泄她的愤怒。

吴美英被击倒了，她瘫坐在沙发上，面部肌肉完全松弛下来，趾高气扬的神情消失得无影无踪，连那厚厚的粉底都要从她脸上跌落下来。

谁也别觉得自己干净，你和王厚生的事别以为没人知道，校长都给我说过好几次了。我之所以不说，是想给你留点脸面。两个女人都乱了阵脚，吴美英又找到了一根救命稻草。

我和王厚生是同事间的正常交流，啥事没有，谁愿意说尽管说好了。倒是你，你倒在万国庆怀里睡觉的场景，我可是亲眼看到的。佟心说。

胡说，你血口喷人！吴美英万万没想到战火会烧到自己身上。她第一次被人如此羞辱，这个晚辈让她威严扫地。话说到这个份儿上，她已经没心思再谈孩子的事了，剩下的只是如何收场。

八月十七号，从都城回邑城的高铁上，你自己想想。佟心决定狠到底。

沉默了许久，吴美英神色黯然地说，既然你都看到了，婶子也不瞒你。我和赵治平没有孩子，你是知道的。

这和万国庆有什么关系？

邑城人都知道我是只不下蛋的母鸡，却没人知道真正下不了蛋的不是我，是他赵治平。他当兵时受过伤，在要害部位。结婚以后我才知道他不能生育，不光是不能生育，连正常的夫妻生活都没有。吴美英低着头，拿起一个橘子一点点剥开。剥完皮，再把粘在果肉上的橘络一丝丝剥掉。

这是个让佟心意外的消息，她开始有点同情吴美英了。她终于明白了，为什么在外面一手遮天的赵治平，在家里总要让着吴美英，原来是有短处握在她手里。

这么说，你一辈子都在守活寡？佟心原本可以说得婉转一些，但一想起她刚才进屋时那副盛气凌人的样子，就觉得“守活寡”这个词再合适不过了。

所以……所以才有万国庆。

叔叔知道吗？

知道。你公公婆婆也知道。

为什么不离婚呢？硝烟散尽，两个女人又心平气和地拉起了家常。

刚结婚的时候也想过离婚，但抵不住他对我好。我爸妈原来在村里种地，赵治平给他们买房子，把他们安置进城。我弟弟做生意，也是靠着他一步步扶植起来的。在床上他欠我的，下了床全是我欠他的。我要是离了婚，邑城还有人敢娶我吗？我离开邑城，又能活成个啥样子？佟心呀！你听婶子一句话：人生有太多的不得已，有时候不是你不选择，而是你没有更好的选择。

那你和万国庆的事，叔叔是什么态度？佟心在沙发上坐下来，削了个苹果递给吴美英。

睁一只眼闭一只眼呗。他是干大事的人，心里能容下事。有时候，我也觉得挺对不住他的，可我能怎么办？真守一辈子活寡，又觉得亏了自己。

对不起，我刚才的话有点说过头了。佟心恢复了理智。与吴美英的遭遇相比，自己受的那点委屈又算得了什么！

不要紧，咱们是一家人，关上门怎么吵都行。吵完了就扔一边去，还得来往，还得拴在一起过日子。你还年轻，经些事也就看淡了。男人都是好吃的猫，你看看这邑城里的男人，但凡有点钱，有点权，混得人模狗样的，哪个不在外面偷吃？好像有个作家说过，人生就是一条袍子，里面爬满了虱子。如果电信部门把男人们的通信记录拿出来晒，那何止是虱子？简直就是老鼠。

是张爱玲说的。佟心差点被吴美英的话逗笑了。

哦，好像是张爱玲说的。你看人家作家，看问题就是透彻，把人生说得明明白白的。你是上过大学的人，应该能理解婶子的话。当佟心变得和颜悦色时，吴美英看到了胜利的希望。

理解是理解，可哪个女人遇到这样的事能不着急？婶子，你说说看，我该怎么办？

还能怎么办？把自己的袍子掩好，别让人揭开。只要不揭开，里面的虱子谁也看不到。你看那些傻女人，一见风吹草动，就拼命地闹。闹到最后小三赶走了，夫妻感情也没了，谁也落不着好。前几天，省里一个高官在大街上把情妇活活炸死了，为什么炸她？因为她太傻太痴，非要弄个鱼死网破。对男人来说，事业是最重要的，什么情呀爱呀的，都是“1”后面的“0”。你要想动他那个“1”，他就可以把后面的“0”全划了。

我也没打算和赵腾飞闹，只要他和那个女人断了，我就既往不咎。只是那个孩子不能留，有个孩子，他的心就分成两半了。

我知道你的顾虑。可是眼下，梁媛非要把孩子生下来，咱们也没办法。这女人我见过，身上有一股子蛮劲。她现在就是用这个孩子要挟腾飞，想让腾飞帮她调动工作，给她补偿。对付这种人得从长计议，我估计她的要求都满足了，她也就放手了。你先别着急，后面的事让我来处理。

好吧！佟心不想再聊了，说到底，那个孩子还是要生出来的。没有人能帮她解决这个问题，除非她亲手把他从那女人肚子里拿出来。

## 41.

拨通梁媛电话的那一刻，佟心竟然有点紧张。好在对方情绪稳定，并没有表现出诧异和紧张，等她说明来意，梁媛竟然爽快地答应了。两人约好晚上六点，在佟心家楼下咖啡馆见面。

整个下午，她都在想，该怎么对付这个女人？会不会打起来？她想起一年前在电影院门口看到的那一幕：中年女人骑在年轻女子身上，撕扯对方的衣服，年轻女子拼命拽着对方头发，挣扎着想要翻身。两个女人怒不择言，话语不堪入耳。身上、脸上布满了血淋淋的抓痕，周围站满了嬉笑的看客。那场面实在是丑陋，那女人也着实可怜……现在，生活把她推向了这样的境地，无论如何都不能像她们那样。

晚上六点，梁媛挪动着臃肿的身体，像企鹅一样在她对面坐下。她穿一件黑色羽绒服，脸有些浮肿，手也胖嘟嘟的，看不出她有什么吸引人的地方。倒是眉宇间的忧愁和倔强，显得她有点生动。谈不上有多漂亮，但她得承认，她的年轻让人嫉妒，脸上没有皱纹，皮肤也算白皙，如果不是因为怀孕，她的身材足够吸引男人。

孩子还好吧？佟心极力控制着自己，希望能跟她友好协商。

好着哩！她说的是邑城方言，透着浓浓的土味。

想喝点什么？看起来，这像是朋友间的约会，而不是原配和小三的谈判。

我不渴，不用喝啥。

那我就开门见山了哦，你也应该知道我为啥找你。佟心说。

没事，你说。

赵腾飞说你想把孩子生下来？

嗯，我想要这个孩子。梁媛说。

你想过这孩子的未来吗？一出生就是个没爹的孩子。佟心说。

他不是没爹的孩子。他爹是赵腾飞。

你觉得赵腾飞能承认吗？他敢认这个孩子吗？

承不承认都是他的孩子。梁媛的话干净利落，似乎也是有备而来。

那你想过你和这个孩子以后的生活吗？佟心抿了口咖啡，继续问道。

我想不了那么远，我只管当下。我现在就想把孩子生下来，这是我的孩子，谁也别想毁了他。她双手托着肚子，像一头随时准备战斗的母狮。

你还年轻，多想想未来，别毁了自己。你想想看，你一个未婚姑娘，将来带个孩子，怎么工作？怎么见人？

我为什么要自己带？他又不是没爹。梁媛一点儿也不觉得理亏，一副不卑不亢的样子。

佟心强压着怒火，继续劝道：我和赵腾飞生活了十三年，我比你了解他。他不过是哄哄你罢了，他不敢承认这个孩子。如果他认了这个孩子，就是重婚罪，连工作都保不住。对赵腾飞来说，什么最重要？不是你，也不是我，而是他的工作，是他的仕途。你如果害他丢了工作，你能得到什么？什么也得不到！

他要是不管我们娘俩，我也不让他好过。梁媛说。

好吧，你可以和他闹，闹到他身败名裂。可你考虑过我吗？我和你无冤无仇，你却毁了我的家庭，毁了我的生活，你让我没法往人前走！让我的孩子抬不起头来！面对这个油盐不进的女人，佟心失去了耐心，她怒不可遏地拍了下桌子。

你的事我管不着，是赵腾飞追我，不是我勾引他。要怪你只能怪赵腾飞，怪你自己拴不住男人。

你还要不要脸？你不同意，他能把你肚子搞大？佟心极力压低声音，但她愤怒的手已经不由自主地握成了拳头。真是个不讲理的刁妇！简直无耻至极！

是我同意的，我们俩是两情相悦，怎样？你怎么不想想，他为什么不愿意把你的肚子搞大？梁媛毫不示弱。

佟心被激怒了。眼前这个女人完全没法沟通，似乎唯一能做的就是像泼妇一样，抽她大嘴巴子。她被烧成一团，扬手扑了过去。手掌停在了空中，还没碰到梁媛，她就被一阵绞痛拉住了，紧接着眼前一黑，晕倒在了咖啡桌上。

晕过去的这段时间，她做了一个长长的梦。梦见自己躺在春天的田野里，那景色像是老家，又像是某部电影里的画面。满山的油菜花，绿油油，黄灿灿。周围空无一人，成群的蜜蜂在她耳边嗡嗡，想跑却迈不开腿，想伸手却抬不起手。四肢像是长在身上，又好像没了知觉，只能听到心脏跳动的声音，像是包裹在一层薄膜里，下一刻就会跳出来。她被困在春天的田野里，那条弯弯曲曲的田埂就在眼前，她却爬不起来。

经过一番歇斯底里的踢腾，她终于醒过来了。已是第二天傍晚，哆哆趴在床边，攥着她的手。

妈妈——妈妈——我妈妈醒了！哆哆扑进她怀里，紧紧搂住她。

宝贝，妈妈死不了的。她抚摸着哆哆，内心一片安静。有什么可争可斗的？有怀里这个丫头就够了，这就是全部，其他的东西都是累赘。听到哆哆的喊声，一家人都从门外拥进病房。每个人脸上都挂着笑容，却不知道该说点什么。

醒了就好，醒了就好，可吓死我们了。吴美英说。

医生进来给她量了量血压，做了一个心电图，一切正常，所有人都如释重负。

你患的这种心脏病是先天性的，二尖瓣前叶脱垂伴中度返流。目前来看还不是很严重，保守治疗就可以。以后不能做剧烈运动，不能熬夜，最重要的是不能生气。医生叮嘱道。

谁再惹我妈妈生气，我就杀了他！哆哆从妈妈怀里爬起来，瞪了一眼病房里的大人，然后哭着跑出了病房。所有人心里一紧，十岁的孩子，怎么能说出这样的话来！事实上，哆哆已经上小学四年级了，家里的变故她虽嘴上不说，心里却都清楚。

夜晚，月凉如水。单人间的VIP病房里只剩下赵腾飞和佟心。她目不转睛地盯着屋顶，想起晕倒前梁媛说的话，眼泪在眼眶里打转。为什么一个偷男人的女人可以那么嚣张？自己也真是不争气，连扇个耳光的力气都没有……情绪又开始升腾，心跳加速，呼吸急促。她用手按住胸口，想让心跳平缓下来。她安慰自己：不想这些了，有什么意义呢？眼前这个男人值得她愤怒吗？值得她去和另一个女人打架吗？答案是否定的。

她不想再和他说什么了，连看一眼都觉得尴尬。他的脸毫无生趣。长期吸烟、酗酒，已经让这张脸变得暗淡，像一只发蔫的茄子。随着面部赘肉的增多，他的嘴巴也变得宽大而松弛。最让她无法忍受的是，这张嘴巴除了能吐出浓重的烟味之外，再也没有别的价值了。它已经说不出什么能让她开心的话了。

谈恋爱的时候，他是个闷骚的男人。她喜欢他那冷峻的表情，像是在电视里学来的一样。这冷峻之所以让她喜欢，是因为他经常会说出一些机敏深刻的话来，那些话像网络段子一样精辟、调皮，时常让她开怀大笑，继而认为他是个内心丰富的男人。现在，他不再说那些有趣的话了，只在醉酒的夜晚，喋喋不休地向她倾诉单位里的人和事。他掌握了一项特殊的本领：喝酒之后，依靠精准的记忆和严谨的逻辑，把单位里的人和事都洞察清楚——领导开会时的某个眼神，同事在饭桌上的某个动作，以及社会上流传的某条新闻，他全都看得清楚，说得明白。他的智慧找到了用武之地，比起那些没上过大学的老油条，刚毕业的小菜鸟，他这位在都城见过大世面的高才生，完全有能力把他们放在自己的显微镜下。可是，这和她有什么关系呢？她一点也不关心他嘴里的那些人和事。之所以愿意倾听，完全是出于起码的尊重罢了。

他把手伸进被窝，摸索着她的手，刚碰到，她就缩回去了。他的双手僵在被窝里，像是戴上了手铐，动弹不得。他想说对不起，但试了几次终于没说出口。这么干巴的话说了也无济于事。

那个孩子你们愿生便生吧，别让我看见就行。还有一点，你得答应我,无论发生什么事,都得保护好哆哆。

我会的,我会保护好哆哆。他迫不及待地应承着。

佟心闭上眼睛,睡了。

赵腾飞站在阳台上抽烟,咽喉有些痛,但他停不下来,只有烟能让他安静下来。

回到邑城之后,赵腾飞内心里滋生出一种奇怪的想法——我应该有点桃色新闻,和佟心之外的某个女人发生点什么,否则,便是辜负了大好年华。他一直对都城那个实习生念念不忘。在那个非富即贵的都城,他实在是太卑微了,那个实习生给了他一夜良宵,让他有征服的快感,她骑在他腰间扭动身体的样子实在是太迷人了。从她那里,他得到了一个启示:每个女人都有不一样的风情,只有强大的男人才有资格见识更多的风景。

邑城生活让他感受到了自己的强大,这种强大从酒桌上人们恭敬的言语中传递出来,从人们仰视的目光中流露出来。随着职位的升迁,他越来越清晰地感受到自己的强大,他确信自己是可以见识更多风景的男人。梁媛在这个时候,适时地出现在他的视野中,成为了他渴望见识的风景。

事到如今,他并不后悔和梁媛纠缠在一起。但他后悔这种纠缠来得有些糊涂,以至于让她产生了错觉,误以为他们是在谈恋爱。也许,一开始就应该跟她说清楚,他们没有未来,不允许影响他的家庭和工作,除此之外,她想要的一切他都可以给她。遗憾的是,他一直都不好意思说出这些话。

## 42.

第二年春天，老城区整体改造的消息像一针兴奋剂注入了每个家庭，人们脸上洋溢着幸福的笑容，他们已经有点等不及了，想要尽快告别那低矮的棚户区，告别那些上世纪修建的筒子楼。除了老城区的居民，兴奋的还有那些嗅觉灵敏的商人，他们把目光聚集在政府大楼里。大酒店包间里挤满了人，商人们恭敬地打探着，当官的小心盘算着。各种消息从政府大楼里悄无声息地传出来。房地产商围着政府大楼转，包工头、装修公司、物业公司又围着房地产商转。外围的人们也没闲着，他们也想分一杯羹。餐馆老板想在工地附近开临时餐馆，招揽即将到来的民工；药店老板想提前下手，买下小区门口位置最佳的商铺；连那些在胡同里盘踞多年的按摩店老板，也在思考着如何把握机会。

另一条消息则让人们紧绷的神经稍稍轻松：市委宣传部的笔杆子刘学民跑了。据说，走的时候没告诉任何人。三天没回家，也没上班，手机关机，了无踪影。

佟心是从校长那里听到这个消息的。课间休息的时候，她在办公室门口遇到了校长，他一副幸灾乐祸的样子。

佟老师，你和黄小秋是同学？校长问。

对呀！我们很熟。

她家的事你知道了吗？校长没有刻意压低声音。他在办公室门口，像是询问教学工作一样和佟心谈论这条消息。

什么事？佟心问。

她老公跑了！校长像是逗哏的相声演员，抛出包袱之后，不愿再多说一个字。他在等待，等待佟心脸上浮现出惊讶的表情。

什么时候的事？

已经三天了。

不可能吧？如果真发生这样的事，小秋不可能不跟我说。佟心觉得有些不可思议。

嗨，你怎么还不相信呢？我有必要撒谎吗？教育局领导亲口说的，黄小秋已经三天没去上班了。校长对佟心的反应有些失望，她没有表现出足够的好奇，竟然还表示怀疑。

那应该就是真的喽！

她想起来了，去年秋天在舞蹈培训班的门口，刘学民跟她说过要辞职。但她以为那不过是说说而已，他不可能真做出那样的决定。在外人眼里，刘学民有一个幸福的家庭，妻子在教育局工作，贤惠能干；他从镇上调到市委宣传部以后，越来越受重用，已经成为领导身边不可或缺的笔杆子；他们还有两个活泼可爱的孩子，大闺女上小学，小儿子上幼儿园。这是一个体面又寻常的家庭，如果不出什么意外，他们的生活将会越来越幸福。当然，他们经济上并不宽裕，但还不至于困顿。两个人的工资足够养活两个孩子，如果老人们身体健康，没有医疗方面的开支，他们应该还会有一点积蓄。如此稳定的家庭怎么会突然冒出这样的新闻呢？

你知道他因为什么跑的吗？好奇使然，佟心想从校长这里再打探点消息。

还能因为什么，肯定是和哪个女人私奔了呗！校长说。

不可能，他们俩感情挺好的。

感情这事，谁说得清呢！你想想看，如果是因为别的，他怎么可能不跟他老婆说一声？

校长说得似乎也有道理，佟心将信将疑，但她没打算去找黄小秋求证。既然她到现在都没来找她倾诉，就一定有她的考虑，还是装作不知道的好。

晚上，她从赵腾飞那里得到了另一个版本。这个版本是从政府大楼里流传出来的，似乎更可信一些。

可能是有点经济问题，纪委正在调查。赵腾飞说。

他一个给领导写稿子的文人，又没什么实权，能有啥经济问题？

不好说，现在老城区要拆迁改造，掮客满天飞，连政府大楼的保安都能得到好处，更何况是领导身边的人！这个刘学民，胆子也太小了。完全可以主动跟组织交代，争取宽大处理嘛，说不定还能保住饭碗。这下倒好，一跑就说不清了，彻底断了后路。没问题也能给查出点问题来。

小秋会受到牵连吗？佟心忧心忡忡地问。

不好说，得看她有没有牵扯进来。等组织调查结果吧，现在谁都说不清。你也别担心，也许啥事都没有。昨天我见到组织部王部长了，他说刘学民跑之前找他谈过辞职的事，王部长以为他就是矫情一下，想要升迁，就没放在心上，哪想到他会跑了。

两天后，佟心正在画室里辅导学生画画，手机突然响了，是一个陌生号码。她犹豫了一下，还是接了。

我是刘学民，你现在方便说话吗？

你跑哪里去了？全城的人都在找你呢。她没想到他会给自己打电话，差点叫出声来。

我估计你在上课，所以才打电话给你。我怕你下班后接电话会不方便，我不想让赵腾飞知道。刘学民说。

你现在在哪呢？怎么连个招呼都不打？小秋都快急死了。虽然到现在佟心还没见过黄小秋，但她的处境可想而知。

我在都城呢，等稳定下来，我会回去的。

你跑到都城干吗去了？佟心问。

创业，我给你说过的。我受够了邑城，再在邑城待下去我会得抑郁症的。我已经快四十了，我想搏一把。

你为什么不跟小秋好好商量？为什么不给单位提辞职呢？你就这样跑了，你知道别人会怎么猜吗？现在全城人都在讨论你，有人说你带情人私奔了，还有人说你经济上犯了错。

一群神经病，随他们说去吧！反正我不在意。我给组织部打过报告，他们看都不看。那个自以为是的王部长跟我说，我明白你的意思，但是目前没有职位，你再等等吧。他竟然以为我在问他要官。这些人永远都跳不出惯性思维。我打电话给你，是因为我觉得我们是一类人，你可以理解我。

佟心有些吃惊，她和刘学民根本就没什么交集，只在舞蹈培训班的门口单独聊过几句，他怎么就觉得自己可以理解他呢？

刘学民接着说，你别误会，我是说我们在精神上有一些共通的地方，和大多数邑城人不一样。

我觉得，即便你想要出去闯荡，也应该先把家里的事情处理一下，和小秋商量好了再去。佟心盯着楼梯口，担心会有人上来。如果让人们知道这个“跑路”的刘学民给她打过电话，就有点说不清了。

没有用的。小秋是什么人,你很清楚。她希望我在政府大楼里退休,老死在邑城。她对外面的世界毫无兴趣。说句不客气的,她就是井底之蛙。我不愿意再这样下去,不愿意给领导写那些狗屁文章,我觉得那是在浪费生命。

你给小秋打过电话吗?佟心问。

刚打过,她知道我在都城。给你打电话,是想拜托你点事。

什么事?

帮我照顾一下小秋和孩子们。这段时间,我估计他们会比较难过。如果方便的话,请你多去我家陪陪她。不过,她应该很快就会适应,我知道她能照顾好自己和家人。

好吧,我会去你家看她的。佟心应承道。

果然,她下班回到家的时候,黄小秋已经在门口候着了。怀里抱着小儿子,手上牵着大闺女。眼睛红肿,像个刚刚丧夫的中年遗孀。这个可怜的女人在确认老公没有和别人私奔,也没有惹什么经济问题之后,终于有勇气走出家门,把自己的遭遇倾诉给她最好的朋友。这个时候,佟心乐于倾听她的哭诉。人们总是可以从别人的悲伤中得到安慰。几个月前,黄小秋像老妈子一样教导她:你应该接受那个孩子,不能和赵腾飞闹。现在,她有机会用相同的口吻来劝导她。

跟他过了十五年,怎么就没看出来他是这样的人。太不是人了,简直猪狗不如。虽然眼睛已经肿得像桃子,但一提起刘学民,她还是止不住地流泪。

佟心把孩子们带到卧室里,给他们打开电视,调到动画频道。然后回到客厅,在黄小秋身边坐下。今晚,无论她多么啰唆，佟心都有足够的耐心来安慰她。

黄小秋接着说，平日里，看他老实巴交、文文弱弱的，怎么突然就变得铁石心肠了呢？抛下一家人说走就走，我和孩子倒还罢了，他爸妈怎么办？都快七十的人了，三天两头住院，我一个人哪能顾得过来！你说我的命咋这么苦呢？我这辈子就是来给这个王八蛋还债的。

他给你打过电话了？佟心明知故问。

打了，去都城了。

他没说去都城干吗？

说是要在都城干一番事业。具体要干什么，估计他自己也没想明白。你说说看，这个王八蛋多么不着调。都城是什么地方？那是天子脚下，群英汇集的地方，多少有本事的人在那里都混不下去，他一个小县城的土鳖，要去都城干事业，他能干什么？真不知道他怎么想的。黄小秋拉着佟心的手，声泪俱下。她显然已顾不上佟心逃离都城的隐痛。

都城人多，机会也多，说不定刘学民还真能干出一番事业呢？既然他想出去闯，就让他去吧，也许会有衣锦还乡的那天。佟心心里掠过一丝不快，但很快就释然了，一个从未走出邑城的黄小秋，能指望她有什么更大的见识呢。

快别拿他开玩笑了，还衣锦还乡呢，我估计他很快就会流落街头。

你们家刘学民怎么说也是研究生毕业，文笔又好，在都城还不至于找不到工作。

那你说，他这样的条件，在都城能干点啥？黄小秋问。

去出版社做图书编辑，去广告公司做文案策划，或者去影视公司做编剧，都有可能。我有好多朋友，在都城都是靠码字吃饭的。你要相信，无论在哪里，只要有一技之长，都能活下去。

那你找找你那些朋友，先帮他找个落脚的地方吧。黄小秋这次没有扭捏作态，她几乎是脱口就发出了求助。

刚才还骂人家猪狗不如呢，一转身又想帮人家找工作。你说，女人是不是贱？

贱，真是贱，都是被臭男人逼出来的。他是我孩子的爸爸，就是蹲了监狱，我也得眼巴巴地等他出来！不指望他，我还能指望谁？黄小秋止住了眼泪。

找工作的事先别急，他未必有这个需要。他既然去了都城，一定做过一些准备。你先问问他，如果真找不到工作，我再帮他打听不迟。

好吧！让你费心了。不管怎么说，我的生活都被他毁了，我不知道该怎么面对同事、邻居，还有市里的领导。你想想，咱们把他从镇上弄到市里来，费了多大的劲儿，欠了赵市长多大的人情，他就这么一甩手跑了，说不清道不明的。你这些天在外面听到什么没？

当一个女人开始在意外面的流言蜚语，就说明她已经从家庭变故的打击中缓过神来了。

邑城人都爱说闲话，说几天也就过去了。最重要的是保护好两个孩子，尽量别让他们受伤害。孩子们习惯了有爸爸在身边，现在突然见不到了，估计会不适应。佟心说。

老大还好一些，老二天天喊着要爸爸，我都不知道该跟孩子们怎么说。黄小秋说。

他爸爸是出去干事业去了，又没干什么见不得人的事，你如实跟孩子说就是了。

接下来，黄小秋又说了很多话。说她当初为什么嫁给刘学民，他们如何节衣缩食地买房子，如何不辞辛劳地赡养老人、抚养孩子，如何兢兢业业地工作。在这些絮絮叨叨的叙述中，她的表情忽而温暖恬静，忽而悲愤交加。其实，她想表达的只有一个意思：现在稳定体面的生活来之不易，刘学民不知珍惜还异想天开。

佟心越听对刘学民的同情越多，即便是夫妻，谁又能真正体会对方想要的是什么呢？

正如刘学民意料的一样，黄小秋是个能干的女人。跟佟心声泪俱下地哭诉了一番之后，她很快就恢复了元气，把生活打理得井井有条：拜访市里领导，向他们说明刘学民的真实情况；替他办理了辞职手续；以极低的工资从乡下请了一位远房亲戚帮她照顾孩子；带四个老人去医院检查了身体，帮他们每人买了一份医疗保险。

做完这些善后工作，生活又恢复了平静，她依旧每天步行去教育局上班，依旧热情地和街坊邻居们打招呼，像什么都没发生过一样。

## 43.

吴美英不用再去文化局上班了，原本就是做做样子的工作，现在家里有了孩子，连样子都不用做了。她办了退休手续，专职在家带孩子。又从省城请了月嫂，在月嫂忙不过来的时候她就搭把手。这个孩子为他们增添了无穷的乐趣，连赵治平都不得不承认：她做了个无比正确的决定。

但这个孩子到底该管她叫妈妈还是叫奶奶？按照吴美英的想法，这孩子是赵腾飞的，应该管她叫奶奶。但赵治平坚持让孩子管她叫妈妈，理由是：如果孩子管她叫奶奶，人们就会知道这是赵腾飞的孩子。既然办理了正规的收养手续，就应该让孩子管他们叫爸爸妈妈。

如果这孩子管你叫妈妈的话，你就比我低一辈。你就不能管我叫嫂子了，你得管我叫婶子。赵腾飞妈妈竟然和吴美英开起了玩笑。她已经可以正常说话了，只是腿脚还不方便。

嫂子，你真是老糊涂了。我们盼着你身体恢复，你现在能说话了，说的却是不着调的胡话！吴美英也满脸笑容地打趣。

叫什么不重要，叫我们爸爸妈妈也是为了掩人耳目，只要咱们知道这是老赵家的孩子就成。赵治平说。

治平说得对，叫什么不重要，重要的是咱们赵家有了男丁。我们俩得好好谢谢美英，如果不是你运筹帷幄，这事还不知道怎么收场呢。赵修齐说。

你是该好好谢谢我，这种事你们大老爷们儿还真搞不定。吴美英也不谦让。

事实上，这件事确实让吴美英费了一番心思。先是说服了佟心，让她接受现实；接着找到卫生局局长，让他安排梁媛去省城进修。实际上这半年梁媛哪都没去，吴美英给她在省城租了一套三居室，雇了专职保姆，让她在省城生孩子。

起初，梁媛并不同意把孩子送给他们，但当她接到市卫生院的调令，还是动心了，仔细想想，还有比这更好的结果吗？市长夫人鞍前马后,想办的事都替她办了,再不答应,就太不识相了。

赵腾飞的这次出轨,不仅没让他仕途受损,反而让赵家多了个儿子。四个老人围着孩子笑逐颜开的时候,差点就开口表扬他了,这是个皆大欢喜的结果。现在,唯一需要做的就是修补他和佟心的夫妻关系。她从医院回来后,就搬到另一个卧室睡了,他们已经好几个月没在一起了。有好几次,他洗漱完毕,穿着睡衣凑到她床边,她都不冷不热地说:我来"大姨妈"了。

两周前你也是这么说的,你"大姨妈"来得可真勤。话到嘴边,赵腾飞又咽回去了。他尴尬地拉上门,回到自己房间里。佟心这种不冷不热的态度,让他想起在都城的那些日子。每次吵架,她都会把他赶到客厅去,随后的几天,他不得不低眉顺眼,各种讨好。赵腾飞恨透了她的性惩罚,感觉自己像一只拴着绳的狗,被她攥在手里。赵腾飞觉得,他们的性爱并不是充满激情的精神交流,而是物质生活的一部分,是从那些琐碎的争吵和卑微的讨好中得来的。但没有办法,他只能任她摆布,因为那时候他对她充满欲望。并且,他自认为是个没什么本事的男人,他们一直生活在经济压力之下,这让他觉得自己亏欠她。

现在,情况完全不同了。首先,对于做爱这件事,他已经不像二十多岁时那样渴求,他已经对夫妻之间的性事失去了兴致,之所以还愿意继续流露出祈求的眼神,完全是习惯使然。其次,在生活上,他并不觉得自己对她有什么亏欠,她所有的物质需求他都可以满足。他可以毫不愧疚地对她说,你是邑城最有尊严的女人,不用担心生病住院挂不上号,不用操心孩子上不了好学校,更不用在逛商场时眼巴巴地盯着价签。这一切都是他辛苦奋斗得来的。

遗憾的是，她似乎并没有觉察到这些变化。难道女人可以仅凭性事就控制男人一辈子吗？难道她到现在还没有意识到婚姻的本质是一场势均力敌的对抗？一旦一方失去了力量，这种对抗就会因为打破平衡而失去意义？赵腾飞知道那个孩子伤害了她，但她应该学会接受现实，应该向婶子学学，做一个知趣的女人。

端午节前一天，吃完晚饭，两个人坐在客厅里看电视。赵腾飞从公文包里取出一沓购物卡放在茶几上。

明天去商场买几身衣裳吧，你好像有段时间没买衣服了。

有什么好买的，女人到了我这个年纪，穿什么不都一样吗？佟心不抬眼。

人靠衣服马靠鞍，无论什么年纪，该买还得买。明天晚上，咱们和徐书记一家吃个饭，你还是准备一下，以示对人家的尊重。

我可以不去吗？

那怎么行，这是家庭聚会，你怎么能不去？

我就想待在家里看会儿书。

她的眼睛一刻不停地盯着电视，其实电视也没什么可看的。佟心的回答让他感到愤怒，这不是拒绝，而是赤裸裸的挑衅。赵腾飞觉得她说身体不舒服都行，但她偏不那样说。我就想在家里看会儿书，多么冰冷的理由！

赵腾飞点着烟，踱步到阳台上，隔窗远眺。邑河边有人在跑步，路灯下的柳枝泛着嫩黄的绿光，初夏的暖风吹着他胸膛。这不应该是个吵架的夜晚，无论如何，明天的饭局都已经约好了，他需要拿出点耐心来跟她好好谈谈。他回到客厅，搬了一只凳子，坐在她对面。

亲爱的，你听我说，我知道你还在为那件事情难过。但它已经过去了，生活还得继续。我希望你能放下这件事，高高兴兴地去参加明天的聚会。你知道的，我做市委办公室主任这件事，虽说是叔叔运作的，但他毕竟不是一把手，最终还是人家徐书记拍的板。人家对咱有恩，这个饭必须得吃，还得开开心心地吃。我希望你能配合一下。赵腾飞说。

我有那么重要吗？佟心反问道。

你当然重要，我必须得让人知道我是个有老婆的男人。他挤出一丝办公室主任的职业微笑。

你怎么不让别人知道你还是个有情人、有私生子的男人呢？佟心脸上满是嘲讽和鄙视。

赵腾飞的微笑像一朵烟花，瞬间绽放之后，留下了漫天的硝烟。

这件事已经过去了，别没完没了。你以为我愿意和别人吃饭吗？我告诉你，我也不愿意出去和人吃饭，我也愿意待在家里看书。可我是个男人，必须出去应酬，得经营人际关系，我得想办法往上爬。如果我不去做这些，你凭什么坐在家里看那些没用的书，画那些没用的画？你看看黄小秋，再看看你自己，知足吧！别再为屁大点事跟我没完没了啦！赵腾飞涨红了脸，以一只脚为重心叉着腰站在客厅中央，像一支坚硬的圆规，要为脚下人家画出形状。

什么意思？我整天都在干没用的事，我靠你养着？所以，我什么都得听你的？我没有上班，没有工资吗？不要以为你每个月能往家里拿几张购物卡就怎么样了。我告诉你，那些破玩意儿我从来就没动过，都在抽屉里放着呢。你不要以为你做了主任就了不起，就可以高高在上了。我告诉你，我不在乎这些，一点也不在乎。

赵腾飞脑海里一片纷乱，唯一清晰的是明天晚上的饭局。这是他的底线，不可破坏的底线。如果战争继续升温，明晚饭局上的尴尬就无法避免了。他咬着牙又一次踱步到阳台上，想抽支烟平复一下烦躁的情绪，打火机却出了问题，一连按了几次也没打着。一股不可遏止的怒火升腾起来，他狠狠地把打火机摔在地上。打火机爆炸的声音把佟心吓了一跳，她站起来走回卧室，狠狠地摔上门，又是砰的一声。

爸爸，你们能不能不吵架？哆哆从房间里走出来质问他。

他想说，不是他要吵架，是妈妈要吵架，今晚的战火是妈妈挑起的，他想给哆哆讲道理，但他没有那样做，她还只是个孩子。

对不起，是爸爸不好，我向你保证，不和妈妈吵架了。赵腾飞走过去想抱抱哆哆。还没走到她身边，她已经转身回房间了。

赵腾飞坐在客厅里抽烟，一支接一支。深深地吸进去，缓缓地吐出来，他重复着这个动作，一旦停下来，就会无所适从。他想起曾经看过的一篇文章，大概是说，婚姻是一口盛豆子的缸，结婚之前是往缸里填豆子，结婚之后是从缸里取豆子。这个夜晚，当他坐在客厅里抽烟时，他看见自己的缸里空空如也。

看看她那张冰冷的脸，像一块竖立在寺庙门口的石碑。没有笑容，没有温度，唯一的区别是它不像石碑那样光滑。赵腾飞搞不明白，她为什么会变成现在这个样子？可以确定的是这副样子不是那个孩子造成的，至少不全是。因为在他认识梁媛之前，她就是这个样子了。

她从来都没有融入这里，没有接受这里的生活。她拒绝伺候公婆，拒绝和亲戚们打成一片。对在这个城市里她唯一愿意接触的人——黄小秋，她也失去了兴趣。她不止一次在他面前表达对黄小秋的不满。她总是一副自以为是的姿态。实际上，除了每个月从学校领回点工资，她对这个家庭几乎毫无贡献，她没有任何骄傲的资本！她到底想要什么？难道现在的生活还不够滋润吗？当初从都城回来，是他们两个人的决定，既然做出了这样的决定，就应该共同努力，在这里找准自己的定位，把生活过得有滋有味。她为什么就不能妥协一点呢？把日子过得这么拧巴，对她又有什么好处？

当他重新点起一支烟时，眼前浮现出另一个女人。坦率地说，这个女人身上缺乏一点文艺气质，他们在一起的时候从没谈论过什么电影、文学或历史，但她身上有一种田野里冒出来的清新，让他觉得新鲜、真实、温和。当他们躺在卫生所的单人宿舍里，她总是充满柔情地看着他，那眼神像中学课堂上那些无知而虔诚的小女孩。她对他充满着崇拜和渴望，乐于倾听他那些酒桌上的故事。对于他在镇上工作时做出的那些成绩，她更是佩服得五体投地。她一次次把他的脑袋拥到胸前，任由他抚摸她浑圆的臀部。直到她怀上他的孩子，他们才第一次发生冲突。

想起梁媛，他感到踏实，并且充满激情。但眼下的问题是他必须得到佟心的谅解，明天的饭局非常重要，他不能让别人看出他们夫妻不睦。他来到卫生间，洗了脸刷了牙，冲着镜子活动了一下面部肌肉，然后走进卧室。

你听我说，我知道我们之间出了点问题，每个人的婚姻都不可能一帆风顺，我已经向你认过错了，今天我再次向你道歉，希望你能放下那件事。我们从头再来，好好过日子。

赵腾飞一脸真诚，只字不提明天聚餐的事。他知道，只有她在内心里真正谅解他了，他们才可以谈吃饭的事。

你说的那件事是指哪件事？是说你的私生子吗？她看起来平静了许多，裹着被子侧躺着，眼睛盯着窗户。他讨厌她用“私生子”这个词，但没有办法，她从不放过任何一个用这个词的机会。

嗯，是这件事。

我已经放下了，我没有讨厌那个孩子。如果你想把孩子抱回来抚养，我也可以接受。她的目光离开了窗户，转向他。

你没有放下，你还在生气。他不相信她说的是真的。

我真的已经放下了。

好吧，就当是真的吧！赵腾飞无奈地说。

什么叫就当是真的？我说的本来就是真的。

她的情绪又不正常了。赵腾飞对自己说，耐心一点，再耐心一点。

我相信你说的是真的。那么，我们是不是应该像以前一样，就像在都城那样，生活得更快乐一些？

你觉得我们在都城时快乐吗？她反问道。

至少比现在要好吧？那时候虽然经济压力大一些，但我们生活得很充实，很有力量。我们经常去看演出，周末宅在家里一起做饭，高兴的时候还可以喝两杯，也算是有滋有味！可现在，你总是板着脸，好像很不开心。我以为是孩子的事情造成的，但你又说你已经放下了。如果你真的放下了，就不应该板着脸。其实，你仔细想想，我们应该感到幸福，应该对现在的生活感到满意。

他发现她的眼睛里闪过一丝柔和的光芒，他要抓住这个机会达成和解。于是，他从都城生活里尽可能地找出一些快乐，让她回忆一下过去，然后珍惜当下。

你知道我为什么整天板着脸吗？

为什么？

因为我感觉不到快乐，也不会假装快乐。还有一件事，我不是很确定，我担心说出来会伤害你。她说。

没事的，你说吧。赵腾飞心平气和地说。

我觉得我已经不爱你了。佟心说。

哦，我还以为是什么事呢！

赵腾飞的脸上掠过一丝奇怪的微笑，他以为她要说什么重要的事情，事实上并没有什么重要的事情发生，她只是说了她的感受，这并没有伤害到他。在赵腾飞看来，到了这个年纪，再谈什么爱不爱的会让人有些别扭，那应该是年轻时说的话。现在最重要的是生活，是两个人在一个屋檐下，照顾好老人，抚养好孩子，干好自己的工作。甚至，做一顿好吃的饭，都比谈论“爱”要重要。

你知道我为什么不爱你了吗？但显然眼前的女人不这么想。

不知道，你说说看。赵腾飞问。

我觉得你不像个男人。

她翻身坐起来。看来，她打算和他推心置腹地聊天了，只要她愿意心平气和地聊天，他就可以把这个夜晚带入和谐，明天晚上，他们就可以高高兴兴地去参加聚会。至于她说什么，并不重要。

为什么我不像个男人？他问。

因为男人身上应该有的一些品质，在你身上看不到了。

你说的品质是指什么？他追问道。

比如勇敢。你在领导和父母面前总是很谦卑，很顺从。很多时候你并不同意他们的意见，但你从来都不敢大声说出自己的想法，一次也没有，尤其是在你叔叔面前。你是个孝顺的孩子，听话的下属，却不是个真正的男人。真正的男人有自己的想法和主见，不会臣服于他人。再比如大度。我们回到邑城六年了，听你说得最多的是如何应对办公室里的斗争，如何赢得领导的肯定，如何不惹你叔叔生气，却很少听到你对工作的规划和设计。你整天都在被微观的东西困扰，和领导吃饭应该喝白酒还是红酒？叔叔过生日应该送双鞋还是件衣服？这就是你每天都在思考的事。

你说得很对，我应该考虑老城区到底该不该拆迁，新城区这边是否有必要再建一个公园。可是，你觉得我考虑这些有用吗？有意义吗？我现在只是个给领导服务的角色，给领导服务而已，你知道吗？他不得不打断她。她的天真让他觉得好笑。

你让我把话说完。除了刚才说的那些，还有一点，就是幽默。男人的幽默在你身上完全看不到了，你原来会说一些逗人发笑的话，现在没有了。不光是在我面前没有了，你和他们打麻将时也说不出什么好笑的话了，倒是学了不少粗俗的话。

说完了吗？赵腾飞又一次感到厌烦。

说完了。

你知道我为什么会变成这个样子吗？

我知道，你想说你是为了这个家，为了往上爬，为了我和孩子过得更好，对吧？谢谢你。可我想告诉你，我并不在乎你是否能往上爬，是否能当官。你自己扪心自问一下，你所做的这一切仅仅是为了我和孩子吗？难道就没有你自己的虚荣，你父母的虚荣在里面？你到底是在为你家人奋斗，还是在为我和孩子奋斗？我希望你能理解我的话，我希望你活得真实一些。

他简直没法回应她的问题，她到底想说什么？想让他怎样生活？她总是把自己和他的家人对立起来，难道大家的目标不是一致的吗？不都是为了生活得更富裕、更体面吗？虚荣也好，真实也罢，这就是生活本来的面目。他现在正在最真实的生活中奋斗，难道邑城还有比他赵腾飞更积极、更体面、更真实的人吗？

你觉得画画有意义吗？他另辟蹊径，想从另一个角度来说服她。

有意义！

有什么意义？

画画是一种交流。人与人、与环境、与自己的交流，画家可以通过作品表达他对世界的看法，对人生的思考。观众可以通过作品与作者进行交流。

她对他今天晚上的态度感到满意，他显得很有耐心。所以，她第一次有兴趣来跟他谈谈什么是绘画，只有他理解了她，他们才能在精神上达成某种和解。

是的，人是需要表达对世界的看法，需要思考。可是你有没有想过，思考和表达本质上都是没有意义的。世界就在那里，你有没有看法它都是那样；人生也在那里，你思考不思考都得活下去，都得通过工作去赚钱买衣服，都得一日三餐，都得……

OK，OK，我同意，你说得有道理。我们还是讨论一下明天的饭局吧，你觉得我应该去买件新衣服还是就穿那件黑色的连衣裙？没等他说完，她就打断了他。

她后悔跟他谈论这个话题，这种尝试是徒劳的。现在，是时候给他一个答案了，他这一晚上的耐心不就是想让她参加明天的饭局吗？

黑色的连衣裙很漂亮，也很庄重。但我觉得你还是买件鲜艳点的衣服更好，明天来聚会的都是长辈，咱们应该穿得年轻一点，你说呢？

好，听你的。她已经溜进了被窝，两眼无神。

赵腾飞感动得鼻子都酸了，他终于依靠语言征服了她。这一晚上的耐心得到了回报，他得到了想要的结果。他抓住她的手在脸颊上碰了一下，他们很久没有这样亲昵过了。接下来，他打算去冲个澡，然后来她的卧室里过夜。

我有点累了，你回去睡吧，明天还要早起上班。

赵腾飞站起来僵持了一会儿，想要说什么，但什么也没说。只是冲她笑笑，说了句晚安。还能再说什么呢？这个夜晚已经够完美了，还是不要再节外生枝了。

第二天的饭局进行得热烈而温馨。徐书记和赵治平喝了不少酒，这对配合了六年的工作搭档表达了对彼此的欣赏。谈起赵治平即将结束的政治生涯，他们叹惜不已。徐书记很快就把话题转移到赵腾飞身上，充分表达了对赵腾飞的肯定，以及对他政治前途的期许。整个晚上，佟心都在安静地倾听，保持着礼貌的微笑。只是向徐书记敬酒的时候，表现得不够成熟，她一句祝福的话都没说。不过，赵腾飞已经很满意了。他知道她已经足够配合，很难再对她有更多的要求了。

## 44.

周一清晨，王厚生带了两瓶花来。花瓶是从鲜花店里买的，花是前一天在邑河边上采的。他走进办公室时，佟心还没到，画室里空无一人。他们的办公室就在画室里，两张发黄的木桌面对面放着。王厚生把花摆在两张桌子中间，但桌子不一样高，放在正中的位置并不稳当，他只好把花放在自己办公桌上。过了一会儿，他又觉得这样摆放不合适，佟心不会明白这花是送给她的。况且，两瓶花全放在自己桌上，也很不协调。他把一瓶花移过去，放在了佟心的桌子上。

他不是第一次用这种模糊的手法向她表达爱意，连他自己都觉得幼稚。但没办法，他只能一点点试探，他很清楚大胆示爱的结果——他可能会失去与她正常交流的机会。

从见到佟心的那天起，他就丢了魂。在邑城，不可能再遇到佟心这样的女人，她身上有种与生俱来的高傲。走起路来目不斜视，昂首挺胸。她的脚步不像其他女教师那样慵懒，也不像家庭主妇那样匆忙，她像是接受过某种严苛的训练，不急不缓。她的衣着搭配总是恰到好处，与她高傲的气质相称。这应该是她学习美术的结果，她能把美术理论里关于色彩搭配的知识运用到穿衣打扮上来。她站在窗前远眺时，喜欢紧抱双臂，置于胸前，鼻翼微收，若有所思。王厚生痴迷于佟心的站姿，那是他见过的最美的素描画。

起初,爱情带来的恐惧让他感到紧张,不敢直视她,不与她说话。但工作中不得不进行的正常交流让他逐渐打消了恐惧。只要不谈论爱情,他便可以口齿清晰、思维缜密地与她交流。没课的时候,他们可以一下午都坐在办公室里谈论绘画技巧,或者是美术史。她的外表让他觉得高不可攀,但那些愉快的交流给了他不少满足。

现在,离他们第一次见面已经过去了六年,她的身材变得丰盈,修长的脖子在侧过脸时会露出一些皱纹,但这一点也不影响他对她的爱慕。因为她那浸在骨子里的迷人气质,并没有随着时间的流逝而消失。

她刚到邑城的那年,他差点步入婚姻。妈妈的同事帮他介绍了电信公司的营业员,那是个眉目清秀的姑娘。他们交往了半年,到了谈婚论嫁的时候,女孩家人要求他给她弟弟买一套房子,这并不是很过分的要求,却被他断然拒绝了。那姑娘很快就嫁给了一个服装店老板。此后,再也没遇到过他愿意谈婚论嫁的女人。

随着年龄的增长,他的婚姻大事变得越来越困难。在外人看来,他是因为“强奸女学生事件”坏了名声,实际上并非如此,他把所有的心思都放在了佟心身上。在他看来,和佟心一起工作比和某些姑娘做爱都要快乐。他喜欢上班,每天第一个到校,最后一个离开。因为爱情,他变得好学上进,工作不再是哄孩子那么简单,他把它当作一份郑重的事业来认真对待,把大学里所学的专业知识毫无保留地传授给学生,还利用空闲时间免费帮学生们补课。因为在教学上的突出表现,他得到了校领导的褒奖,也赢得了她的一点点好感,但也仅限于此,他们不可能再有其他进展。白天,他在办公室里享受与她交流的愉悦,晚上回到家,他不得不依靠双手解决生理需求。

一年前,他对这种纯粹的精神暗恋失去了兴趣,感到绝望和厌倦。校长给他介绍了一位教语文的女教师,比他小两岁,是一位单身妈妈,刚刚在车祸中失去了丈夫。在很多人看来,他们是般配的一对,一位年近四十的普通教师,不可能再找一个未婚女人了。这位单身妈妈接受了他,对他唯一的要求就是将自己的孩子视如己出。他们彼此知根知底,不需要太多的试探和了解,很快就住在了一起。但到了谈婚论嫁的时候,他又一次退却了,因为他听到了一个让他振奋的消息:佟心的老公出轨了,还有了私生子。他认为他们的婚姻必定出现重大变故。重新燃起的希望让他毅然决然地抛弃了女教师,这件事毁掉了他所剩无几的声誉,再也没人帮他介绍对象了,所有人都知道他是个不靠谱的男人。

谁拿来的花?佟心走进办公室,瞥了一眼桌上的花,擦了一遍桌子。

送你的,佟老师。他已经有勇气直接向她表达了,反正她也不会大惊小怪。

哦,谢谢你!她把花往窗户边移了移,拿起抹布去了水房。

她就是这样,不鼓励也不打击,装作不明白,装作这是同事之间正常的礼尚往来。如果有一天他拿出一枚钻戒递到她面前,她也只会瞥一眼,然后随手塞进包里,像是收到一个玩具魔方一样。她那样灵透的女人,不可能不明白他的心思,她只是装作不明白。实际上她很享受这种被追逐的感觉,想想她的年龄,看看她暗淡的眼神，就知道她的婚姻有多么不堪。她像一朵深秋的花，依依不舍地享受着最后一缕秋阳，她需要他的赞美，需要他的追逐。她享受着他全身心的爱怜，却不肯给他任何回报。

有一段时间，他感到愤恨，觉得她是人们口中的“绿茶婊”，不再对她传递爱意。不替她擦桌子，不帮她收拾绘画工具，她和他说话，他也摆出一副爱理不理的样子。但这些变化在她那里没有任何回应，她像什么也没觉察到一样，该干什么干什么，该说什么说什么。他又不得不自我安慰：她是个有夫之妇，她丈夫是市委办公室主任，你能让她怎么办呢？她不可能离婚，更不可能做你的情人。

这花从哪里采的？还挺好看的。她终于擦完了桌子，备好了绘画工具，坐下来认真地看了一眼他的花。

邑河上游有一条小溪，河滩上到处都是这种紫花地丁。王厚生答道。

远吗？她问。

不远，二十多里地，开车的话二十多分钟就能到。不过路不好走，车只能开到国道边，还有二里地需要步行。

除了花，还有别的吗？佟心问。

还有山呀！那片花海就在邑山下，是个写生的好地方，你想去看看吗？他试探着。

想呀，时间方便的话我就去转转。

要去就得这个星期去，花期很短，估计到下星期，这些花就该谢了。他说。

那我就周末去吧。她只是说自己的计划，与他无关。

周末人多，要不明天去吧，我给你带路。王厚生提出这个建议后，转身走向画室一角，装作寻找什么东西，实际上他正在紧张地等待她的判决。

我想想看哦，明天下午有没有什么事。她若有所思。

王厚生不答话，继续等她的决定。

应该没什么事，那就明天下午去吧，你开车？她说。

好，我开车。王厚生盯着一尊石膏像，差点笑出声来。

我们在邑城公园东边的小路上会合，下午一点，你在那边等我就行。

她声音舒缓，表情平静，像是和闺密相约去逛街一样。但她显然知道这是一次男人和女人之间的约会。她在答应他的同时，已经想好了如何避开人们的目光。

她确实需要出去走走，需要去大自然中寻找一点慰藉，一潭死水的生活让她感到厌倦。上次和赵腾飞深谈之后，她就知道，他们的婚姻已经成了一只丑陋的垃圾桶，再也装不进任何有价值的东西，那里面的味道已经凝固了。她感到疲倦，无法抑制的疲倦。

他们都曾试图做一些改变，比如出去旅行一趟；一家三口去新开的西餐厅吃一顿丰盛的西餐；或者去电影院看场电影。但这些提议都很难付诸实施，要么是某个人没有假期，要么是一个简单的选择分歧让另一个人兴趣全无。总之，他们已经很难再在一起做一些积极的事情了。

这是一个静谧的秋日午后，天高云淡，溪流潺潺。河滩上布满了紫花地丁，一片片，一团团，紫得宁静，紫得温婉。距离城市这么近的地方，就有这么一处世外桃源，她竟然浑然不知。河滩上有许多光滑的石头，一棵大杨树斜躺在河流之上，显然是刚刚过去的那场洪水掏空了它的根基，但它依旧枝繁叶茂，没有一丝死亡的迹象。已是深秋，这里依旧充满生机。

这些紫花地丁真美，可惜马上就要败了。王厚生说。

它们明年还会再开。说完这句话，她心里一阵酸痛，是呀！花败了还会再开，人呢？人枯萎了该怎么办？

她撑起画架，调好颜料，准备记录下眼前的景色。但当她做完准备工作，却没心思下笔了。眼前这些充满生机的溪流、鲜花和无名草，不应该只将它们画下来，应该走进去，与它们亲密接触。于是，她又收起了工具。

我们在河滩上走走吧。她提议。

好。他像一个安静的随从，跟在她身后。他们沿着河滩一直往山脚下走。这样的场景，该说点什么呢？佟心完全没有交流的欲望，她只想机械地走下去，眼前的风景就是最深沉的交流对象。王厚生心里翻腾着，却没找到一句合适的话。

你冷吗？

不冷。

饿吗？

不饿。

除了这两句尴尬的对话，他们再也无话可说。一直到太阳落山，他们才驻足在山脚下。如果不是天色渐暗，她还会继续走下去，走进那色彩斑斓、秋意盎然的深山里。

那是什么？山坡上有大一片高大的植物，白色的枝叶像羽毛在风中摇摆。

是芒草，草原上很常见。怪了，咱们这里竟然也有这东西。

王厚生答道。

真好看。她惊叹道。

王厚生一个箭步蹿了出去，他在河滩上奔跑，然后穿过一片田野，爬上了山坡。他瘦弱的身影像一名高中生。回来的路上他摔了一跤，满手是泥。他拽了一把草擦了擦，然后把一大捧芒草递给她。

给你！他的眼神像发烫的水，添一把柴，就能咕咕作响。

手划破了？她问。

不碍事。

给我看看。呦——都破皮了。她拉过他的手，捏住他的指尖说。

佟老师，你真好看！他先是抽回手不让她看，又突然伸出来握住了她的手。

哪里好看了？她想缩回手去，但他拽得很紧。

哪里都好看。

那是你没见过更好看的。

谁说我没见过！电视里的女人我见多了，都比不上你好看。佟老师，你知道吗？从你来到邑城那天起，我就丢了魂。上课睡觉都想着你，见到你又害怕得要命。我曾想，如果能跟你睡一觉，就是死了也愿意。他有些语无伦次。

你们男人！什么喜欢呀，爱呀，都是假的。脑子里想的还是跟女人睡觉。她说。

他们在一块大石头上坐下，眼前这个男人像一张铺开的纸，空洞又舒展。佟心犹豫着，不敢轻易下笔，怕画错了画。

佟老师，我不是那个意思，我知道我配不上你，和你在一起是想都不敢想的事。我现在就想着,只要能跟你在一起工作,天天能见着你,就够了。

你为什么不找个人结婚,好好过日子呢?她问。

没见到你时,我是想着结婚呢,见到你之后就不想结了。他说。

你不该这样想,我是有家室的人,孩子都上小学了。我们做个普通朋友,在一起聊聊天,不挺好的吗?

王厚生不说话,沉默了好一会儿。她转身看他时,他竟然满脸眼泪。

大男人,怎么还掉眼泪?她拍了一下他的肩膀,想给他一点安慰。他却顺势倒在她怀里,脸埋在她膝上。这个可怜的男人,多么招人怜惜!他身上散发出一股清新的泥草味,精瘦的身体热得发烫,他嘴里呼出的热气穿透了她的裙子,湿热的气流在她腿上爬升。她有些慌乱,不由自主地伸出手,去抚摸他黝黑的脖颈。这一摸不要紧,怀里的男人像领了奖状的小学生,兴奋起来。他的两只细胳膊勒住了她的腰,喘着粗气,在她怀里乱拱,从腰间到胸前,再到脖颈……

她的脑海里浮现出赵腾飞的身影。面孔是模糊的,只记得他沉重的身体压得她喘不过气,他们上一次亲热是几个月前的事了。他醉醺醺地爬上来,手都懒得动,只用嘴巴在她身上磨蹭,笨拙的双手在她身后折腾了好一阵子,也没能解开胸罩。他竟然就此放弃,一转身,沉沉地睡了。

佟心,谢谢你,谢谢你,我真的很爱你!王厚生胡乱地表达。

他把她推倒在草丛里,他的力量让她挣脱不开。直到他掀起她的上衣,把手伸到她背后,试图去解开胸罩,她才猛然清醒,推开他翻身站了起来。

我不能害了你。她说。

求求你了，让我再抱抱你好吗？他坐在草丛里，可怜巴巴地祈求。

时候不早了，我们回去吧。她转过身，朝河滩下游走去。

对不起，我刚才太激动了。在车里，他恢复了平静。

她靠在车窗上，看着路边的灯光，一句话也不想说。

听说老城区要拆迁了，我家在那边有一座小院，如果拆迁的话，能换两套大房子。我这些年的工资一分都没花，一直攒着呢，有三十多万。我妈说，我结婚的时候他们会给我买一辆宝马车……佟老师，你在听我说吗？

嗯——

我有个同学在省城办美术培训班赚了不少钱。如果……呃，如果我们能在一起的话，我会辞职去省城，应该比现在赚得多。我还想在新城区开一个咖啡馆，现在邑城喜欢喝咖啡的人越来越多，却还没有一家像样的咖啡馆……

他喋喋不休地说着自己对未来的规划，直到他发现她已经眯上了眼睛，连哼都不哼一声。

把我还放在公园东边的小路上吧。她说。

那里没路灯，太黑了。再往前走一段，离你家近点。

好吧，随你。她说。

他又往前开了一会儿，在距离她家最近的十字路口停了下来。

她整理了一下头发和衣服，说了句谢谢，然后朝小区走去。赵腾飞还没回来，她第一次觉得，他不回家是件让人轻松的事情。当她洗了澡,穿上睡衣,躺在床上的时候,刚才发生的事情开始在她脑海里回放。实在有些唐突,今天出门的时候可没想到会发生这些,如果她没有推开他,接下来会发生什么?会在河滩上做爱?那样的话就真是太疯狂了。他的眼神温柔得让人无法拒绝,事实上,她已经被他点燃了,他再坚决一点,她就失去了抵抗的力量。所幸他们停下来了!

她想起来了,王厚生竟然谈起他的家产。这个可怜的人,想得真是太远了。

## 45.

第二天,赵腾飞妈妈过生日。老太太已经可以自理了。医生说她需要活动,干点儿活对她有好处,但她只在家里活动,出门时还是习惯坐在轮椅上。她不愿让人看见她难看的走路姿势,她担心自己的走路姿势会影响儿子的形象。他是政府大楼里的领导,她不得不顾及这一点。

赵腾飞妈妈穿一件暗红色的缎面外套,安静地坐在轮椅上,她的妹妹在身后推着她。邑城大酒店里高朋满座,除了家里的亲戚,还有很多她不认识的人。所有人都会来到包间里向她祝寿,说一些好听的话。赵腾飞站在身后,不时地向她介绍来宾的名字和职位。

开餐之前,全家人来到酒店大堂合影留念。她和赵修齐坐在最前排,她抱着小孙子,哆哆站在他们中间,身后是亲戚们。摄影师按动快门时,人们齐声高喊"茄子"。那一刻,幸福达到了顶点。多么幸福的一家！她所想的都如了愿，还有什么不满足的呢？

唯一让她感到烦心的是儿媳妇。她像一双小号的鞋穿在这个家的脚上，随时随地让人难受。如果说为了顾全大局，儿媳妇之前的种种不是她还勉强可以接受的话，那么，昨天晚上赵腾飞姑妈给她说的事情，则是她绝对不能接受的。对于他们赵家人来说，简直是奇耻大辱，她必须要出面找她谈谈，告诉她如何做个称职的媳妇。

宴席一直持续到下午两点多。送走客人，亲戚们又回到家里，再吃点水果和甜点，让欢乐的气氛再持续一会儿。

男人们在客厅里聊天，腾飞妈妈把佟心唤到卧室里问：你昨天晚上干吗去了？

没干吗呀！佟心意识到气氛有点不对。婆婆的脸又恢复了中风时的样子，左侧上提，右侧下垂，整张脸像结构失调的雕塑。

你和腾飞结婚十多年了，你们俩的感情怎么样，我们做长辈的管不了，也说不着。但有一点你得清楚，女人得守妇道，要知道什么事能做，什么事不能做。腾飞是有头有脸的人，我们老赵家不允许别人在背后说三道四。赵腾飞妈妈说。

妈，你有什么事就直说，不用绕弯子。佟心说。

昨晚上是不是王厚生送你回家的？姑妈问。

是他送我回家的，怎么啦？你们是在审问我吗？佟心想起来了，昨天晚上下车时好像有一辆车停在他们后面。看来昨天晚上的事情她们知道了。

审问也应该让腾飞来审问，我之所以没跟腾飞说，是不想你俩吵架。我们只希望你能把事情说清楚，以后注意着点。姑妈说。

昨天晚上是王厚生送我回家的。放学后,我们在画室给孩子们补课。补完课他就顺道把我捎回来了,就这点事也得向你们汇报?佟心说。

你胡说!昨天下午你们根本就没在学校。昨天下午你没课,画室里也没人,我去画室看过了。姑妈再也没耐心听她编故事了。

你在跟踪我?佟心感到不可思议,姑妈竟然对她的行踪了如指掌。

跟踪你怎么了?要想人不知除非己莫为,你和那个神经病的风言风语已经不是第一次传到我耳朵里了,你不要脸我还要脸呢!你让我在单位都抬不起头,你知道吗?你要不是我侄媳妇,我才懒得管你那些破事。姑妈的话越发刺耳。

你去问问你们家赵腾飞,是我不要脸还是他不要脸?她反问道。

佟心,不是婶子说你,你想想看,腾飞是什么样的人?王厚生是什么样的人?他们两个能放在一起比吗?王厚生是邑城出了名的神经病,这种不干不净的人,你招惹他干吗?吴美英也站出来帮腔。

你们都以为我和王厚生有不正常关系是吧?既然你们都认为有,那就有吧!不过,你们在审问我之前,都先看看自己屁股干净不干净?她怒不择言。这个屋子她一分钟也待不下去了,她想出去,却发现婆婆的轮椅挡在通道上。

你说谁不干净?吴美英原本不想介入这场争吵,只想站在这里做做样子。如果佟心能承认错误,说几句软话,她打算让这件事就这么过去。可现在佟心却把战火烧到了自己身上。

谁不干净谁知道！你以为邑城人不知道你家养的那个小杂种是谁的？你以为你和万国庆的事没人知道？她歇斯底里的声音传到了客厅。

你疯了吧？赵腾飞推门进来。她还没反应过来，一记重重的耳光已经落在了脸上。

你才疯了呢，你们全家都疯了。佟心坐在地上怒吼道。

接着，她爬起来，朝赵腾飞扑去。还没走到他面前，就被姑妈架开了。赵腾飞像一头发疯的野兽，把她摁倒在床上，拳头像雨点一样落在她身上。吴美英跑过来拉架，被赵腾飞一把推开。她一屁股坐在了赵腾飞妈妈的轮椅上，两个女人又一起从轮椅上翻到了地上，房间里乱作一团。

愤怒在那一刻彻底爆发。赵腾飞的脑海里一片空白，他不停地挥舞着拳头，像是击打一个沉重的沙袋。今天中午，当姑妈跟他说起佟心的不轨行为时，他并没有感到气愤，也不觉得是多么羞耻的事。他甚至还有一点欣喜，这下扯平了，他也可以理直气壮地和梁媛继续来往了。如果不被人发现，没人说三道四，他乐意看到这样的局面。他们各自寻找快乐，再一起回到家里，像一对老朋友那样和平相处。可是她太大意，被姑妈看到了，更让他无法忍受的是，她竟然把婶子和万国庆的事情抖搂出来了。要知道，叔叔现在就坐在客厅里呢，这是他们家不能触碰的秘密。

直到另一个卧室里传来孩子撕心裂肺的哭声，他才停下来。所有人又跑进另一个卧室，眼前的一幕把他们吓傻了：哆哆手里拿着一把水果刀，脸上、手上全是血。起初，大人们以为是哆哆划破了手指，当吴美英走近婴儿车，把孩子抱起来，他们才看清楚发生了什么：哆哆用水果刀刺穿了弟弟的腿，那粉嘟嘟的小腿上全是血，还在不停地往外流。赵腾飞抱起儿子就往医院跑，紧跟在身后的是吴美英、赵修齐、赵治平……

佟心永远都无法忘记这一天，比起那些落在她身上的拳头，更让她无法忘记的是哆哆的眼神。哆哆蜷缩在窗帘下，眼睛像死鱼一般，黑白分明，一动不动。她愤怒的表情挂在稚嫩的脸上，显得异常坚定。有那么一刻，她以为哆哆疯了。

对不起，对不起，宝贝，是妈妈对不起你！她跪在地上，把哆哆揽在怀里。

我要杀了他！哆哆狠狠地说。

孩子，你不能干这样的傻事。你弟弟是无辜的，你也是无辜的，是爸爸妈妈错了，是我们错了！她使尽浑身力气抱住哆哆。

## 46.

2036年，世界杯足球赛在都城举行。我和佟心被组委会选中，参加开幕式上的太极拳表演。每个周三和周五，我们都会去郊外封闭训练。这是我老年生活里最快乐的一段时光，不用再找理由约她，每周都有两次见面机会，并且是一整天都待在一起。当然，多数时候是很多人在一起训练，但中午吃饭的时候，我们会坐在同一张桌子上。

训练的时候，我站在她身后不远处。她穿着对襟盘扣太极服，灰白相间的头发紧实地盘在脑后，身材纤细，动作舒缓有力。

做提膝动作时，会露出一截白皙圆润的小腿，不像老女人的小腿那样肥硕，也不像年轻女人那样干瘦。她的腿依旧能散发出一些肉欲，是她身上被时光遗忘的部位。她已经不再年轻，我看到的是一张布满皱纹的脸，那些皱纹像树木的年轮一样，排列整齐，井然有序。有好多次，近距离坐在一起，我有种想要抚摸她的冲动。我想象着手指从她那布满皱纹的手上滑过的感觉，并不光滑，但很柔软。

训练的间隙，老头儿们会凑到她身边，以切磋技艺为借口与她搭讪，甚至有人会在她衣柜里偷偷放一束鲜花。男人们的殷勤让她容光焕发，浮现出少女般的微笑。我庆幸自己终于弄明白了男女间的相处之道，优雅得体地站在远处。等她从人群中抽身出来，再陪她去郊外小路上散步，说一些她感兴趣的闲话。

这天，训练结束后，她邀请我去她的新家看看。

很高兴能得到你的邀请，好多老头儿都盼着能去你家做客呢！我不无得意地说。

能做个不讨人厌的老太太也是福气。年轻时，那么多人嫌弃我，讨厌我。有一段时间，连我自己都讨厌自己。好在我逃出来了，如果一直在邑城生活下去，我可能已经见上帝去了。

你不打算再找个伴儿吗？我说。

为什么要找个伴儿呢？我一个人挺好。再好的两个人，一旦住在同一个屋檐下，就难免磕磕绊绊，早晚会被琐碎的生活给折腾散了。你看现在的年轻人，不结婚的越来越多，他们都知道婚姻是个折磨人的东西。当人们物质独立、精神自足的时候，婚姻就成了一件臃肿的破袄，裹得人喘不过气。

她坐在副驾驶上指路，我们沿着郊外的山间小路前行。路边是高耸的灌木、碧绿的草场，还有一些古朴典雅的木屋别墅。十年前，经济开始衰退的时候，人们突然停下了赚钱的脚步，开始琢磨怎么生活，几乎是一夜之间，郊外成了置业安居的热点。都城周边那些荒芜的村庄很快就变成了欧洲小镇，有钱人放弃了繁华地段，开始回归自然，追逐田园风光，只有我这样的穷教授还在城里住着。

佟心心情很好，一路上都在说话。我现在只需要清静。都这把年纪了，没时间再去关注另一个人的生活，剩下这点时间留给自己。你看看陈飞扬，老了老了又娶了个小老婆，赚了那么多钱，还没来得及给家里人分，两腿一伸就走了，害得妻子儿女天天打官司。前些天，我去参加他的葬礼，他前后两个老婆、五个孩子在葬礼上大打出手，实在是可悲。她又谈起那位企业家。

他可是个了不起的人物，前几天新闻联播还播了他去世的消息。他那么有钱，应该有保健团队呀，怎么说死就死了呢？我说。

酒桌上突发脑溢血，没拉到医院人就没了。

佟心的新房子坐落在郊外的峡谷之中。一排木屋依山面河，墙壁、窗户、阳台都是木头做的，每家门前都有宽敞的场院，足够停下四五辆车。房子是江南民居风格，每家每户的屋形、色彩有所区别，既错落有致、井然有序，又丰富多彩、颇具个性。这是一处典型的富人区。我把车停在院子里，跟着她进了院落里的玻璃阳光房，一位干净利落的中年女人为我们沏好了茶。

这房子得好几千万了吧？我好奇地问。

两千五百万，还不算后期改造费用。主要是这地方值钱，盖这房子倒花不了几个钱。二十年前，估计一百万就能买这么大一块地。她端起茶杯，抿了一口，脸上露出满足的微笑。

几十年前，人们都往城里跑，越核心的位置房价越高，最贵的地方二十多万一平。现在人们又都往郊外跑，反倒是越偏僻的地方越贵。我们聊起二十年前的都城，总会有一些莫名的感慨。

听说现在城里的房子已经掉到几千块钱一平米了？她问。

几千块钱也没人要，经济一不景气，外地人都跑了。现在完全是一个买方市场，好多人卖了房子也还不清贷款，被套牢了。不过，这些和我都没多大关系，我一辈子都住在学校分的房子里，既没享受到房地产红利，也没被房子套牢。我说。

说实话，我很羡慕佟心的大房子，这里符合我对美好生活的所有想象，我很想知道她是怎么变得这么富有的。我问她，你什么时候买的这套房子？

不是我买的，是别人送的。她说。

谁这么有钱？送你这么贵的房子。

两年前，有个台湾人找到我，要买莫小诗的画，被我拒绝了。那些画是他一生的心血，我怎么能拿去卖钱呢？再说了，我都这个年纪了，要钱有啥用？这个台湾人缠了我一个多月，非让我出个价，我看他心诚，就送了两幅画给他。哪想到一个月后，他就把我拉到这里，说是买了套宅子给我。

看来这人是真喜欢莫老师的作品。我说。

那个台湾人也算是有良心，但说到底还是个商人。

怎么说？我越发好奇。

我送给他的两幅画，人家转手就在意大利拍卖了一千多万，欧元呀！我从电视里知道的，难过得一宿没睡。我不是难过卖便宜了，我是难过莫小诗不知道这个数。他做梦也不会想到，他的画能值这么多钱。他要是还活着该多好，让他听听这个价钱，死了也不亏！她眼眶里闪烁着一丝泪光。

莫老师去世时，他的画应该已经很值钱了吧？我问。

没有。他病重的时候，交不起医疗费，医院要赶我们走，我说把我的房子卖了吧，他不让，要我去卖画。我挑了几幅画找到一个画商，人家看了一眼，跟我说，一千块钱一幅，愿意卖就留下，不愿意卖就拿走。我说拿回去糊墙也不卖给你。没办法了，只能卖房，结果房子也不值钱了，和人家讨价还价好几轮，房子还没卖出去他就走了。佟心怀里那只老态龙钟的猫睡着了，她也沉沉地陷在了沙发里。

别太难过，得往好处想，毕竟有人识货了。莫老师在天有灵，一定会欣慰的。前些天，我们学校一位老教授还给我看过一幅莫老师的画。老教授是个收藏爱好者，他说莫老师的画是他收藏的最好的作品。我想再安慰她一下。

那应该是他早期的作品。我不喜欢他早期的作品，过于现实，全是生活的压抑和局促。我喜欢他临终前画的那几十幅，这些画超脱了生活，感性又热烈。那个时候，他已经绝望了，不办画展，也不在乎外界的评价，完全进入了忘我的境界。

说到这里，她打住了。一只手撑住半边脸，半眯着眼睛，仰望天空。我不知道她在思考什么，也不愿打断她。沉默了好一阵，她站起来说：走，我带你去看看那些画吧，除了我，还没人看过它们呢。

合适吗？都是些价值连城的宝贝，你不怕我起了歹心？我跟她开玩笑。

你打算偷还是抢？你不是个爱财的人，这些画对你也没啥用。她说。

我跟着她走进客厅旁边的小房间，她推开一扇隐形门，踩着灰色的青砖台阶来到了地下室。我虽然不怎么懂画，但当她打开灯，我还是被眼前的画作惊呆了。一百多平米的空间里全是主题各异的油画，四周的墙壁上挂的是装裱起来的作品，分为四个主题，分别是人物画、风景画、宗教画和抽象画。房子的中间是两排密封的玻璃柜子，里面隔成若干层，每一层平整地摆放着一幅画。这是一个无法用文字描述的奇妙世界，每一幅画都能让人产生丰富的想象，有的让人生畏，有的让人悸动，既洋溢着美不胜收的生活气息，又散发着一种让人无法理解的苦闷。

从郊外回城的路上，一种莫名的兴奋在我心中荡漾。我并非因为看过这些艺术珍品而兴奋，让我心潮澎湃的是，我和一位伟大的艺术家同处一个国家，同处一个时代。说真的，我并不懂画，但这并不影响我对他的敬畏，也不影响我从他的作品里寻找我们共同的记忆。我隐约觉得他的作品里蕴含着这个时代的某些密码，它们会因为价格高昂而被人们珍藏下去，我卑微的人生中的某种痕迹也会借由这些画作而绵延下去。

## 47.

两个月后，当佟心彻底平静下来之后，她试着理解他们，理解赵腾飞的愤怒和他的拳头。她承认自己说了过头的话，那句话撕掉了这个家庭最隐蔽的一层伪装。那是演员更衣室里的拉帘，拉开它，看到的全是裸体，丑陋不堪。

我们离婚吧。她终于说出这句话的时候心中毫无波澜。

赵腾飞并不感到意外，他如释重负。还有比这更好的出路吗？他已经无力再拯救这个家庭，它像一只困在春天里的猫，在阳光的抚慰下，眼神低垂，毛发顺滑，再也没有站起来的勇气。他不愿再和任何女人谈论情和爱，他关心的是，这干瘪又困顿的生活什么时候可以结束。

你想好了？他问。

想好了，我们都需要解脱。这也是为了哆哆，她正是花一样的年纪，却做出那样的事。她内心的仇恨是我们种下的，我想救赎孩子，也救赎自己。她说。

我得跟我爸妈商量一下。赵腾飞坐在一只可以旋转的沙发上，眉头紧锁。

去吧，商量去吧，你知道你像什么吗？

赵腾飞没有搭话。他知道，这个时候她说不出什么好话。

你像个永远都长不高的侏儒，无论做多大的官，都是个长不高的侏儒。从回到邑城的那天起，你就停止了生长。

她站起来走到他身后，抚摸着他的脑袋，面带微笑，脉脉含情。当她的手从他脑袋上移开，搭在他肩膀上时，他差点产生了错觉。他想抓住她的手，把她揽在怀里，像那些曾经拥有过的往昔一样。两个人倚靠在一起，喝点红酒，聊聊电视里的新闻，然后回到卧室，在那张宽大的双人床上发出激动的叫声。现在想来，那一切像梦境一样遥远。

离了婚，你打算怎么办？他问。

带着哆哆回都城。

你不是不喜欢都城吗？他问。

我喜欢，我比以往任何时候都喜欢都城。邑城生活对我唯一的意义，就是让我意识到我还是喜欢都城，那里才是适合我生活的地方。

也许我们不该回来。赵腾飞说，语气里满是诚恳。

都城把人拉得越来越远，邑城把人捆得越来越紧。远的时候觉得孤单，紧的时候又感到窒息，如果非得做出选择，我还是选择孤单，至少人是自由的。她坐在沙发上，看起来很平静。

赵腾飞起身沏了杯茶，顺便给她倒了杯水。谈话的氛围轻松、友好，他还想再说几句她喜欢听的话，让她不至于太过伤心。但他们都知道，一旦做出这个决定，说什么话都已经不重要了。谁都伤害不了对方，也温暖不了对方。

她继续自言自语：对你来说，回邑城是个正确的决定。回来之后，我才真正了解你，你属于邑城，你在这里得到了你想要的东西，也展示出了你的真实面目。

第二天，赵修齐来了。他对儿媳妇已经彻底绝望，当他听到她和王厚生的事情之后，就下决心要让这个女人离开他们家。现在她自己提出要离婚，是再好不过的。他需要以家长的身份，和她谈谈相关事宜。

你们要离婚，我不拦着，但哆哆得留下。赵修齐说。

为什么？佟心问。

因为她是我们老赵家的孩子。

她是我生的。她说。

是你生的没错,但她是我们赵家的孩子。赵修齐坚定地说。

我要是不同意呢?

不同意,就起诉离婚,让法院判决,法院说孩子归谁就归谁。赵修齐说。

我不会和你们打官司,谁都清楚你们在邑城的势力。佟心说。

那就把哆哆留下,剩下的事情都好谈。

赵腾飞有儿子,我走了,他正好可以把儿子接回来。如果你们非逼着我把哆哆留在邑城,我也不会去打官司,我会把你们家的事情都说出去。不光是赵腾飞的事,吴美英和万国庆的事,还有赵腾飞给我说过的那些政府大楼里的事。

赵修齐脸上一下子就没有了颐指气使的神气。他想再扔一句狠话,结果只说了一句:随你们便吧!

他们只用了一个下午,就分清楚了财产,又用了一天时间整理她和哆哆的物品。赵腾飞让司机帮她把东西送到快递公司。周五上午,他们来到民政局,在局长办公室里,办事员按照流程问了几句话,就给他们发了离婚证书。

晚上一起吃个饭,明天我送你走。赵腾飞说。

这是传说中的散伙饭吗?站在民政局门口,她笑靥如花,没有一丝伤悲,就像他们第一次见面时那样。那些压抑的和温馨的日子都打上了休止符。

饭总是要吃的嘛!不管怎么说我们都还是哆哆的父母。他差点要说出一堆肉麻的话来,但还是打住了。

我买好了车票,下午就走。她说。

这里有一些钱,你和孩子在都城用得着。赵腾飞递给她一张银行卡。

谢谢！她犹豫了一会儿，然后接过银行卡，转身离去。

原计划办完离婚手续去跟黄小秋道别，但从民政局出来的时候，她打消了这个念头。她想马上离开这里，她已经迫不及待地想要登上火车。昔日旧情已经不足以让她去做一个礼貌的道别，黄小秋那张幽怨的脸只会让她徒增烦恼。可以想见，她听到这个消息时会大吃一惊，然后拼命地劝她：你不应该如此草率，两个人过日子难免磕磕碰碰，你们好好聊聊，会好起来的，你知道多少人都在羡慕你吗？甚至，她会自告奋勇地去找赵腾飞谈谈。

火车驶出邑城，一路向北，冬日里的华北平原一片寂静。白皑皑的雪覆盖了河流、田野和村庄，成排的杨树和笔直的道路把大地分割成片。窗外闪过的一切都是模糊的，只有那闪着亮光的大地清晰而舒展。眼前的风景和复活的记忆在她脑海里交替出现，她努力克制着自己，不去想他们在火车上的第一次牵手，不去想她在火车上看到的吴美英……

也许该给王厚生发条信息，无论如何，他是个可怜人。她伸手去摸口袋，却发现手机丢了。她仔细回忆着，最后一次用手机是在出租车上。

丢了也好！

2016 年 10 月 24 日完稿于亦庄

2016 年 12 月 6 日修改于亦庄